書山问道

文化·文学·艺术阅读札记

陈华文／著

上海社会科学院出版社
SHANGHAI ACADEMY OF SOCIAL SCIENCES PRESS

自序

当前，图书出版的数量、种类、速度，都是中国历史上任何一个时代无法相比的，然而这和人们阅读的兴趣并不能画上等号。很多统计数据和信息表明，在这样一个新媒体发达的年代，阅读的渠道太便捷了，海量的、鱼龙混杂的文章和作品充斥眼前，读什么、如何读就成了问题。在繁忙的工作、学业、生活面前，很多人都选择微信阅读，那些夺人眼球的“标题党”和“心灵鸡汤”之类的美文，也许读起来舒服、快活，让疲惫的心灵得到休憩。但是，一个人长时间远离优质的纸质阅读，仅仅只有浅层的、碎片化的阅读，就如同每天只吃外卖小哥送来的快餐，长年累月身体就会出现不适。

非常坦率地讲，我是一个嗜书之人，乐于购书、藏书，时常一本书读了几页，又盯上其他好书。大约十年前，我手头攒了一些余钱，买书渐渐大方起来。我明知学校图书馆有心仪之书，完全可以借来一读，可我偏要买书。当时白天忙工作，晚上就把自己关在家里，坐在小沙发上慢慢地读。尤其是寒冷的夜晚，我很享受躺在温暖的被窝里阅读的惬意。几年下来，狭小的家中塞满了书。为了阅读，我把夜晚和休息时间都搭上了，那些无聊的社交和应酬也都推掉了。我经常想：读书这么好的事，为何总有人去敷衍和推脱呢？

阅读一本好书，就好像和一个熟人、朋友对谈。很多人都说阅读能开阔视野，也会让自己变得更加谦卑，先前我是没有什么深刻感受的，在稍稍读得杂、读得广一些后，我发现人类的知识就如同浩瀚的星空，真的望不到边际，且知识领域之间，客观上讲也没有那么森严的壁垒。如果说知识之间泾渭分明，那也许是学者们刻意为之。阅读中我发觉，文化、文学、艺术之间，时常你中有我、我中有你，相互交融。撇开文化看艺术，或者撇开文化谈文学，就不完整、有缺憾。无论从事任何一个方面的工作和研究，对相邻的知识若是零认知，这必然走不远。

这几年，围绕文化、文学、艺术，我读了一些新书和好书，兴致之余写了一些书评，无论好还是不好，都构建出一个“阅读与写作的自我”。我把其中的部分书评，归纳、整理成此书。在拙著最终定名《书山问道》之前，我打算取《庄重的书桌》为书名。原因很简单：我向往有一个大气的书桌，想象自己在这书桌前优雅地阅读。可惜多少年来，家里一直狭小，实在容不下一个气派的书桌。后来我想通了：有没有气派的书桌并不重要，只要心里能安放书桌便好。人类文明与文化历经几千年的发展，积累了许多优秀书籍，这些书籍如果堆积起来，不仅仅是一座山，还可能是一条山脉。我才疏学浅，也许毕生都无法抵达书山之巅，但这并不影响我欣赏文化、文学和艺术的风景。书山之路上，我把自己扮演成地质工作者，寻找书山中的富矿；我又把自己假想为修行者，心无杂念地追问人文之道。

拙著乃书评集，共分四辑：中国文化观察、西方文化管窥、当代文学浅论、中西艺术初探。第一辑“中国文化观察”中，主要收录了我阅读《中国文化精神》《溯源：中国传统文化之旅》《文化拯救：近现代名人与教科书》等书籍之后撰写的书评。中国文化是什么？中国优秀传统文化的精神又是什么？要弄清楚这些问题，其难度超乎人们的想象，原因很简单，中国文化延绵发展五千多年，其底蕴之深厚，思想之博大，仅用几个词或者几句话难以概括其全貌。然而这些问题至关重要，关乎到何为中国人、如何做中国人的宏大命题。中华优秀传统文化的内核是什么？如果硬要我作答，我会毫不犹豫地回答是自强不息的精神。中华民族和中华文化之所以生生不息、从未断流，就仰仗自强不息的精神。中华优秀传统文化，造就了古代的中国，也影响着当今的中国。如何传承、弘扬和创新中华优秀传统文化，是一个重要的时代命题。

第二辑“西方文化管窥”中，主要收录了我阅读《希腊人：爱琴海岸的奇葩》《时代的印记：文艺复兴三百年》《西方世界：碰撞与转型》《即将崩溃的文明：我们的绝境与出路》等著作后撰写的书评。西方文化和中国文化不同，中国文化是在中华大地上自我生长、自我发展，并不断走向辉煌的，而西方文化的发端，无疑受到亚洲、非洲等其他区域文化的深刻影响，西方文化的最初阶段，就具有开放性的特质。西方文化和中华文化一样，同样创造了体量惊人的成就，可是西方文化在历经工业革命之后，尤其是近几十年来，出现各种病症。在这样一个更加开放的时代，各种文化之间相互借鉴，成为世界文化发展的必然趋势。

第三辑“当代文学浅论”中，主要收录了我阅读钱锺书、杨绛、夏志清、迟子建、姜淑梅、杜文娟等人的文学作品后撰写的评论。钱锺书、杨绛夫妇，是文学界和研究界的楷模夫妻，其各自取得的成就，在文坛和学界占据重要位置。不仅如此，这对伉俪在漫长的岁月中历经风雨，携手同行，人生故事一直被人们津津乐道。我也是普通人，同样为之动容。读其书、察其人、写其评论岂不快哉？姜淑梅老人没有受过正规的教育，她是家庭主妇、“文盲”，晚年依靠自学不仅学会读书识字，还出版了一本本畅销的散文集。她虽未获得什么文学成就，但她写作这件事本身，就是励志的、传奇的。因此，作为一种文学现象的存在，我必须为这位老人的作品撰写书评。杜文娟作为近年来正在崛起的女作家，也应该受到必要的关注。其文学创作的关注点主要在西藏。为了收集素材，这个看似弱不禁风的陕西女子，十多年来数次进藏采访。以这种决心、勇气和定力搞创作，在喧嚣的文坛已经是凤毛麟角。她的文学作品，必然会进入我的评论视野。

第四辑“中西艺术初探”中，主要收录了我研读艺术理论、艺术史论、艺术人物传记、电影研究等方面的评论。多年前，我曾经系统学习过美术，梦想当一名画家，然而却阴差阳错地做起了文字工作。这些年我尽管放下了画笔，但是对于艺术阅读并没有止步。研读美国艺术史家高居翰的著作《画家生涯：传统中国画家的生活与工作》之后，我感叹中国古代画家为稻粱谋之不易，好在这丝毫不影响他们的作品流芳百世。我阅读了张大千、毕加索、梵·高、希区柯克等艺术家的传记之后，深深地明白创新、创造力和想象力对于艺术创作而言何其重要。关于电影研究方面的书籍，我读来也是沉湎其中。阅读中更加印证了一种说法，作为头号电影生产大国的美国，电影生产的各种流程和规矩之复杂，超乎了我们的想象，而好莱坞电影背后的意识形态较量，也是扑朔迷离。

写到这里，我想起一句话：世界上最好的房子，就是你的书房。这句话讲得传神极了，生活中若每天都和书籍为伴，我们的心灵一定不会孤独，精神世界变得更加深远和广阔。本书的出版，得到上海社会科学院出版社的鼎力支持，我先后和林凡凡、温欣两位编辑接触，她们认真负责的工作态度，令人敬佩。我工作单位的喻芒清教授及其他领导和同事们，对我积极从事读书评论写作和书香校园研究给予了无私鼓励，在此表示感谢。为了给我腾出足够的时间读书写作，我的家人任劳任怨承担家务，妻子吴艳博士时常是我的第一个读者，对于我的文章她还经常提出修改建议。在我写这篇自序之时，我可爱的女儿柚柚已经读幼儿园两个月，这些天来她在幼儿园不哭不闹，完全超乎我的意料。她的听话与乖巧，使我能静下心来审读拙著的样稿。拙著作为我主持的课题《立德树人维度下的书香校园建设路径研究》的最终成果，得到湖北省高等学校人文社会科学重点研究基地——大学生发展与创新教育研究中心的资助出版，在此对丁振国教授深表谢意。最后，我要感谢培养我的母校——中国地质大学（武汉）。今年恰好是我来到南望山下这所美丽的大学求学、工作、生活的第二十个年头。我爱这里的老师、同学乃至一草一木，我现在的全部，都是母校所赐。

陈华文

2017年10月25日

目 录

第一辑　中国文化观察

中国传统文化的精神向度

在我们生活的各个角落，“文化”无疑是一个被高频率使用的词汇。但究竟何为文化，却少有人能说得清楚。再进一步讲，中国文化的精神是什么，对于普通大众而言，更是无法说清。也许正因如此，文化才具有一种无形的魅力。毫不夸张地讲，围绕文化研究的著作，可谓汗牛充栋，而《中国文化精神》(北京大学出版社 2015 年版）从中西比较的角度出发，试图将文化的里里外外都讲得明明白白。

张岱年先生是享誉海内外的哲学家和国学大师，他先后在清华、北大担任教授，毕生从事中国哲学与文化研究，有着极高的造诣和广泛的建树。他与弟子程宜山博士共同撰写的《中国文化的精神》，彰显了中国文化研究与普及的较高水准。本书共十二章，分别对文化观、中国文化的基本精神、中西文化的差异、中国传统文化的体系、中国文化的发展、中国传统文化的成就、中国传统文化的弊端、中国文化的争论、中国文化的创造等方面，进行深入浅出的论述。

在世界文化研究史上，曾发生过一场“文化”（Culture）与“文明”（Civilization）的词义之争。英美学者在指称文化时，常常用“文明”这个词，但是德国学者则常常使用“文化”这个词。表面上看，这似乎是咬文嚼字的争论，实则体现了西方文化研究中两种对立的传统，即英美的实证社会学传统和德国的历史哲学传统。在实证社会学传统的研究者看来，文化就是人类创造的物质和精神成果的总和。而历史哲学传统的研究者认为，文化是一种以生命或生活为本位的活的东西，或者说是生活的样态，他们认为文化的形态化、制度化、模式化正意味着文化的死亡，因此也就有“文化是活着的文明，文明是死了的文化”的观点。

关于何为文化的这两种观点，谈不上哪个高明哪个低劣。其实在中国语境中，文化也好，文明也罢，在口语中经常可以混用（专业性的学术表述除外）。本书中，对文化进行了身份定义：“文化是人类在处理人和世界关系中，所采取的精神生活与实践活动的方式及其创造出来的物质和精神成果的总和，是活动方式与活动成果的辩证统一。”书中探讨中国文化精神时，基本上也是在这个定义的基础之上拓展开来。也许，并不是所有的学者都赞同这个定义，可是对此定义中提到的物质、精神等关键要素，想必不会提出强烈的质疑。

如果说今人对于文化的定义难以达成共识，那么中国古人对文化的描述，恐怕都是能够被认可的。文化一词在中国古代是“文治与教化”之意，西汉的刘向曰：“凡武之兴，为不服也，文化不改，然后加诛。”西晋文学家束皙说：“文化内辑，武功外悠。”不难看出，文化不仅是一种在人本身和身外自然的基础上不断创造的过程，而且是人不断从动物状态中提升出来的过程。通俗地讲，文化是“文”与“化”的合称，如果“文”不能影响、教化、感化人类的心灵，给人精神上的启迪，那就不能成为“文化”。比如，自然界中的一座山，本身是没有文化的，可文人对山进行赞美、写成优美的诗句，给人带来美的感受与启迪，那么自然中的这座山，就赋予了文化的意蕴。

任何一种文化能持续发展，必然有着特定的精神作为支撑。文化失去了精神，就如同失去了灵魂。中国传统文化是在中国历史地域环境中逐渐创造出来的，几千年来文脉之所以生生不息，就在于有文化精神作为原动力。当然，在谈到中国文化精神时，这又是一个仁者见仁、智者见智的问题，中国文化精神是什么？即便再过若干年，恐怕也不会有统一的“标准答案”。

如果对中国文化精神进行概括，很多学者都会罗列出不同的关键词。笔者认为，文化精神有其内核和外延。内核也可以叫作基本精神。只要找准了中国文化的基本精神，那么中国文化中的所有现象、症结等都能迎刃而解。本书中，张岱年和他的弟子把中国文化的基本精神归纳为四点。一是刚健有为，这涵盖了自强不息与厚德载物两个方面。二是和与中，其思想主要是解决人与人的关系，包括民族关系、君臣、父子、夫妇、兄弟、朋友等人伦关系。三是崇德利用，主要是解决人自身的关系，即精神生活与物质生活的关系。四是天人协调，其精神是解决人与自然的关系。书中，为此引经据典、旁征博引，努力做到以理服人。如果对这四种基本精神进行重要性的排序，那么天人协调的精神，无疑是至关重要的。

当探讨中国文化精神时，如果仅仅在中华传统典籍里进行纵深比较，显然是单薄的，也没有足够的说服力。在东西方文化交流、交融、交锋的今天，唯有进行横向比较，才能更清晰地认识中国文化精神的特质。书中认为，中西文化精神的差异，主要体现在人与自然关系的认知方面。中国文化比较重视人与自然的和谐，而西方文化则强调征服自然、战胜自然。正因如此，长期以来西方知识分子讨论最多的就是如何去征服、战胜自然。

培根有一句名言“知识就是力量”，他认为人们追求科学之目的，就是为了在行动中支配自然。为了征服自然，则必须探索自然界的规律。西方就是在这种文化精神的引导下，发展了现代科学技术。毫无疑问，西方夸大了科学技术的作用，以为只要通过科学技术征服、战胜了自然，人类就能过上幸福的生活。西方工业化道路表明，这显然是错误的。西方文化精神中忽视了征服、战胜、占有自然可能会引起自然界的报复。西方对此进行深刻的反思，只是近几十年的事情。而中国几千年前，就有了“天人协调”的文化精神。

中国“天人协调”的文化精神，从汉代之后，就融入“天人合一”的观念中，并且得到了进一步发展。“天人合一”思想不仅是一种人与自然关系的学说，还是一种关于人生理想、人的最高觉悟的学说，它发源于周代，经过孟子的性天相通观点与董仲舒的人副天数说，到宋代的张载、程颢、程颐达到了顶峰。简要地讲，“天人合一”的思想包括四个方面：首先是人乃自然界的一部分，是自然系统不可缺少的要素之一。其次是自然界有普遍规律，人也服从这种普遍规律。再次是人性即天道，道德原则与自然规则是一致的。最后是人生的理想是人与天地的调谐。

中国传统文化是世界文明发展史上的高峰之一，曾经在物质文化、精神文化、制度文化、文化艺术等领域，长期处于世界领先地位。但是自十五世纪以后逐渐衰微，特别是“五四运动”之后，有人认为中国传统文化实乃毒瘤，严重阻碍了中国步入现代化的历程。这种论调虽然偏激，可也不得不承认，中国传统文化的缺陷是客观存在的。至于最主要的缺陷，张岱年在书中认为：那就是缺乏实证科学的文化传统。

西方人对于自然科学中的各种现象，喜欢“刨根问底”，可惜中国人更倾向“少管闲事”。中国缺少实证科学的文化传统，具体表现在人们重整体轻分析、重直觉轻知解、重关系轻实体、重实用轻理论。这对于以分析、知解、实体和公理化体系为特点的近代自然科学的产生显然是不利的。另外，中国古代强调“天地一体”“变化日新”，其许多结论与支配近代自然科学的“理学自然观”格格不入。

这里要指出，中国人缺少实证科学的传统，并不意味着中国就没有科学技术。比如，当前很多人都套用西方科学的那套标准，认为中医药学不是科学，原因是中医药学不能把病理说清楚，中医药学中的“穴位”“脉象”“养气”“食补”等学说，在西医科学中根本就不存在，也没有“科学”根据。然而，中医药学在治疗各种疾病方面，发挥的作用也是有目共睹的。我们不能因为中国缺少实证科学的文化传统，就彻底否认了整个中国传统文化的价值。盲从或者贬损中国传统文化的两种极端，必须引起警惕。

在经济全球化的今天，中国传统文化该何去何从？笔者认为，一方面要充分继承中国传统文化中的精华，去除糟粕，另一方面要将世界其他民族的优秀文化为我所用，正可谓古为今用、洋为中用，真正做到美美与共。中国传统文化之探索，是一条没有止境的道路，无论世界变化的节奏有多快，作为中国人，永远都可以汲取奋斗的力量。

守护传统精神，重建文化自信

提到中国传统文化，很多人的第一感觉就是过去的文化，与现代文化是对立的。对于中国传统文化的态度，有人也只是做做样子，买几本装帧考究的国学大部头书籍装点门面。这种现象之所以存在，我认为要从两个方面进行分析：一是不懂得传统的重要性，对传统文化的认知基本处于无知或者蒙昧的层面；二是抱着实用主义的观点，认为中国传统文化在信息科技发达的当下，落伍了、淘汰了。其实，社会无论如何进步，只要是中国人，精神骨血里就烙上了传统文化的印迹。什么是传统文化？传统文化到底涵括了哪些内容？《溯源：中国传统文化之旅》（上海社会科学院出版社 2017 年版）为迷思中的人们提供了正见。

近年来，中国传统文化研究的佳作迭出。如张岱年、程宜山在《中国文化精神》（北京大学出版社 2015 年版）中指出：刚健有为、和与中、崇德利用、天人协调是中国文化的核心理念。张岂之在《中华优秀传统文化的核心理念》（江苏人民出版社 2016 年版）一书中认为，天人之学、道法自然、居安思危、自强不息、诚实守信、厚德载物、以民为本、仁者爱人、尊师重道、和而不同、日新月异、天下大同是中国优秀文化传统的重要组成。楼宇烈在《中国文化的根本精神》（中华书局 2016 年版）一书中强调：与西方文化相比，以人为本的人文精神是中国文化的根本精神，也是一个最重要的特征，中国传统文化强调人的主体性、独立性、能动性。

这些著作主要从学理的视角，用思辨性的语言，针对中国传统文化的学术问题进行探讨。当然，有关中国传统文化本体性的研究，目前还没有统一的答案，因为传统文化精神就如同传统文化的历史一样深邃。对于大众而言，学习中国传统文化，还得从中国传统文化的基本常识起步，否则，我们就会人云亦云，对于传统文化的认知算是雾里看花。《溯源：中国传统文化之旅》作为一本常识之书，为我们总览中国传统文化提供了重要的参考价值。

中国传统文化也称为中华传统文化，是区别于世界其他文化的一种独特存在，这种文化根植于中国的地理环境、民族传统、日常生活和价值追求之中。从世界文化的大范畴来看，一种文化传统如果能够延绵几千年，长期保持活力，并有吸纳外来文化和自我“造血”的能力，这种文化哺育的民族，也必然是有期望、有发展后劲的族群。中华民族筚路蓝缕，历经五千年一路走来，也正是得益于传统文化的丰厚滋养。

说起来也是有趣，我们生活在中国，处于中国文化的包围之中，但是为了生活，为了家庭，每天都要勤奋工作，常常无暇顾及中国传统文化之于个人发展的深刻影响，对于中国传统文化有一种“不识庐山真面目，只缘身在此山中”的意味。出生于1938年的高级工程师苟琳，曾长期从事机械技术工作，业余时间喜爱并研究中国传统文化。16年前，他退休后携妻子来到法国探亲，并照顾年幼的外孙。旅居法国时，他见证了西方文化的林林总总，这使得他扪心自问“我为什么是中国人、何为中国传统文化”之类的问题。在兴趣的驱使下，他系统学习、研究、思索中国传统文化之道。为此，他经常到巴黎的图书馆读书、借书，撰写读书笔记竟有十多本。在《溯源：中国传统文化之旅》的“后记”中他讲到：庆幸研读了国内难以看到的中国传统文化珍贵文献，这为撰写本书奠定了基础。

结束了五年的旅居生活后，他回到国内，国内与国外两种生活的比照，使他萌发了撰写本书的初衷。另外一点，他认为，目前社会上许多不该发生却频频发生的事件，其根源在于传统文化与道德的缺失，守望精神家园，传承和弘扬中国传统文化的精髓，是和发展经济并行不悖的重任。梳理并解读中国传统文化的常识脉络，其实并没有想象中的那般简单，中国传统文化就如同一条矿产丰富的山脉，如何将高品位的、含金量高的文化常识发掘出来，这也体现出一个人对于文化的真知灼见。

《溯源：中国传统文化之旅》一书中，为了清晰呈现中国传统文化的常识与谱系，总共分为九个章节，分别从历史、哲学、文学、中医、书法、绘画、音乐、经典文献等方面娓娓道来。何为中华传统文化的基本常识？不同的学者，根据自己的学识和见识，会提出不同的见解。本书中之所以从九个方面来阐释中国传统文化，我认为主要有三个方面的因素：其一，中国传统文化，并不是凭空产生，离不开特定的历史环境，一方面文化影响着历史，反过来历史推动甚至影响文化发展的走向，这也是本书将“中国历史发展历程”作为开篇的原委。其二，中国文化中的哲学思想是独一无二的，不仅影响了东方社会的历史进程，还为世界文化思想也作出了贡献。其三，中国文学、书法、绘画、音乐等有着光耀长河的历史，其伟大的创作成就独树一帜，如中国诗词、水墨画、编钟音乐都是独一无二的。

书中认为，三皇五帝的传说，是中国历史的序曲，如伏羲氏，根据天地万物的变化，始画八卦，成为中国古文字的发端，他结束了“结绳记事”的历史，创制历法，发明农业，设立官制，标志着中华文明的开始，因而伏羲氏也被尊为中华民族的人文始祖。三皇五帝尽管只是传说和故事，然而却寄托着中华民族家国认同和文化认同的情感。

在社会形态方面，野蛮与文明是对立的，那么，到底是何种事件，使得中国步入文明时代呢？对此，学界一直长期存在不同的提法。书中指出，冶炼技术的完善，尤其是青铜器的发明和使用，是中国步入文明时代的主要标志。对此，我也是较为赞赏的，理由有三：第一，从人的认识层面看，古人开采自然界中的矿产资源，进行加工后，改变了物质原本的物理形态，这凝聚着高超的智慧；第二，青铜器不仅是生活用具，还是祭祀的礼器，这充分表明当时的古人已经构建起特定的信仰文化体系；第三，青铜器上的各种造型以及青铜器的不同的纹饰图样，表明古人已经具备缜密的思维表达能力。更为关键的是，青铜纹饰，深深地影响了中国文化艺术的走向，为汉字的诞生铺平了道路。

本书中的又一大亮点，是将中医纳入中国传统文化常识的范畴。这本是无可厚非的，但是近些年，社会上对中医的质疑声四起，有人披着西方现代科学的外衣，抨击中医不是科学，是迷信、骗人的把戏云云。如果完全按照西方科学的标准衡量中医，这也不是科学所应有的态度，因为现代科学的内涵与外延，也是一个不断深化认识的过程。楼宇烈曾在著作《中国文化的根本精神》中，将中医视为传统文化的实践者，认为中医与中国传统文化“天人合一”的价值理念一脉相承。《溯源：中国传统文化之旅》一书中指出，中医是以中国传统哲学思想为指导，以阴阳、五行和精气学说为基础，以中草药为主要治病手段的医学科学。中医学具有两个基本特点：整体观念和辨证论治。在中医学看来：人就是一个和自然界不可分割的整体，人体各部分都表里相连、相互影响。而辨证论治，对于患者绝非简单的对症下药，而是采取“望、闻、问、切”的“四诊”手段。也许正是中医强调整体关系，使得大自然中的草木皆可入药的原因。可惜的是，在西方医学的冲击下，中医学理论、中医学人才都面临巨大的问题，进一步而言，这也是中华传统文化在当代面临的困境和挑战。

当前，伴随着我国经济社会深刻变革、对外开放日益扩大、互联网技术和新媒体快速发展，各种思想文化交流、交融、交锋更加频繁，迫切需要深化对中华优秀传统文化重要性的认识，进一步增强文化自觉和文化自信。中国传统文化是我们的原创，对于优秀的中国传统文化、传统美德，在当今不仅要继承，还要注重创新。中国传统文化中，有诸多优秀的思想资源，今天并未过时。古代在修齐治平、尊时守位、知常达变、开物成务、建功立业过程中培育和形成的基本思想理念，如革故鼎新、与时俱进的思想，脚踏实地、实事求是的思想，惠民利民、安民富民的思想，道法自然、天人合一的思想等，为认识和改造世界提供有益启迪，传承和发扬优秀传统文化，必须大力弘扬讲仁爱、重民本、守诚信、崇正义、尚和合、求大同等核心思想理念。再如，古代中国天下兴亡、匹夫有责的担当意识，精忠报国、振兴中华的爱国情怀，崇德向善、见贤思齐的社会风尚，孝悌忠信、礼义廉耻的荣辱观念，体现着评判是非曲直的价值标准，潜移默化地影响着中国人的行为方式。在当下的中国，就是要大力弘扬自强不息、敬业乐群、扶危济困、见义勇为、孝老爱亲等中华传统美德。

总体上讲，《溯源：中国传统文化之旅》一书，为中国传统文化进行一次全景式的“画像”，书中对于中国优秀的传统文化，集中笔墨进行阐述，从而为我们叩开中国传统文化之门提供了“钥匙”。而就在 2017 年 1 月，中央印发《关于实施中华优秀传统文化传承发展工程的意见》，这为今后中国传统文化的传承、弘扬、创新提供了“路线图”。无论从哪个角度讲，我们一方面要传承优秀的传统文化；另一方面要发扬并创新传统文化，做发展传统的现代中国人。

不容忽视的汉字危机

几乎在没有任何征兆的情况下，去年下半年，各类汉字听写节目突然蹿红电视与网络。汉字是我们每个人最熟悉的文字，每天都会用到。不敢想象，我们的社会中若没有汉字，生活将是多么的混乱。汉字听写节目受到人们的热捧，无不折射出当前的汉字危机。很多人感叹：在读屏的信息时代，汉字读写能力在迅速退化，很多汉字经常见到可就是不知如何发音，“秀才只认半边字”的现象时有发生。进一步提高汉字的读写能力，已经成为全社会的共识。认识汉字为什么如此重要呢？因为汉字承载着中华民族的历史传统，几千年来中华文明之所以延绵不息，就归功于汉字。汉字是中华文化的内核，唯有熟悉汉字的前世今生，才能解开中华文明的密码。

《血色曙光：华夏文明与汉字的起源》（陕西人民出版社 2013 年版）一书中，作者徐江伟在开放、宽广的视野中，从历史发展的角度，全面、深刻地挖掘汉字之内涵。本书对于人们认知中华文化、感受汉字之美，起到启迪思索的作用。书中，有很多观点让人耳目一新。比如，作者认为汉语起源于阿尔泰语，古代阿尔泰民族是汉字最早的发明者，汉字最初表达的是多音节的阿尔泰语。冷僻古奥的“雅言”和仅作书面用语的汉字，对应着今天蒙古人日常的口语词汇。作者的观点很有冲击力，但是有待学界进一步论证。

传统观念认为，汉字是由劳动人民创造出来的，但作者对此并不认可，他认为：汉字是由远古统治者创造出来的，先秦时代大规模的奴隶制政权催生了汉字。本书《汉字也血腥》这一篇章中，对于汉字的解读令人耳目一新。比如，“我”是现代汉语中第一人称代名词，汉字中没有比“我”字更频繁地被使用，可古汉字中的“我”，却是一种杀人武器。甲骨文中的“我”字由“戈”加上三个牙齿符组成，与甲骨文中的“伐”相似，意思也很接近，与杀人有关。《说文解字》中讲：“我，古杀字。”作为一种凶器的“我”，在殷商时代就出现，战国时代逐渐消失。再比如“讯”字，甲骨文中像被反绑了双手跪着的人。而“执”字，甲骨文中像一个人跪着，两手腕被铐着的样子。另有一种写法，像一人被铐住后，另有人在背后用鞭子抽打。汉字和华夏文明一起，也经历了漫长的演化过程，甲骨文作为中国最古老的文字，大约有单字 4 500 个左右，目前已经破解的有 1 700 个字，其余的则有待专家破解。从现存的甲骨文看，这种文字最大的特点就是象形，如同高度抽象的图画。

在电脑没有进入我们工作和生活之前，写一手好字，被视为有文化、有修养的表现。当显示器、键盘和鼠标出现后，钢笔、墨水、纸张逐渐退场，写字甚至成为书法家的专利，成为一种职业。若要我们提笔写一封家信，或者一篇文章，顿时感到很多字根本不会写，很多词汇已经相当陌生。而另一番景象是，学英语成为一种疯狂的潮流，有人甚至认为，汉字认识不认识没有关系，不会英语，则是二十一世纪的文盲，这真是天大的谎言和玩笑。事实充分表明：我们在汉语的氛围中学英语很多年，效果不太理想，若从事一个和英语无关的工作，仅仅掌握的一点英语词汇，很快被遗忘得干干净净。这还不算，学英语耽误大量宝贵的时间，英语不仅没有熟练掌握，汉语和汉字还日渐荒废。

阅读《血色曙光：华夏文明与汉字的起源》不难发现，汉字与汉语是一个开放的体系，如同一条大河。在不同的历史时代，总会有新的汉字和新的词汇加入其中。比如当前流行的“囧”字，其生动的字形，栩栩如生地表达了人们的心境和时代遭遇。有一些汉语词语，则受到外来文化的影响，直接就是音译，如可口可乐、肯德基、奥迪、迪士尼等。当前，中国在发展经济硬实力时，也积极对外输出文化软实力。文化软实力的核心，就是我们方方正正的汉字，对汉字认识的深刻程度，影响着我们对中华文化的认可程度和自信程度。

《新论语》的逻辑拷问

中国古代文史典籍浩如烟海，《论语》无疑是其中一颗闪亮的明珠。《论语》这部不算太厚的典籍，记录了孔子及其弟子重要的言论，后世发展起来的儒家学派，其指导思想和核心价值都来自这本书。不仅如此，历史上无数统治阶级，将《论语》引入政治生活领域，供奉为治国理政的经典，可以这么说，《论语》在官场、学界、民间，都很吃得开。这一点，孔子及其孔门弟子后来是无论如何都没有想到的。《论语》作为一本类似"言论集"的书，两千年来被各种各样怀有不同目的的人群推向文化神坛。毫不夸张地讲，《论语》对中国人的影响力丝毫不亚于《圣经》之于西方人的影响力。《论语》作为中国儒家思想的起点，影响并渗透到中国人的血脉中，甚至引导中国文化的发展方向。

我们现在看到的《论语》，真正成书是在汉代。《论语》保留成今天的这个样子，颇具传奇色彩。秦代焚书，《论语》是在被焚之列，当然逃脱不了被烧光的命运。而儒家弟子靠口授相传，留下了两个版本《齐论》《鲁论》。此外，在孔子旧宅的坏壁里，发现了孔子后人在秦代偷偷流传下的《古论》，这本书和《齐论》《鲁论》大体相像，中间差了400多字。这证明孔门弟子在《论语》中记述孔子的言论是准确的。非常可惜的是《古论》没有流传下来，西汉张禹据《鲁论》《齐论》编《张侯论》。今天广为流传的《论语》，是东汉学者郑玄把西汉《张侯论》混合《古论》而成。今天看到的《论语》不是孔子本人编定的，而是后人所编定。

任何一部经典典籍问世后，后人都会展开无休无止的研究，并重新演绎出新的理论成果。《论语》也不例外，被后人无数次地注解、解构乃至变形。当然，对《论语》这样的典籍进行大张旗鼓的研究，需要巨大的学术勇气。由钱宁重编的《新论语》（生活·读书·新知三联书店2012年版）出版后，在知识界引起一片哗然。《论语》毕竟是《论语》，钱宁为何会铤而走险，出版《新论语》？在钱宁看来，《论语》不过是孔子及弟子们不同时期课堂笔记的集合，需要系统地分拆和重构，从而展现文本原有的内涵和逻辑。因此，他打破《论语》原有的20篇体例，以孔子学说的核心——“仁”为线索重构全书，在这个过程中没有增删一字一句。《新论语》分为内编和外编两部分，内编收录了所有“子曰”之语，并细化为核心篇、路径篇、实践篇、例证篇和哲思篇。弟子之言和其他辑录被归入外编，外编分为评价篇、记忆篇和阐释篇。

《新论语》在内编分了五篇，第一核心篇，讲述孔子最核心理念的联系，讲“仁”的定义、内涵和呈现的形态，以及外化的形式。第二路径篇，当你知道一个人如何达到“仁”的境界，这是孔子终身教育弟子，希望他们达到的境界。所以路径篇讨论的是人通过什么样的方式达到“仁”，达到“仁”以后，君子的标准是什么。第三实践篇，掌握了“仁”的思想和理念，如何处事治国，孔子给予了充分的指导，有时候充满了政治智慧和生活智慧。第四例证篇，我们看论语会发现孔子和弟子谈论了很多事，有时候语境清楚，有时候语境不太清楚；有时候谈诗，有时候论乐。为什么这样谈论我们不太清楚，实际上放到《新论语》的体系中，就会发现孔子是用不同的案例来启发弟子们的思想，就像今天的案例教学一样。第五哲思篇，讨论的是人在哲学层面和天道的关系，这是孔子思想中最深邃的部分。通过五篇可以把孔子基本的思想和逻辑组织起来。

从《新论语》的新结构中，不难发现孔子对“学习”的态度比我们想象的要复杂。孔子强调的学习，并不仅仅是学习知识，学习文化。在很大程度上是一种悟道的途径，所以他说“朝闻道，夕死可矣”。学习在这里更多的是通向“仁”的途径。还有一条途径是修身，因为达到“仁”是一个境界，必须通过修身才能达到。孔子并不认为很多对“仁”的领悟是通过读书得到的，很大程度上需要人们通过实践、生活，自己去领悟，所以他把践行放在很重要的位置。一个人有了“仁”，就是君子，如果没有达到仁，孔子把他定义为小人。大部分人都当不上君子，但也都不愿意当小人，我们可能介于君子和小人之间。读完《新论语》后我想到一个问题，仁者爱不爱小人？这是孔子没有直接回答的问题。但实际上根据孔子的思想，小人也是属于可以爱的一部分，小人只是努力地成为君子。他对小人的批判是比较厉害的，但小人仍然属于被爱之列。

对于重新编撰《新论语》的难度，这是可想而知的。《论语》中有的句子难以归类，有的句子语意难定，有的句子充满争议。每句话置放的位置，以及言论的前后关系，都要仔细掂量、反复斟酌。钱宁花费苦心，重新编排的《新论语》，从字面上看具备了一定的逻辑，主次分明地突出了孔子学术思想。钱宁曾在美国留学多年，其学术训练和逻辑思维，必然受到了西方科学研究方法的深刻影响。西方人研究学术强调逻辑性、系统性、思辨性和批判性，而这恰恰是中国学人的软肋。按照西方人对学术标准来看，《论语》的内容为片段式的句子，是类似名言名句之类的书。这样的书，逻辑性、系统性和严密性都无从谈起，由此看来，《论语》似乎就算不上一本什么重要的书了。康德将《论语》看成“不过是给皇帝制定的道德伦理教条”；黑格尔对孔子的评价也同样不高，认为他只是“一位实际的世间智者”，其学说是一种“道德哲学”，“没有一点思辨的东西，只有一些善良的、老练的、道德的教训”。

西方人显然是低估或者不懂《论语》的精妙之处，《论语》也许只有在汉语世界里才能引起思想的共鸣。但是也不可否认的是，以《论语》为代表的儒家思想，强调的是一种实用主义精神，“内圣外王”是最高追求目标，整部《论语》探讨的也是一种如何积极入世的问题，对于纯粹精神领域的问题，如信仰、生死之类的本体论、认识论之类的问题涉及太少。《论语》所欠缺的，也正是西方哲学所独有的优势。有的人从这个角度出发，认为《论语》根本就不是什么哲学著作，甚至推断整个历史文化悠久的中国没有哲学与哲学家。钱宁一方面对西方人关于《论语》的轻视态度想予以回应，另一方面也利用西方学术研究的方法，从系统哲学的角度出发，对《论语》进行重新“洗牌”，《新论语》与其说是对《论语》进行颠覆性的编排，倒不如说是在西方学术视野下对《论语》进行的一次逻辑拷问。

《论语》之外的孔子思想

孔子是中国最重要的思想家，从他的言论及其主张中发展出来的儒家学说，上至庙堂，下至布衣，影响了中国几千年的历史文明进程。孔子和西方思想家苏格拉底、柏拉图等人不同，他“述而不作”，这给孔子本人及其思想增加了神秘的色彩。如果说《论语》是孔子及其弟子们留给后人最伟大的文化遗产，那么对于这部天下奇书的解读，人们却从来都没有达成共识。

直至今天，如南怀瑾、李零、于丹、钱宁等学者从不同的角度对《论语》进行林林总总的解释。广东作家林电锋在《子未语：半部〈论语〉在民间》(中国财政经济出版社 2014 年版)中，凝聚着自己独特的思考，同时也展示着他本人的思想智慧。

孔子的思想涵盖了方方面面，丰富异常。《论语》汇聚着孔子的主要思想见解，但并不能涵盖他所有的思想图景。在其他很多权威古典文献中，都闪烁着孔子思想的火花，正如本书标题所言，半部《论语》在民间。而书名中的“子未语”，其实是《论语》之外孔子的思想言行。

林电锋与《论语》的缘分，他在《子未语：半部〈论语〉在民间》的“前沿”中解释道：十多年在诵读国学经典的热潮中，为了辅导孩子背诵《论语》，自己对此书也产生了浓厚的兴趣，同时也产生了认知上的困惑。比如，孔子是怎样学习的？重点学什么？颜回是孔子的得意门生，为何《论语》中他的言语甚少，他有何过人之处？

在无穷的追问中，林电锋对照其他国学经典，以独立的姿态，对《论语》及其孔子思想进行研究。在学习与研究中，他认为除了《论语》之外，散落在各种典籍中的孔子言论并不少，这让他的思想视野豁然开朗，并且产生了收集这些言论的想法。随后“十年磨一剑”，才有了这本书的出现。

《子未语：半部〈论语〉在民间》由十六个篇章组成，分别是：爱亲、少成、大节、明德、中庸、良史、至礼、读易、惟学、取人、儒行、春秋、刑教、颜回、遂行、问政。这种编排方式，不仅给人全新的面貌，更彰显一个人的学术勇气。全书之内容，林电锋概括为“三基五学，三强五行”，主要从个人修养、健全人格、主动参与社会、展示个人才华等几个方面进行阐述见解。书中，主体分为原文、译文、感悟三个部分，结尾还另附点评短文。

为了体现其严肃性和学术性，林电锋从《孝经》《礼记》《左传》《孟子》《中庸》等典籍中进行了认真的甄选。他在本书“凡例”中，解释了六点原则，这也是本书的创新和亮点：一是从儒不从道，以儒家经典为主；二是从史不从杂，“野史”排除在外；三是从前不从后，最迟不过汉代；四是从近不从疏，非嫡传弟子不予选用；五是从正不从反，刻意攻讦孔子之言论不予采用；六是从简不从繁，文风要与《论语》接近。由此看来，本书并不是对孔子言说的简单汇编，而是一次孔子思想的当代诠释。

当前很多人都无原则地追捧《论语》、熟读《论语》。熟读是没有问题的，而无原则地追捧，则陷入了本本主义的泥沼。对于孔子的学说思想，一方面要去粗取精、去伪存真，另一方面还要与做人做事做学问相结合起来。林电锋其实也是在告诉我们：人不能把书读死，而是要把书读活。这也是孔子的一贯主张，读与思、学与用结合，堪称完美的人生境界。在《子未语：半部〈论语〉在民间》一书中，林电锋对于孔子思想的原文翻译及其感悟，尤其值得关注。

比如本书第一篇“爱亲”中，选取了孔子及其弟子们关于孝道与家国的关系。子曰：“爱亲者，不敢恶于人；敬亲者，不敢慢于人。爱敬尽于事亲，而德教加于百姓，刑于四海。盖天子之孝也。”林电锋的“译文”是：能亲爱父母的人，就不会厌恶别人的父母；尊敬父母的人，也不会怠慢别人的父母。能恭敬之心侍奉双亲，而将德行教化百姓，使百姓遵从效法，这就是天子的孝道。

如果说这只是一种基于文本的解读，那么，他进而在“感悟”中一针见血地点评：“孝道是什么，孝道就是爱亲，爱父母的人。如果不爱自己的父母，却能爱别人的父母，这不是很荒唐吗?”林电锋之所以把孔子的这句话放在全书第一段，想必有深远的意蕴。当前社会道德滑坡，不少人嫌弃父母，恨他们没有给自己留下钱财，满嘴的抱怨，满腹的牢骚，这和孔子倡导的孝道相去甚远，人若对父母都不存孝敬之道，谈爱国就是一句谎言。

孔子的思想学说博大精深，几千年来人们都在不断解读，很多学者也在此基础上提出不同的见解，进而演化出不同的思想学说。当然，任何一个人、一本著作若想百分之百地把孔子学说彻底厘清，也并不容易，《子未语：半部〈论语〉在民间》也不例外。但是，林电锋能放开视野，从不同维度探索孔子的学说思想，这本身就是一种有益的探索。

家风、家世与家国

2014年春节期间，央视策划了《家风是什么》的随机采访系列节目。有观众回答：家风就是不要怕吃亏；还有的则回答：家风就是工资卡全交老婆，等等。家风在中国传统社会是一个十分完整的概念，是家族成员修身齐家的行动准则。但是，我们今天再次提起的“家风”，似乎令人感到茫然。家风和家世总是并行存在，家世不清晰，家风很难说有多正。当“家风”成为热点话题讨论时，著名学者余世存推出了反思历史和现实的力作《家世：百年中国家族兴衰史》（北京时代华文书局2014年版），本书记载百年中国家族兴衰，细述名门家事，点评伟人功过，对二十世纪以来中国精英人物的家国命运进行一次深情回顾。

本书从“家风家教之于当下”的视角，撰写了中国宋耀如、黄兴、卢作孚、金庸等14个家族的传奇经历。每一个家族的家教各有特点，如林同济家培养专门人才，以适应中国的现代化；宋耀如家出伟大人才；卢作孚家让孩子不要当败家子；黄兴家崇尚无我、笃实；聂云台家有家庭会议……阅读本书，不禁会联想到自家、自身，自己要传承什么，自己要做什么样的人。

余世存指出："尽管当代的家庭已经从传统的四世同堂演变成二世或一世家庭，单亲家庭日益增多，但家世问题仍一以贯之。家世甚至从宗族家庭问题，演变成空前的社会问题。"有着数千年传统的宗亲文化，至今仍根深蒂固地影响着人们。如果说人们曾经认识到它既有积极作用也有禁锢作用，那么今天，它同样维系着人间的善，也放任了人心的罪和恶。阅读本书，既能领略到大家族的风范，又能看到平凡家族的艰辛与温暖。

余世存试图用一种理性而不失温情的笔触，深入发掘中国现当代著名家族的渊源以及社会变迁大背景下普通家庭的命运，为当代人寻找真正的人生价值秩序。孟子云：所谓故国者，非谓有乔木之谓也，有世臣之谓也。关于书中所描写家族的后人，余世存大多亲自去采访，并亲身体验了家风传承的力量。余世存写道："当代人受到空前的教育、信息文明的洗礼，但当代人的失教、粗鄙、飘零、失去家园故土等现象有目共睹，花费五年研究撰写此书，只为重温百年家族兴衰，反思当下。"他对家世的研究，在某种程度上填补了宗亲家族伦理研究的空白。由于近代中国的特殊性，宗亲家族伦理一度被视为封建糟粕。这样的认知与实践，使得传统中国文明的宗亲关系在近代以来出现了断裂。

在以小农经济为基础、以宗法血缘为纽带的传统农业社会中，家族往往需要一种世代传承的风尚习俗，以此聚集人心，达到生产、生活上的指导和调节。因此，家风实际上是经验的累积和传承，传统家族尤为强调“笃学修行，不坠门风”。如今，随着生产形式和生活方式的巨大变革，农业社会的根基正土崩瓦解，在一定程度上，个人和自我被陌生社会所放大，家庭成为被人们所忽略的组织。家庭是社会的细胞，“家长”曾经是无数细胞中不容置疑的“细胞核”，但现在的孩子成为家庭的主角，在“跟不上时代”的自嘲声中，家长们退出家庭权威之位，严厉的家教、严谨的家风，似乎也渐行渐远，剩下的多是对下一辈的溺爱与顺从。一个不可否认的事实是：人们摒弃封建糟粕时，也破坏了长幼尊卑、仁孝立身等家庭秩序与家庭伦理。长期依靠“家长权威”传承的家风，走到今天已经奄奄一息，以至于今天我们不得不问“家风是什么”？

《家世：百年中国家族兴衰》的最大亮点，就在于作者具有学者和作家的双重身份，对“家风”“家世”的观察既有学者的态度，又有作家的情感。跟学院派研究不同的是，本书也在反问读者：在家族面前你是失教的吗？你是缺家教的吗？你能总结出家风家教是什么吗？这些问题，每个人都有不同的回答，很多回答也许大相径庭。在中国加速进入城市化、工业化和信息化的进程中，我们要继承并弘扬传统文化中的精华，增加民族的凝聚力。一个人若对自己的家族过往知之甚少，或者一味崇尚西方的文化生活观念，这种人很难有诚挚的家国情怀，而最终成为精神漂泊者。

从教科书中读懂现代中国

在中国漫长的农耕社会中，儒家思想一直占据主导地位，天下读书人都是围绕四书五经刻苦攻读。但是鸦片战争之后，尤其是清末甲午海战战败之后，国门被迫打开，那些具备世界眼光的知识分子，开始接触西方的先进科学与文化。同时，为了改变中国教育封闭落后的格局，他们当中不少人都投入教育变革的潮流中。开启全新的教育风气，首要的任务就是编写有新风尚的教科书。一百多年来，中小学教科书的变迁，见证了中国从传统到现代社会的过渡转型。《文化拯救：近现代名人与教科书》（商务印书馆 2015 年版）对于我们回望近现代教育史提供了新的认识。

本书作者吴小鸥教授执教于宁波大学，曾出版《中国近代教科书的启蒙价值》《复兴之路：百年中国教科书图书说》《中国近现代教科书史》等著作，在教科书理论研究领域，具有独到的学术见解。书中，分别讲述了从十九世纪末到二十世纪中叶十六位先贤（张之洞、严复、张元济、蔡元培、杜亚泉、沈心工、刘师培、陆费逵、陈独秀、胡适、任鸿隽、陈衡哲、林语堂、朱家骅、陈立夫、叶圣陶）编写教科书的往事。这些名人尽管社会身份不同，政治主张各异，但在教科书编写方面，却留下了难以磨灭的历史印记。阅读书中故事，从中可以窥见近代中国经历三千年未有之大变局的一个侧影。

教科书主导着一个时代的精神风貌和价值取向，在文化传播中扮演着神圣角色。采用什么样的教科书，不论在哪个国家和地区，长期以来都是知识界和普通大众所关注的热点。清朝末年的中国积贫积弱，民族危机四伏，正是在这样的时代境遇下，效仿西方的教育教学方式，逐步引进到中国。本书以《张之洞：古稀之年的新锐视野》开篇，叙述了清末洋务派代表人物张之洞（1837—1909）主导教科书革新的往事。提起此人，很多人会想起“汉阳铁厂”。他不仅是中国近现代工业发展的奠基人，也是新式教科书推广的践行者。晚清时，已经年过七旬的他，认为日本中小学开设唱歌课的教科书颇有新意。于是，他也效仿，不辞劳苦地编写《张相国新撰唱歌教科书》。

他编写的这本教科书，是迄今为止唯一以官职命名的教科书，也是中国教育史上第一次在教科书中呈现“德、智、体”的观点。这本教科书不仅仅是教孩子们学音乐，更是通过朗朗上口的歌词，进行文化与道德方面的教化。用现在的眼光来看，有寓教于乐的意味。该教科书的主要内容由“学堂歌浅释”“中国大地形势歌”“军歌”三部分组成。其书中的歌词读来朗朗上口，如：“教体育，第一桩，卫生先使民强壮；教德育，先蒙养，人人爱国民善良；教智育，开愚氓，普通知识破天荒。”当然，张之洞作为晚清重臣，其骨子深处信奉“中学为体，西学为用”的理念，他在中小学堂力推这种教科书，其目的是殚精竭虑维护清王朝的统治根基。

在近现代教科书发展历史中，如果说张之洞是承前启后的人物，那么张元济则是浓墨重彩书写现代教科书的第一人。本书《张元济：中国现代教科书之父》这篇文章中，深入地论述了张元济（1867—1959）为现代教科书发展所作出的重要贡献。他能在教科书领域施展才华，和商务印书馆这个平台密不可分。张元济出身于浙江海盐的名门望族，清末中进士，入翰林院任庶吉士，后在总理事务衙门任章京。1903 年，张元济进入商务印书馆，开启了他的教科书生涯。而商务印书馆是中国出版业中历史最悠久的出版机构，与北京大学同时被誉为“中国近代文化的双子星”。张元济到商务印书馆时，大力选用“海归”和具有真才实学的年轻人，辞退那些混饭吃的人。

一套成功的教科书，不仅是适时之作，还凝聚着编辑的道德观和创造性的劳动。张元济本着传播日常普通文化知识的根本原则，按照学期制度，编辑初等小学堂和高等小学堂的修身、国文、算术、历史、地理、格致等教科书，每学期一册，全套教科书定名为“最新教科书”。这套书于 1903—1904 年编撰完成，共 97 种 149 册。“最新教科书”是中国历史上第一套依据现代学制、学年学期、学科分类编写和出版的现代教科书。也正是这套教科书，奠定了商务印书馆在中国出版史上的权威地位。

叶圣陶（1894—1988）不仅是著名作家、教育家，还是首屈一指的编辑出版家，从民国到中华人民共和国，他潜心编写中小学国语、国文教科书，提出将“国语”和“国文”合二为一，改称“语文”，并尝试编写新的语文教科书，是中华人民共和国教科书之父。在《叶圣陶：养成儿童正确精神》这篇文章中，作者分析了叶圣陶编写教科书的思想和主张。1930 年，叶圣陶进入开明书店工作。当时，为了培养儿童的阅读能力和写作能力，他决定利用自己的文学功底，亲自为小学生编写一套全新的国语教科书，这便是后来家喻户晓的《开明国语课本》。这本教材所选的 400 多篇文章，完全由他一人创作，加上漫画家丰子恺配以清新活泼的插图，使其成为教科书的经典。该教材出版后的十年内，重印 40 多版次，可见在当时受欢迎的程度之高。该教材中，词、句、语调力求与儿童切近，同时又和标准国语吻合，非常适合儿童诵读。也就在几年前，精明的出版商发现《开明国语课本》的文化价值，进行重新编排，新版教材上市后在广大家长和学生中引发抢购风潮。

通读《文化拯救：近现代名人与教科书》就会发现，在中国近现代史上，很多名人和教科书有着千丝万缕的联系，他们中不少人参与到教科书的编写队伍中，这反映了一代知识分子心怀“教育报国”的梦想，体现了应有的文化担当精神。遗憾的是，当前很多名家学者，忙于精深的学术研究，对于编撰中小学教科书并无兴趣。这应该引起足够的重视。

中国大儒的文化情怀

在中国现代知识分子当中，梁漱溟是特立独行的人物。这位新儒学的代表性人物，少年时期就钻研儒学与佛教典籍。他虽然只有中学文凭，年轻时却被聘为北京大学讲师，专门从事印度哲学与中国儒学的教学与研究。他不是书呆子类型的学者，而是身体力行的实践家，在山东邹平从事了七年的乡村建设运动。他的一生，一直在思考现代社会里中国传统文化的出路。这位刚直不阿的大儒，其精神气质中有传统士大夫的血气与傲骨。由他的长子梁培宽亲自审订的《我们如何拯救过去：梁漱溟谈中国文化》（江苏文艺出版社 2013 年版），集中反映了梁漱溟对中国传统文化的见解和主张。

本书中的所有文章，都是梁漱溟先生二十世纪三四十年代所撰写。当时的中国内忧外患，日军大举侵略中国。就是在这期间，知识界从文化问题入手，分析中国社会积贫积弱的原因。有学者当时就指出：中国近代社会的衰败、不断遭受外国列强侵略，是中国传统文化的腐朽没落造成的，而只有努力学习西方文明才能拯救中国。当学者们对中国传统文化口诛笔伐时，梁漱溟却挺身站出来。他认为：中国的贫穷落后，不能归咎于文化的落后。中国文化不仅历史悠久，而且几千年来血脉都没有断流过。中国文化，不仅对东方文明的影响深远，还对西方现代科学技术发展作出了贡献，欧洲文艺复兴也受到中国文化的影响。在当时的社会环境中，梁漱溟之所以高度肯定中国传统文化的历史贡献，就是希望中国人在自己的本土文化中找到自信的力量。

梁漱溟谈中国文化，其视野是开放的，他将西方文化与中国传统文化进行微观比照。《中国文化的两大特征》一文中，他指出："西洋社会中的人和人的关系是硬性的、机械的，而中国社会中人和人的关系是软性的、活动的。"在西方的历史中，人们的团体观念意识强，比如古希腊时期，公民在体力劳动、出海捕鱼、商业贸易乃至战争当中，团体观念表现得尤为明显。为了保障团队协作顺利进行，法律规则就格外重要。团队中所有的成员，违反了规则，就会受到惩戒。人与人之间的相处，要依靠严格的规则进行约束。

而中国传统文化史是一部农业文明史，农业文化的特征就是松散，没有太多的约束和秩序，"家"的观念特别强。整个国家就是一个大家庭，皇帝就是家长，那些在地方从政的官员，一般也叫父母官。宗法社会中的族长，在家族当中有着至高的权利，可以决定人的生死，有时甚至凌驾于法律之上。这种社会模式中，人与人之间讲"家"的感情，人情大于法，故上至朝野，下至草民，都爱拉帮结派、讲兄弟义气。如此一来，人们的法治观念、纪律意识就显得非常淡薄。

谈到中国传统文化，孔子是一个绕不开的人物。在《孔子学说之重光》一文中，梁漱溟对如何研究孔子学说亮明了观点。孔子之后的读书人，对孔子学说思想的解读可谓千奇百怪，由于对孔子的解读千人千面，以至于孔子学说思想的真实面孔模糊不清。他认为认识孔子，要从两个方面下功夫：首先是深入研读以《论语》为代表的孔子学说；其次是研究历代研究孔子思想的典籍。

孔子思想学说到底是什么？当时知识界各有解释，梁漱溟却认为孔子思想学说是一门“修身”的学问，他的学说当中无不体现出“认识你自己”的追问。这和古希腊时期的著名箴言“认识你自己”惊人相似。孔子尽管在政治、教育、伦理方面提出了很多见解，然而和“修身”的见解相比，都显得微不足道。孔子毕生致力于自己的生活顺适通达，从不和自己的内心“闹别扭”。在现代学科门类中，难以找到与“修身”对应的学科名称。梁漱溟认为，研究孔子的思想学说，将西方心理学引入大有必要。毕竟孔子的思想，都是从他对人类心理的认识中而来。这种主张，对当时那些专门研究孔子思想的学者而言，无疑是石破天惊之语。

从本书中不难看出，梁漱溟对中国传统文化充满着深情厚爱，但这并不代表着他一味地赞美和歌颂。在西方现代文化涌入中国之时，他时刻保持清醒的认识，总是在传统文化中寻找思想的闪光点。他对中国传统文化的思考，和同时代的知识分子总是保持一种距离，他的文化见解，本身就成为中国文化史中的风景。

乱世才子眼中的礼乐文化

在中国现代文人谱系中，人们习惯性地认为周作人和胡兰成是两个汉奸文人。不可否认，在抗日战争时期，他们确实投靠过汪伪政权。可是他们毕竟是一介文人，只是用笔写写文章糊口而已，他们之于家国民族，都没有干过伤天害理之事。这一点，也形成了共识。随着很多历史迷雾的逐渐散开，人们已经认识到二位在文艺思想领域的造诣何其之深。撇开政治标签品读他们的文字，就有一种不可抗拒的美学享受。国内关于周作人之作品，基本上已经公开出版。有关胡兰成的作品，也在陆续问世。《中国的礼乐风景》（中国长安出版社 2013 年版）是胡兰成一生中重要的学术思想性著作。虽然是学术思想性作品，却诗意盎然、文采飞扬。

胡兰成的一生基本上是与文为伴，即便在战乱年代，他也没有停止思考与写作。当然，人们最初知道胡兰成这个名字，是因为张爱玲的原因。《今生今世》中，我们看到了一个风流倜傥、真性情的胡兰成。然而，在《中国的礼乐风景》中，他的个人情感已经隐藏在理性之后，对中西文化与美学思想进行梳理。他首先是一个作家，其次才是一个学者。本书没有专业学者那种无休无止的引论与考据，他将居庙堂之高的思想与智慧写得生动活泼，若无扎实的文字功底和对中西文化的透彻掌握，自然是无力写出那种不可言说的妙义的。

台湾作家朱天文在本书的开篇语《有风的礼制》中这样说道：他“写理论学问如写诗”。这概括了胡兰成的语言特色，他的文字有一种不可言说的好，这也许就是诗意吧。本书由宗教篇、礼制篇、音乐篇三大部分构成。在宗教篇中，他将西方的基督教、印度教与佛教、日本的神道、中国的礼乐进行比较分析。不论是西方还是东方、古代还是当代，人们日常生活中总是需要某种精神作为生存的支撑，而宗教无疑扮演相当重要的角色。任何一种宗教的产生，都和所在地区的历史文化有着紧密的联系，尤其是印度，几千年以来产生了成百上千种宗教，佛教曾主导这个地区的信仰，但是很快被婆罗门教即印度教所代替。当今之印度，难以看到佛教的影子，而中国和东南亚地区，佛教的衣钵得以保存。

中国历史上，其实没有出现过像西方那样纯粹信仰宗教的时代，中国人之于宗教，没有罪感，也无忏悔之心，更多的是一种利益诉求。中国人到寺庙烧香作揖，是为了祈求平安发财；而真正的宗教信仰，没有功利目的，完全是出于灵魂的自觉。中国本土虽然产生了道教和儒教，但是道教的玄妙神秘在民间演化成驱妖避邪的手段；儒教并不能算真正的宗教，本质上是一种教人入世的生存法则。实用和工具理性，长期左右着中国人的思想。中国古代的统治者，为了江山大业的巩固，用一种类似宗教的思想教化民众，被空心化的儒家思想，长期以来是宗法社会治理中的灵丹妙药。

礼乐是一种文化，也是一种制度，与宗教无关。本书中就礼乐对中国人的生活影响作了深入分析。这里有必要对“礼乐”进行简单的梳理。礼乐最初之意，是指礼节和音乐。古代帝王常以礼乐为手段，以求达到尊卑有序的统治目的。西周时期，周天子分封天下，为维护有秩序的统治，周武王之弟周公旦制礼作乐，即周礼。周礼作为各级贵族的政治和生活准则，成为维护宗法社会秩序必不可少的工具。礼乐作为制度，奠定了中国传统文化的基调。这套制度之所以被后世所称道，因为它是以道德为核心建立起来的，由此确立了道德在治国理念中的主导地位，这对于中国历史的发展方向和进程，产生了极为深远的影响。在中国历史上的社会大动荡时期，一般以“礼坏乐崩”来形容，比如孔子所在的春秋时期，神州大地战乱不止，孔子就呼吁恢复“周礼”，他在此基础上提出了“仁”的思想，将中国礼乐制度的内涵引向深入。胡兰成在书中指出：中国历史上的王朝即将消亡之时，都是“礼尚存而乐已亡，新朝将起，都是礼未修乐已先兴”。

其实，长期以来普通的家庭、家族都是礼乐文化的秉承者，比如丧礼、婚礼、冠礼、祭礼等。中国民间现存的很多风俗习惯，和礼乐有着千丝万缕的联系。当前，由于工业化、城镇化的步伐不断加快，传统的礼乐文化面临土崩瓦解的危险。“礼可改但是不可废”，胡兰成对礼乐持肯定的态度。在以前的乡土中国，很多目不识丁的民众，人前人后都是彬彬有礼，世间道理清清楚楚。他们的常识从哪里来？其实都来自家庭当中的礼乐文化。礼乐文化把人与动物区别开来，让人成为文明的种群。但是“五四”新文化运动中，很多新派知识分子大力批判中国礼乐文化和制度，认为礼乐使得中国走向落后保守。现在回头来看，这种过于极端的观点是值得商榷的。当然，中国礼乐文化当中也有糟粕，这也是事实，但不能就此将延续千年的礼乐文化迅速砸毁，这无异于切断了中国古代思想之源。

一代学人的沧桑记忆

在中国现当代史上，涌现出无数学贯中西的大学者，他们的人生命运各不相同，但是都对中国历史与传统文化抱以敬意。其中著名的政治学家、历史学家萧公权（1897—1981）就是其中一位。他毕生从事政治学、历史学、哲学研究，其《中国政治思想史》《康有为思想研究》等著作，是学界的经典著作。为了系统反映他的学术成就，在国家出版基金的资助下，2014 年中国人民大学出版社推出九卷本的《萧公权文集》。其中第一卷《问学谏往录》，是萧公权亲笔撰写的个人回忆录。

众所周知，若要深入了解一位学者的学术见解，研读其学者自传，则有利于立体认知学术思想，本书就是深入研究萧公权学术思想的“敲门砖”。在《问学谏往录》中，萧公权详细记述了曲折坎坷求学、从教和治学经历与往事。他从一个知识分子的角度，真实地展现了二十世纪上半叶的学界风云和时代变迁。

萧公权毕生以中西方政治思想、中国传统社会的政治结构为主要研究对象，广泛涉及民族主义与世界主义的关系、现代化问题、中西文化论争等。他的学术思想博厚精深，行文细密笃实，对史料的钩沉及其鞭辟入里的分析，在中国现代学术思想史上是罕见的。他为我们缔造了一个非常规范而又冷静的学术格局，开启了中西政治学研究的新模式，为中国政治学研究提供了借鉴。

萧公权一生在大学里度过，浓郁的书香陪伴他的人生。他是江西泰和县人，1920 年从清华毕业后赴美留学，就读于密苏里大学新闻专业和康奈尔大学哲学系。1926 年取得康奈尔大学博士学位。回国后，他曾先后在南开大学、东北大学、燕京大学、清华大学等校任教。抗战爆发后，任教于四川大学、光华大学。1948 年，他凭着杰出的学术造诣，当选第一届中央研究院院士。1949 年底赴美出任西雅图华盛顿大学教授直至 1968 年退休。《问学谏往录》就是在退休后所写，他在本书“引言”部分非常谦逊地写道：“年过七十，往者不可谏，来者也少可追……涉及一些琐细事情的回忆，在一个平庸人的经历当中虽不是没有意义的，但实在都无关宏指，更不免索然无味。”

萧公权不仅是学者，还是文字功底深厚的散文家。也许是他自幼受过严格的古文训练，他的语言文字读起来颇有韵味和诗意。萧公权对于青少年时代求学故事的回忆，对于今天的教育具有启发意义。萧公权青少年时代初入上海教会学校求学时，他根本就不懂英文，然而老师授课却是全英文式的。在语言障碍面前，他丝毫也不畏惧，虽然不懂英语，但是他见到老师和同学们都说英语，他产生了强烈的好奇心。勤学苦练，他用一年时间里就熟练地用英语听说读写。对英语的掌握，为他日后成为中西合璧的学者奠定了基础。当前，很多家长花费大量金钱，送孩子上英语培优班，但是效果甚微。究其原因，是日常学习生活环境中没有讲英语的氛围，也没有真正培养孩子对语言的爱好。

要想成为杰出的学者，知识全面发展固然重要，而身体的重要性更是不言而喻。然而，现在不少中小学一边说锻炼重要，一边还以各种理由搪塞。青年时期的萧公权就读于清华学校，在他的回忆中得知：清华办学之初，就把体育作为必修课，体育不及格，就不能毕业。萧公权是那种书呆子型的学生，由于身体较轻，体育运动中的跳远项目一直都是短板。学习之余，他早晚苦练终于及格。萧公权克服自身困难练习跳远的经历旨在告诉我们：学习中的兴趣固然重要，但是“规定动作”也要积极完成，不容逃避。其实人生也是如此，不能逃避的时刻选择逃避，最后“欠下的债”总归是要还的。

本书“问学新大陆·康奈尔大学的三年”篇章中，萧公权用详细的笔墨，回忆了诸多的老师、同学，尤其是对于读书与治学，他写下很多的感悟。杜威是著名的哲学家、教育家，当时在美国求学的萧公权慕名聆听了这位大师的讲座。然而结果令人大失所望，因为杜威并不擅长课堂演讲，讲座还未结束，学生走了大半。从此萧公权也明白这样的道理：并不是所有的大学者都擅长演讲，那些滔滔不绝的学者未必就有真学问。胡适谈治学方法时，曾提出“大胆假设，小心求证”，但是萧公权却在这两句话前加了一句：放眼看书。他认为，做学术研究，如果不大量阅读相关文献，“假设”一定带有偏见，“求证”则更危险。在学术研究中，他反对漫无目的的阅读，更反对全凭着主观需要，只摘取与己相符的思想观点而自圆其说，这是一种自欺欺人的下流手法。

萧公权的后半生虽然身处异国他乡，但是对中国传统诗词格外喜欢，闲来也读诗赋诗。有人曾经问他：为什么喜欢旧诗？他的回答是：只有喜欢，没有其他理由。同时他也补充：“我反对两种诗，陈言滥套的旧诗和粗制滥造的新诗，这两种诗不是真诗，是死文学。”萧公权作为海外的华人知识分子，对中华传统文化充满眷恋，他的学术基因里，流淌着中华文化的血液。萧公权毕生能够在象牙塔之中钻研学术，并不受外界纷扰，这是他的幸运。

逝者如水，思想有光

在我国知识界，有两位老人一直都是人们所关注的焦点，一位是杨绛先生；另一位是周有光先生。两位老人 80 岁之前默默潜心学术，晚年则对人生、文化、世界三者之间的关系“密集”思考，并不断著书立说，年龄似乎都不是问题。人的一生，耄耋之年还紧跟时代步伐静思学问，是难能可贵的，而百岁之后依然读、写、思，这就不得不令人敬佩。然而人的生命毕竟是有限的，杨绛先生以 105 岁的高寿，于 2016 年 5 月 25 日溘然长逝。随后不到一年的时间，即 2017 年 1 月 14 日，周有光先生刚过完 112 岁生日的第二天便驾鹤西去。他作为当代最高寿的学者，也是唯一在经济学、语言文字学、文化学领域历经三次转向的学者。他最为人所熟知的，是参与制定《汉语拼音方案》，被尊称为“汉语拼音之父”。怀念周有光先生，莫过于研读他的传记及其著作。

至于周有光的传记类作品，近些年来并不少见。《汉语拼音之父：周有光传》（高亚鸣著，江苏人民出版社 2011 年版）

这本书，以九个章节的篇幅，用全景式的叙述方式，客观地梳理了他在童年、少年、青年、中年、老年不同人生阶段的故事。本书用平视的眼光，将周有光历经晚清、北洋、国民政府和中华人民共和国四个历史时期的经历，进行立体“画像”，书中没有对周有光英雄史诗般的塑造，而是尊重史料，还原了一个本真、平凡的学者形象。

阅读本书，是清晰认识周有光的过程。周有光乃笔名，其本名为周耀平，1906 年出生于江苏常州书香门第，年幼时念过私塾，少年时读过新式小学和中学，年轻时分别在上海圣约翰大学和光华大学（今华东师范大学），主修经济，兼习语言学。二十世纪三十年代初，他和“合肥四姐妹”之一的张允和结婚，后赴日留学。抗战爆发前夕，他返回上海，任教于光华大学，同时在沪上银行界兼职。抗战胜利后，他继续在银行业界工作，并派驻纽约、伦敦。1949 年后，他回到祖国的怀抱，在复旦大学和上海财经学院主讲经济学，并在新华银行兼职。50 岁之前，周有光主要从事经济工作与研究，语言文字学对他而言，仅仅是一种业余爱好。

人生充满了偶然。1955 年，周有光奉调北京，进入中国文字改革委员会，专事语言文字研究。他曾回忆，自己从未想过进入这个领域，完全是边学边干。其实任何学问和事业偶然转向的背后，都有其必然性：他除了古文基础好，还精通英语、日语、法语，正是因为他具备开阔的语言学视野，这为他从事语言文字学研究奠定了基础。当时，多数人主张用汉字笔画字母的人占据多数，即便他的连襟、著名作家沈从文也反对他主导的汉字拼音用拉丁文字母。

本书中写道，“在和同事们经过三年的研究之后，周有光提出汉语拼音三原则：拉丁化、音素化、口语化，并阐明汉语拼音方案有‘三是三不是’：不是汉字拼音方案，而是汉语拼音方案；不是方言拼音方案，而是普通话拼音方案；不是文言拼音方案，而是白话拼音方案。这些原则得到了语言学家们的认同。”

1958年，由周有光主导的《汉语拼音方案》，经全国人民代表大会通过。二十世纪八十年代初，他又促成国际组织认定汉语拼音方案为拼写汉语的国际标准。之后，周有光继续研究以词语为单位的拼音正词法，形成《汉语拼音正词法基本规则》。现在人们使用汉语拼音习以为常，然而回头来看，周有光主导的汉语拼音方案，对于现代语言文字发展而言具有里程碑式的意义。《汉语拼音方案》以其国际化、音素化的严密设计，使得不能准确表音的汉字有了科学的注音工具，为扫除文盲、推广普通话、索引排序、工业编码、制定手语等提供了前提条件。尤其是计算机应用普及以后，采用拉丁文字母的汉语拼音方案，在中文信息处理技术方面显示出极大的优越性，为汉字信息化、汉语国际化、推广普通话作出了巨大的贡献，从这些意义层面讲，周有光是受之无愧的“汉语拼音之父”。

《汉语拼音之父：周有光传》这本书，是以他者的角度，重点围绕“汉语拼音之父”中心议题展开叙述，而《逝年如水：

周有光百年口述》(浙江大学出版社 2015 年版) 则不同，主要是周有光的“口述历史”。此书的基本内容，是根据周有光 1996—1997 年的口述录音整理，在 2014 年补充了一段“尾声”。他当时口述时已 91 岁，但他所口述的内容，并不止这 91 年，也追溯他的家世和见闻。而在补充“尾声”时，他已是 109 岁，称之为“百年口述”名副其实。

在这本口述史中，周有光从家族渊源谈起，细数清末至今的历史剧变，透过敏锐的眼光和超强的个人记忆，讲述曾经亲身经历或耳闻的大量有趣的情节，集中表现了中国百年各个历史节点给人带来的影响。全书内容覆盖家庭、教育、国家、社会、战争、经济、文化、爱情、晚年生活等重要内容，其中涉及中外历史上有影响力的人物近 200 个，如：吕凤子、刘半农、胡适、沈从文、陶行知、梁漱溟、聂绀弩、邹韬奋、卢作孚、梅兰芳、常书鸿、赵元任、老舍、马寅初、叶圣陶、胡愈之、爱因斯坦等。

周有光口述往事时，不仅善于描述当时现场、事件、人物的命运，还与中国之外的世界形成相互比较和参照。由于是口述，书中文字的语言风格随意、自然、活泼，充满智慧、乐观、幽默的基调。本书出版之前，有人就知道周有光和爱因斯坦的交往，但是交往到何种程度，各种传言不绝于耳。

书中，周有光回忆，二十世纪四十年代时，自己在美国工作，通过普林斯顿大学客座教授何廉牵线，和爱因斯坦有过交往。由于两人领域不同，因此仅仅聊些生活琐事。印象中的爱因斯坦非常友好，穿衣不讲究，也没有名人架子。正是因为无法专业对话，故对于爱因斯坦的记忆，印象并不深刻，而爱因斯坦“人的差异在于业余时间”之名言，周有光一直记在心里。爱因斯坦认为：一个人到 60 岁，除吃饭睡觉，实际工作时间不是很多，而业余时间倒是更长。通过业余学习，可以成为某方面的专门人才。本书“尾声”中，周有光谦虚地说：“我的口述史不完美，也不完整……我非常愿意听到不同的意见和声音。”

周有光在 100 岁之后，除了写作，经常在小书房里与许多来自各地的文人访客谈笑对答，这也成为他晚年表达观点的方式之一。《岁岁年年有光：周有光谈话集》（天津人民出版社 2016 年版），精选汇集了周有光百岁之后所思所想。谈话集中，分为对谈和采访两部分，共 23 篇文章，呈现了他对国家发展的思考，对人才教育、社会运行、国家未来、世界历史等一系列问题的理解和关注。一问一答之中，浓缩了他的百年人生智慧。某种程度上讲，这本谈话集也是他晚年生活状态的记录。

和所有的知识分子一样，周有光对于教育问题有自己独到的看法。他常说，人要活到老、学到老、思考到老。在谈话集《教育要给孩子留有空间》一文中，他回忆了早年接受学校教育的往事。在上海圣约翰大学读大一时，学校图书馆的报刊非常多，其中一名老师对周有光说，读报是有方法的，读报时要问自己：今天新闻中哪条最重要？为什么这条新闻最重要？这条新闻的历史背景是什么？不知道就去查书。后来，周有光按照老师讲的方法看报，思考问题的习惯逐渐养成。这种主动思考的阅读法，对他后来的影响极为深远。

一般来讲，人老了，思想难免守旧，对新鲜事物或多或少存在抵触情绪。尤其是近年出现的“网言网语”，社会上存在各种不同看法。在对话集中一篇名为《网络语言不是洪水猛兽》的文章中，周有光并没有排斥网络语言，而是秉持开放的眼光。他认为，网络语言的出现是一种自然现象，并不妨碍人们规规矩矩地写文章。“至于这些网络语言好不好……我认为没必要发愁。因为一个东西创造出来，会玩的人自然会创造好玩的方法。我认为一个凭空创造的事情开头都是不成熟的，假如长期不成熟，必然会被淘汰；假如是好的，将来会被大家接受。”

二十世纪九十年代之后，周有光在人生晚年之时，研究学问的目光从语言文字学投向了历史与文化学领域。针对传统文化、现代文化、外国文化等理论与实践问题，他出版了系列著作。《常识》（北京出版社 2016 年版）这本书，主要从他的有关文化类著作中，精选出 10 万余字汇编成册。此书作为读书界知名的“大家小书”系列中的一册，用深入浅出、简明扼要的方式，将周有光的文化见解进行不同维度的表达。

众所周知，中国传统文化源远流长，是中华民族安身立命之本，是中国人引以为傲的精神财富。以儒家文化为代表的华夏传统文化，长期维护了中国的皇权制度，使农业和手工业得以稳步发展。在周有光看来，华夏文化具有“五大贡献”，即培育五谷、纺织丝绸、采种茶叶、制造瓷器、发明纸张。在本书《传统文化与现代社会》一文中，对于什么是民族文化，他提出了见解：每一个民族都有长期积累起来的传统文化。由于社会发展水平的不同，传统文化有先进和落后的区别，但是由于具体条件的不同，各民族的传统文化有各自的特色。传统文化很少是单纯的。不同的文化混合成一种传统文化，是传统文化的经常现象。传统文化不可能一成不变。一个民族在不同的时代有不同的传统文化。对于中国传统文化，他也总结了三个方面的特点：世俗性强，宗教性弱；兼容性强，排他性弱；保守性强，进取性弱。有关中国传统文化特点的凝练，其实目前没有唯一答案。他的表述，作为一家之言，依然具有继续探讨的价值。

世界上，到底有多少种文化？这恐怕难有标准划一的回答。一般来讲，人们常常把世界文化分成东方文化和西方文化。对此，周有光在本书《世界四种传统文化略说》一文中，依据自己的研究，认为这种回答过于笼统模糊，也不符合事实，他认为，自从上古两河流域的文化和尼罗河流域的文化消亡之后，欧亚大陆的许多文化摇篮逐渐聚合成四种传统文化：东亚文化、南亚文化、西亚文化和西欧文化。东亚文化以华夏文化为基础，发源于黄河流域，传到长江流域和珠江流域，继而再传到越南、朝鲜和日本。在全球化时代，地区传统文化相互交流交融，其中的部分精华已经聚集成为不分地区和国界的现代文化，这是全人类“共创、共有、共享”的文化。而对于人类文化的发展规律，周有光看来，就在于清醒地理性评价历史悠久而辉煌的自身文化价值、地位与走向，既不妄自尊大，也不妄自菲薄。

周有光的先生的离世，对于中国知识界而言，无疑是一种损失和遗憾。认识其人、阅读其文，学习周有光的人生传记、聆听他的口述历史与系列谈话，琢磨他的文章及文化思想，给人的启示是多方面的。其中重要的一点，那就是人无论在任何时期，都不要停止对知识、对文化的渴求和探索。唯有如此，人类的思想之光、精神之光，才能光耀这个不断发展的时代。

哲学家写给时代的励志书

无论什么人，只要找准奋斗目标，一步一个脚印坚持朝前走，最后总是能步入人生期待的顶点。与其说这是一种生活信念，还不如说是一种精神寄托。然而近年来，伴随着新富阶层的崛起，一些“80后”，甚至“90后”，成为叱咤风云的人物。于是很多人就悲观地感叹道：这辈子能否成为人上人，完全是取决于父辈的社会地位和经济实力。这种消极的观念扩散开来，必然会腐蚀立志奋斗的青年。读著名哲学家彭富春的传记《漫游者说：一个哲学家的心路历程》(团结出版社2016年版)，给人满满的精神正能量，任何一个有梦想、拼搏过的人，读此书都会产生思想上的共振。

彭富春现为武汉大学哲学学院教授、博导，主要研究美学的一般理论、德国现代哲学以及中国先秦思想。出版过《论孔子》《论国学》《论老子》《论海德格尔》《论中国智慧》《哲学美学导论》等一系列有广泛影响力的学术专著。《漫游者说：一个哲学家的心路历程》并不是学术著作，而是用朴实的语言、诚挚的感情，追溯求学、生活、工作之旅，全书按照时间顺序，依次分为“田野之子”“青春的梦幻”“思想者与写作者”“光明与黑暗”“在哲人与诗人之乡”五大部分。

在本书前言中，彭富春写道，“我自比漫游者，我自说漫游的故事，或许有人会问：这是一条什么样的漫游之路？我的回答是：也许它只是一条奋斗者的道路，一条自强不息的道路，一条追求爱、智慧与美的道路。”作为哲学家，对于本书写作的目的，他解释可以更堂皇一点，或者更“拗口”一些，然而他却开门见山地表达了写作本书的初衷。本书的字里行间，并未大规模地引经据典，也没有长篇累牍地讲做人做事的大道理，而是实实在在地讲述发生在自己身上的那些故事。作为名家学者，他能以如此之低的姿态，用接地气的方式毫无保留地呈现个人的喜怒哀乐，这分明是一种可贵的人文情怀。

查阅一些中国当代著名学人“档案”，坦白地说，多数都出身于书香门第，或者在衣食无忧的环境中长大。而彭富春的祖辈，都是湖北江汉平原上脸朝黄土背朝天的农民。1965 年，在他年仅两岁之时，父亲就离世，母亲撑起一个飘摇的家。他的童年，最朴素的梦想就是吃上饱饭，过年能吃上鱼肉。彭富春和所有学者一样，青少年时代就对学习表现出浓厚的兴趣，中学时熟读《红楼梦》。恢复高考后的 1979 年，他怀揣文学之爱，考取了武汉大学中文系。

书中，彭富春在讲述第一次前往大学之路的篇章中，动情地写道：“到了大学，我不会住在破旧的房子里，担心暴风雨的到来，不会只吃米饭、咸菜和辣椒酱，也不会穿被人穿过的旧衣服，我也不会因没有钱而看不起病了。大学将是一个新的世界，我将成为一个新人。”当前生活在城市里的年轻人，对这段话可能无动于衷。我是农家子弟，也是通过大学改变了自己的命运，读罢深深地陷入二十年前同样的记忆中，百感交集的眼泪竟然夺眶而出。

二十世纪八十年代初期，改革开放的序幕徐徐拉开，整个社会都热爱文学，探讨文学作品成为从城市到乡村共同的话题。当时年轻的彭富春，也是文学爱好者。然而伴随着知识视野的扩大，大三时，他的注意力转向了哲学、美学，他甚至萌生过转专业的想法。文学需要激情、想象力和生活阅历，而哲学强调理性、反思、论证和推导。彭富春接受过文学的系统训练，同时对哲学也如痴如醉，感性与理性之间的互补与交融，又使得他对于哲学的分支学科——美学情有独钟。

那个年代，也是哲学、美学走红的黄金时代。当时，哲学家、美学家李泽厚是青年人心目中的学术“男神”，当时李泽厚的系列论著，也深深地吸引彭富春。彭富春留校工作两年后，报考了中国社会科学院研究生院哲学系美学专业，师从一代大家李泽厚。本书中，彭富春回忆了初次与李泽厚结识的往事。当时，初出茅庐的他，到北京参加研究生面试，带着紧张的心情，见到了李泽厚。“他给我一本书，并指明了其中的章节，要求我明天译出来，后天交到哲学所办公室。这就是我面试的任务。”如此看来，那时候的面试，确实考验专业水准。

彭富春专业基础好、外文底子也不错，不到一天的时间就提交了面试作业。

最终，彭富春如愿到中国社会科学院考取研究生，在北京认识了很多名震海内外的学者。作为名师的弟子，李泽厚认为研究西方哲学与美学，必须懂得两门外语。“从事科学研究就是要做一个孤岛上的灯塔守望者，如果不能忍受孤独的话，你们最好不要当哲学家。”对于导师这句话，他至今都铭记在心。彭富春写道：“作为李泽厚教授的学生，如果要成为他那样的学者，那么我也必须让自己生活在孤岛之中，哪怕在滚滚红尘中有无数的欲望和诱惑。”

正所谓名师出高徒。彭富春在读研期间和毕业后回武汉大学任教的那几年，他在学术界崭露头角。1987 年，他写出了自己的第一本著作《生命之诗：人类学美学或自由美学》，接着翻译了德国哲学家蓝德曼的《哲学人类学》、德国哲学家海德格尔的《诗·语言·思》。为了深入地研究德国哲学，他自学德语，经过一番周折，于 1991 年前往德国奥斯纳布吕克大学，师从哲学大师海德格尔晚期弗莱堡弟子博德尔教授。在德国经过七年的努力，1997 年获得哲学博士学位。由此，他也是武汉大学历史上第一位留德哲学博士。

通读此书，不难看出，人的成功之路，也是一条艰辛之旅。彭富春每一次的进步，都充满荆棘，面对求学中的一个个堡垒，他就如同勇敢的战士，义无反顾地冲锋在前。在现实生活里，不少人面对挫折和困难，经常唉声叹气、怨天尤人。其实自己的命运，完全由自己掌握，自己的不懈奋斗，决定了未来有一个怎样的自己。本书不仅是学者个人的记忆书写，也是这个时代励志的传奇。在书的“独白”之中，彭富春写道，“作为漫游者，我知道路途是遥远的。它没有开端，也没有终结。但任何一个边界的转换都能敞开新的地平线，在那里可以看到大地上最美丽的风景：日出与日落。”这寓意深远的文字，我每次阅读之后，灵魂都会阵阵颤抖，获得一股砥砺前行的力量。

我们如何过上良好生活

两千多年前，我国大思想家孔子曰：“吾日三省吾身。”大意是人需要经常反省自己的言行，在生活中才能少犯错误，活得明白且有价值。同样，古希腊哲学家苏格拉底也曾经说过：“一种未经过思考的生活是不值得过的。”这些看似浅显易懂的话，蕴藏着丰富的人生哲理。而在我们的现实生活中，有人却忽略了这些，乃至在人生的道路上走向迷失，离目的地渐行渐远。《何为良好生活：行之于途而应于心》（上海文艺出版社2015年版）一书中，陈嘉映围绕“我究竟该怎样生活”这个核心命题，从伦理学的角度出发，针对现实中的各种现象展开探讨。

陈嘉映现为首都师范大学伦理学专业教授，出版过《价值的理由》《从感觉开始》《海德格尔哲学概论》等学术著作，被称为“中国最可能接近哲学家称呼的人”。在《何为良好生活：行之于途而应于心》一书里，他以闲散的聊天口吻、雅致的随笔文风、依循历史与生活的脉络，带领我们穿越思想的丛林，领悟伦理学之于人生的要义。全书共分为八章，主要从伦理、伦理学、价值、实践、知行关系、道德等问题作为切入点，阐释他对伦理学与生活的理解。“我究竟该怎样生活”这个命题，不仅是人生道路之初的难题，也是贯穿人一生的焦点。他写道，“这个问题，主要不是选择人生道路的问题，不是选对或选错人生道路的问题，而是行路的问题——知道自己在走什么路，知道这条路该怎么走：我们是否贴切着自己的真实天性行路。”

对于伦理、伦理学、道德等词汇，人们并不陌生，然而深究起来，可能就语焉不详。在探究“我究竟该怎样生活”时，有必要对这些概念进行学理上的辨析。本书第一章“伦理与伦理学”中，作者从古今中外学者的论述中，从不同维度和不同层次进行论述。概而言之，伦理是人们处理相互关系应遵循的道理和规则，道德是调整人们相互关系的行为规范的总和；而伦理学就是研究道德的学问。因此，伦理学又称道德哲学或人生哲学。伦理学是人类知识中一门最古老的学问，我国最早论述伦理道德的思想家是孔子。在西方，伦理学是由古希腊哲学家亚里士多德创立的。

当前，很多人文社会科学领域的学者，在研究中善于倒腾各种图表、数据、公式、模型，乐意和自然科学“联姻”，但是伦理与道德直指人的灵魂深处，无法进行数据层面的量化。陈嘉映指出：“伦理学不是自然科学，也无法被自然科学化。”确实，伦理与道德皆指涉某种规范系统，伦理偏重于社会的层面，道德则偏重于个人的层面。不过，在一般的口语表达中，两者经常被视为同义，有时还被连用为伦理道德一词。

书中的重点，是伦理学之于社会的深刻、生动阐释。在社会伦理的视域下，医学伦理是一个热点。他在第四章“实践中的目的”中，提出了自己的看法。本来，医生行医是手段，目的是治病救人，造就最广义的健康。在艺术界有“为艺术而艺术”的说法，而医学界似乎没有“为行医而行医”的论断。可是有的医疗机构为了实现经济利益的最大化，背离了医疗目的，过度诊断、过度治疗的现象多有发生，很多患者为了治病，常常掏更多的冤枉钱、血汗钱。医学伦理不仅直指医学界的良知，更涉及千家万户，关乎人们的普遍利益。

针对这种现象，陈嘉映写道：“治病当然是个技术活儿，但行医不仅要靠医术，同样要靠医德。”继而，他又引出了“德与才”的讨论。德才兼备历来是社会评判专业技术人才的标准。尤其是德性，历来被中国社会所重视，一个人的学问再好、能力再强，倘若失德、缺德，这种人不会得到应有的尊重。当前，有一种论断值得警惕：知识的归知识，道德的归道德。确实，在单一的领域中，从业者只要技能高明就能胜出，但在多数人类活动中，杰出的成就既依赖特定的才能，更需要良好的德行。比如双方格斗，当然要看谁技高一筹，但勇气也是制胜的关键，甚至有“两军相逢勇者胜”的说法。无论是过去、现在还是将来，德才兼备都是评判人才的标尺，如果否认了德才兼备的重要性，也意味着否定了道德在文明社会中存在的意义。

快乐和幸福，人人都为之向往。有人以为快乐等同于幸福，而陈嘉映以为两者并不能等同。如有的人以伤害他人、侵损他人利益为乐，这种快乐显然不是幸福，更不能说是一种良好生活。从某种程度上讲，快乐是短暂、转瞬即逝的，与善好无关，人不能为了一时之乐而触碰伦理道德的底线。幸福不仅涵盖快乐，幸福和善好的品质也紧密相连，如果幸福建立在别人的痛苦之上，这非但不幸福，更是一种罪。对于书名中提到的“何为良好生活”，他写道：“良好生活首先从品性、识见、有所作为着眼来看待生活。”他理解的有所作为，和人生的成功并没有多大关联。现在都习惯于把有所作为的人统称成功人士，其实，成功人士和不成功人一样，有的过着良好生活，有的却品格低俗、灵魂卑劣。成功只会让优秀的人变得更加坚毅、从容、大度。而那些在浊世钻营得了官位得了钱财的人，得意张狂、浅薄低俗，这与良好生活无关。

书中讲到的各种伦理道德缺位现象之所以存在，除了历史、传统和社会因素之外，还和个人的学养有着紧密联系。陈嘉映并非要为人们该如何更好地生活开出“药方”，因为每个人的成长环境、教育背景和人生际遇不尽相同。总体上来讲，若要过上有尊严的良好生活，提升知识修养是前提，对人生和社会要有通透的理解。更为关键的，是在社会实践中善于运用知识，时常反思言行，追随天性的步伐，努力做到“行之于途而应于心”。

用一场年夜盛宴作别记忆中的年

二十世纪八十年代，我还是个小孩，在湖北江汉平原农村生活。对我们这些孩子来说，一年当中最期盼的就是过年。因为只有在过年的时候，才有新衣服穿，有好吃的。我清楚地记得，过了小年后，家里就开始准备年货了，除了腌制好的腊鱼腊肉，还要备好麻糖、炒米、豆皮、糍粑等。这些春节美食，现在看来算不了什么，但当时在家里人看来，却都非常珍贵。岂止是我的家乡，在全国各个地方，千百年来人们为了过年，都会力所能及地准备春节期间的美食。《舌尖上的新年》（中信出版集团 2016 年版）一书，围绕春节期间的美食，展开全景式的生动叙述。在生活条件大幅提升的当下，也许我们吃什么已经不是问题，可是新年与美食，已经成为中国传统文化和民俗文化的象征符号。

《舌尖上的新年》本是一部陈磊执导的纪录片，为了策划、拍摄这部纪录片，其创意团队历时两年，辗转几十座城市、乡村，对有地域特色的新年美食进行了一一梳理。纪录片的长处是用镜头真实再现各地新年美食的画面，然而关于美食后面的历史文化解读，显示出先天性的局限。而《舌尖上的新年》这本书，恰好弥补了这个方面的不足。此书由中央电视台高级编辑、著名美食家陈晓卿亲自执笔，赵珩、黄磊、沈宏非、温瑶、小宽、萧春雷、郭亦城、殷罗毕等知名美食家、作家和文化工作者，围绕各地春节美食的话题，从各个角度，深情讲述美食背后的动人故事。这里有舌尖上的美味，更有过年的人文内涵；有最高端与最简朴的烹饪秘笈，也有让人掩卷沉思的乡愁故事；有他乡，有故园，有连接起迁徙与轮回的千丝万缕。更重要的是，阅读本书，能发现乡土中国之美。

如今大多数人，常常是饭来张口，既没有在地里种菜的经历，也不擅长烹饪，常常以简单的盒饭快餐应付一日三餐。正是由于这个原因，对食物如何从田野水泽走上餐桌，没有全程直观的认识。美食给中国人的生活带来的是润物无声的影响，大多数的人，甚至以为美食是日常生活中自然而然的组成部分。如果这样看待美食，尤其是春节美食，显然是一种误解。生活在物质丰盛的年代，有没有想过，每一道菜肴的背后，究竟凝聚着多少民间的智慧和心血？除夕之夜，一碗猪肉三鲜馅儿的饺子，一盘热气腾腾的年糕，它们的食材可能来自城郊、江南、东北农场，甚至深海之中。这些美味在送到餐桌之前，经过了无数双手的温暖传递，其工艺和技巧，更是蔓延到无法计量的时光里。

春节是中国最重要的节日，整个社会回归到一个个家庭。

年夜饭，是中国人一年一度的隆重晚餐，哪些菜肴能荣登餐桌，展示了中华民族的生存空间、文明类型、地域性格以及各地人们对美味的定义。本书《所有人奔赴的晚餐——中国年夜饭的美食地理》一文中，对于水饺和年糕到底谁能代表春节美食进行了解读。一般来讲，北方人过年是少不了水饺的，而南方人过年则离不开年糕。之所以有这样的差异，我认为，这要从地域环境和农业生产的两个维度进行分析。大体上说，秦岭、淮河以北属于麦作区，北方产小麦为主，以面食为主。面粉可以制作花样繁多的食物，如面条、馒头、大饼、包子、水饺等，正是由于盛产小麦，故水饺成为北方春节美食的代名词。相反，南方盛产水稻，大米则是制作年糕的主要食材。到底是水饺还是年糕代表春节，这其实并不重要。在生活选择多样化的时代，也许在不同人的心中，春节美食都不相同。

年夜饭，是春节美食的最大看点。尤其是在农村，年夜饭必定是一年收成的检阅，第一原则是隆重、丰盛。各家各户会把最好的食物统统展示出来，至于到底有多么可口，这还要因人而异。第二个原则就是非日常化。如果天天吃的是米饭，这时的主食就会变花样，在湖北是用糯米包的绿豆糍粑；如果平时吃鸡肉，那年夜饭必然会炖一只全鸡。一年就这么一餐，什么美味复杂就做什么。越是贫穷的家庭，寄予年夜饭的希望就越大。年夜饭，在中国人心中，不是简单的一餐饭，而是具有某种仪式感。也许正因年夜饭的重要性，城市里不少酒店，就在这个方面大做文章，推出成千上万元一桌的年夜饭，尽显气派、奢华，将年夜饭的本真“口感”弄得索然无味，某种程度上败坏了传统道德和社会风气。

书中对于全国各地春节美食进行了详细的介绍。由于各个地方的历史传统、生态环境、生活习俗等的不同，春节备用的美食差异也极为明显。很多美食从食材准备到制作过程，都极为复杂。比如书中讲到的广西平乐，春节美食必备菜松皮扣，一是先用五花肉稍煮后，二是扎孔，三是搽姜、酒，四是投入油锅，炸至金黄，捞出投入冷水，五是用腐乳酱等调料腌制、切片，六是用槟榔芋片油炸后相间装碗，七是蒸笼蒸 40 分钟，最后成为绝佳的美味……再如苏州七件子、自贡粑粑肉、湘西腊肉、肇庆裹蒸、榆林枣兔兔、环县羊肉腊八粥等。这些美食缤纷各异，都耗时耗力，繁琐复杂的制作过程，凝聚各地人们对新年的期待。

春节前夕，上亿的中国人，无论是事业有成者还是辛苦的打工族，或乘飞机、坐火车，或乘汽车乃至骑摩托，都急切地奔向家的方向。人们不为别的，就为除夕那一天，一家人团团圆圆地坐在一起，美美地吃一顿年夜饭。餐桌上的美食，烙在每个人的味蕾上，是心头挥之不去的乡愁和记忆。春节美食的每一种不同味道里，分明是对美好生活的向往。

博物馆：历史、现实与远方的交汇

这些年来，经济社会建设水平提升之后，很多人意识到，公共性文教机构的多与少，决定着一个城市的文明发展水平。为此，很多城市开始大规模地建设体育馆、图书馆、美术馆、剧院、博物馆等，为城市增添新的文化活力。客观上讲，这对于增强人们的综合知识素养，起到了推动作用。在公共性的文化机构中，博物馆具有鲜明的历史文化特色、地域特色和审美艺术特色。修建博物馆和如何欣赏各种藏品，不得不说这是一门大学问。《博物馆 12 讲》（科学出版社 2011 年版），对古今中外博物馆进行立体式的“画像”，同时对于当前如何开展博物馆建设提出了建议。

本书作者姚安是历史学博士，研究员，曾担任首都博物馆副馆长，出版的专著和承担的研究项目颇丰，在博物馆学研究领域，具有深厚的造诣。书中，既有对博物馆源流与历史的全面梳理，也有实践经验的总结，可引领我们走进博物馆欣赏知识之美，体会博物馆动人心弦的魅力之所在，探知博物馆背后的理念，享受“发现”的愉悦。何为博物馆？博物馆是征集、典藏、陈列和研究代表自然和人类文化遗产的实物的场所，并对那些有科学性、历史性或者艺术价值的物品进行分类，为公众提供知识、教育和欣赏的文化教育的机构、建筑物、地点或者社会公共机构。博物馆是非营利的永久性机构，对公众开放，为社会发展提供服务，以学习、教育为目的。

中国古籍中，并没有“博物馆”这个词，唯有“博物”二字，大意就是见多识广，博识多知。博物馆一词源自希腊语的“缪斯”（mouseion），原义是指供奉掌管艺术、科学的九位缪斯女神的神庙。缪斯神庙其实是一个专门的研究机构，里面设大厅研究室，陈列天文、医学和文化艺术藏品，学者们聚集在这里，从事研究工作。传说在洗澡时发现了浮力定律的著名物理学家阿基米德，以及著名数学家欧几里德都曾在这里从事研究工作。缪斯神庙这座人类历史上最早的博物馆，在公元五世纪时毁于战乱。时间太久远了，倘若那些藏品能留存于今，那世界文明史的书写可能就是另一番景象了。

近代意义上的博物馆，出现于十七世纪，以英国牛津市中心博蒙特街上的阿什莫林博物馆的诞生作为标志。阿什莫林博物馆，也是世界博物馆史上第一个集收藏、陈列、研究为一体，向公众开放普及文化知识的近代博物馆。十八世纪，英国有一位内科医生汉斯·斯隆，是个兴趣广泛的收藏家。为了让自己的收藏品能够永远“维持其整体性、不可分散”，他决定把自己将近 8 万件的藏品捐献给英国王室。王室由此决定成立一座国家博物馆。1753年，大英博物馆建立，它成为全世界第一个对公众开放的大型博物馆。

一个值得关注的现象是：越是发达国家和地区，博物馆的数量、类型、规模，就越多、越大。目前，世界公认的四大国家级博物馆是法国卢浮宫、英国大英博物馆、俄罗斯艾尔米塔什博物馆（冬宫）和美国大都会博物馆。这四大博物馆，也被称为世界四大艺术殿堂，很多珍贵的艺术品都可以在这里见到“尊容”。这里的藏品，均来自世界各地，有的是私人捐赠的，有的是国家购置的，还有的则是用非法手段掠夺、盗取的。美国作家谢林·布里萨克等著的《谁在收藏中国》（中信出版社2016年版）一书中，对于美英国家博物馆巧取豪夺中国历史文物有过真实的披露。

中国历史文明悠久，然而专门成立博物馆，才一百余年的历史。晚清状元张謇，是中国私人创办博物馆的第一人。他虽为状元，但对仕途并无兴趣，而是大力发展工商实业。同时，张謇也致力于教育，开办师范学校、商业与医学等专业学校。他强调学生应到自然中去学习。为了便于师生“观摩研究”，张謇决定筹办一所博物馆。1905年1月，“南通博物苑”破土动工。从那一天起，中国的博物馆开始了百年之旅。目前，中国在世界上最著名的博物馆，非故宫博物院莫属，这里是在明清两代皇宫及其收藏的基础上建立起来的综合性博物馆，也是中国最大的古代文化艺术博物馆。而中国国家博物馆（简称国博），总建筑面积近20万平方米，藏品数量为100余万件，是世界上单体建筑面积最大的博物馆，也是中华文物收藏量最丰富的博物馆之一。

博物馆建筑的设计与修建，彰显着艺术审美的品味。例如宁波博物馆的建筑，是著名建筑师王澍的作品。为了留住“乡愁”，该博物馆外墙上，使用了大量宁波老建筑上拆下来的旧砖瓦，有的墙面是倾斜的，仔细看还能发现砖瓦上当年烧制时留下的符号。这座博物馆将宁波地域文化特征、传统建筑元素与现代建筑形式和工艺融为一体。再如苏州博物馆新馆，其设计出自建筑大师贝聿铭之手。该建筑在形式上体现了“中而新，苏而新”的设计理念。用现代几何形亭台楼阁形成空间序列，造成一种室外庭院空间的感觉。采用了“不高不大不突出”的和谐适度设计原则，把中国人传统的含蓄心境与周边环境相融合，成为一座既生动体现了苏州传统庭院式园林建筑风格，又具有现代建筑艺术风格的现代化综合性博物馆。

根据国家文物局年度博物馆年检备案情况，截至 2014 年底，全国博物馆总数达到了 4 510 家，这个数字仍继续保持高速增长态势。从表面上看，中国的博物馆数量并不少了，然而，中国有 13 多亿人口，平均算下来的话，每 30 万人一座博物馆，这与发达国家每 5 万人一座博物馆尚有很大距离。博物馆分为历史类、艺术类、科教类、民俗类等不同类型。无论是何种类型的博物馆，对于公众的历史、文化、艺术、科普等教育，担当着时代的重任。一个可喜的现象是：现在很多高校和科研院所，主动挖掘学术资源，修建富有专业特色的博物馆。

比如中国地质大学（武汉）逸夫博物馆，其主要特色是聚焦地学研究，数量众多、种类丰富的标志性岩石、罕见的化石、珍奇的宝石，在这里竞相“绽放”，将专业研究和科学普及融为一体。这座博物馆不仅是一所大学的文化名片，也是一座城市的文化筹码。全国各地类似这样的专业性、个性化的博物馆，近年来逐渐增多。

阅读《博物馆 12 讲》，至少带来三个方面的启示：首先是公众要善于利用身边的博物馆资源，加强历史文化知识的熏陶，在藏品实物面前观摩，可以达到“百闻不如一见”的学习效果；其次是博物馆作为文教机构，要加强自身馆藏的建设，利用节假日开展各种让大众喜闻乐见的文博普及活动，充分调动公众对于博物馆的关注；最后是博物馆的建设要适应时代发展的需要，融入声、光、电等现代技术，发挥“互联网＋”的力量，吸引更多年轻群体。无论什么人，只要身处博物馆，浮躁的心灵就顿时能够安静下来，不自觉想到了诗和远方。

自行车见证城市变迁

翻看二十世纪八十年代之前的老照片，不难发现城市的马路上，汽车是稀有之物，而自行车则随处可见。伴随着社会经济的快速发展，近年来自行车逐渐被各种汽车代替。如今，在城市里想快活地骑自行车转一圈，已经成为奢侈。今天马路边的一排排崭新的自行车，与其说是交通工具，还不如说是城市里的风景，或者是强身健体的器材。自行车，某种程度上成为我们往事与回忆的代名词。著名画家于大武先生的绘本书《一辆自行车》（中国少年儿童出版社 2016 年版），以生动的图画和温馨的文字，还原了童年记忆中的“人间烟火”。

于大武 1948 年生于北京，从小在安定门内的小胡同里长大，他热爱绘画，且长期在出版机构担任美术编辑。1988 年凭借《哪吒闹海》获得联合国教科文组织亚洲文化中心举办的第六届野间国际绘本原画比赛大奖。在出版《一辆自行车》之前，其绘本《北京：中轴线上的城市》《北京的春节》等在圈内就颇有名气。《一辆自行车》作为绘本，一如既往地延续了他的绘画风格：人物和场景的描绘简约而不简单，故事的讲述朴素而耐人寻味。

《一辆自行车》的故事是“白描式”的，主要讲述了二十世纪五十年代末，在北京的四合院内，于大武的父亲某天带回一辆新自行车。在那个物质稀缺的年代，四合院内停放自行车格外显眼。带着好奇心，年幼的于大武在胡同里学车、练车，随即引发了小伙伴们的好奇心。没多久，小伙伴们也一起学车、骑车，很是快活。但是有一天，他们不小心弄坏了自行车，于大武带着自责之心回家，然而父亲并没有责怪他，而是默默地修车到很晚……这样的故事尽管平淡，却能勾起我们的对往事的回忆，比如淳厚无声的亲情、质朴的邻里之情等。

作为绘本，文字内容起着辅助性的作用，而推动故事进展的，或者说冲击读者心灵的，则主要是一张张的图画。而每一张画的构图、色彩、造型、人物的表情再现，以及绘画风格的选择等，都体现出画家的艺术修养和人文情怀。从《一辆自行车》的绘画风格来看，于大武删繁就简，以生动有力的线条、和谐自然的色彩、类似童趣的构图，再现了当年北京四合院与胡同中的沸腾生活。本书中的第一张图画，以散点透视的构图方式，全景展现了北京四合院的面貌。画面中，胡同里的孩子们在滚铁环、做游戏，而远处古旧的城墙，则让人想到这座城市曾历经的沧桑。

谈起自行车，我们会不约而同地联想到姜文导演的电影《阳光灿烂的日子》。在这部电影中，我们看到三五成群的少年，骑着自行车在胡同里“呼啸而过”的疯癫。而本书中所讲到的主人翁们，都是十岁左右的孩子，骑车技术还没有达到熟练的程度，对于自行车，他们更多的是本能的好奇：两个轮子的自行车，为什么能骑起来，并且不倒？对于这样的疑问，我在十岁左右也有过。那是二十世纪八十年代，家里有一辆“永久牌”自行车，趁父母不在家，我经常偷偷地学着骑，不记得摔了多少次跤。当我能熟练骑车时，自行车早已“伤痕累累”。我上初中的三年，每天都是骑车上学，不仅我是如此，其他同学都是如此，那三里多地的路程，至今印象深刻。

同样是在二十世纪的八十年代，北京被外媒誉为“自行车之城”，每当上下班高峰，数百万的自行车同时出现在马路上，如同“千帆竞渡”，颇为壮观。可是，如今的北京，还有上海、广州等无数城市，俨然是“汽车之城”，骑自行车上街，并不那么顺畅。我并不是说汽车代替自行车多么令人沮丧，而是对自行车充满怀念。想必经历过二十世纪八十年代的人们，和我都有同样的感受。坦白地讲，在现代交通工具中，自行车可谓最便捷、最便宜、最环保的交通工具。自行车逐渐淡出大城市的视线，应该辩证地看待：这一方面表明时代在发展，经济水平提高了，自行车已经不能完全满足人们生活的需要；另一方面也表明城市越来越大、越来越挤，骑车已经谈不上多么便捷。

相信很多去过欧洲发达国家的人会发现：很多城市当中，专门预留了宽阔的自行车专用道。越来越多的人弃乘汽车和地铁，改骑车上班，一来为了锻炼身体，二来为了低碳城市建设付出实际行动。当前，我国很多大城市也纷纷仿效此举，且高声疾呼骑车的种种益处。为此，不少城市推出了规模不等的自行车赛，以此激励更多的人加入骑行的行列。然而现实的矛盾总是摆在眼前：宽阔的汽车车道气势逼人，自行车道则越来越窄，显得相形见绌。骑行的快乐，我们只能在郊外、乡村才能感受。对于发展壮大的城市来讲，给自行车留出更多的空间，考验着城市建设的良心。也只有如此，以人为本的建设发展理念才能充分得到彰显。

终是书香最诱人

中国作为世界上的四大文明古国之一，历来崇尚阅读、长于阅读、善于阅读，“耕读传家久，诗书继世长”便是生动的写照。可是近年来，整个社会的阅读风气令人堪忧。无数事实都表明：一个不崇尚阅读的民族，是没有希望的民族；一个全民阅读状况堪忧的国家，难以称得上是文化强国。聂震宁在《舍不得读完的书》中，对于阅读之于国家、民族、个人的意义，进行了深度的梳理与思考。

聂震宁曾先后担任人民文学出版社社长、中国出版集团公司总裁等职务。在他的职业生涯中，分别扮演过写书人、出书人、荐书人三种角色。在长期与书打交道的过程中，他对阅读的价值、出版的意义有着细致的观察和独特的体悟。2007 年，作为全国政协委员的他，率先倡议“全民阅读”。他作为全民阅读推广活动的推广人，近年来应《人民政协报》等媒体的邀请，陆陆续续撰写了数篇有关读书话题的随笔，还在不同场合发表其主题演讲。这些篇章整合起来，就是《舍不得读完的书》（商务印书馆 2015 年版）。根据内容的不同，本书分为“阅读的动力”“读书的所在”“冒险的阅读”“阅读与出版”“阅读讲坛录”等五大部分。

按理说，全民阅读活动对于全民族文化精神品位的提升是一件好事情，可是有精英人士认为，阅读是个人的私事，根本犯不着倡导全民阅读。聂震宁在本书《阅读的好时代与坏时代》《阅读的动力》等文章中表达了自己的看法。他认为，一个人的阅读总归需要内在和外在的动力来推动。古往今来，劝读都是至善之事。古人云“数百年旧家无非积德，第一件好事还是读书”，当全社会都说读书好、读书乐之时，大众就会对阅读形成集体意识、广场效应和共同的价值追求。

那些反对全民阅读的人，其实是担心全民阅读活动成为政府部门的政绩工程和面子工程，也怕发展为流于表面的“阅读运动”。因为古人早就阐述了“不静无以为学”的道理。在聂震宁看来，全民阅读活动作为有组织的社会性活动，主办单位不免会有一些计划安排，但也只是提倡和感召之类，绝无强制之意。事实上也表明，这些年各地开展的全民阅读活动，强制性的事情大体没有发生。说白了，全民阅读活动只要对人们的阅读起到好的推动作用而非“退下海”的作用，就算达到目的。同时他也认为：目前全社会崇尚学习、重视知识且出版领域佳作迭出，这显然是阅读的好时代；可社会上也有人忙于炫富、奢靡之风不止、应试教育遍地、消遣娱乐横行，人们没有耐心读完一本书，这也是阅读的坏时代。

中国传统社会中的阅读，一般强调苦读，并以苦读的故事激励一代又一代的读书人。如韦编三绝、孙敬悬梁、苏秦刺股、匡衡凿壁、车胤囊萤、刘绮燃荻、李密挂角、孙康映雪、宋濂借书……还有颜真卿的“三更灯火五更鸡，正是男儿读书时。黑发不知勤学早，白首方悔读书迟”。中国历史上之所以强调苦读，与汉代独尊儒术、隋朝开科取士有关。苦读作为获取学问的方法，当然必不可少，现如今在书香社会建设中，若倡导乐读、爱读，可能会收到更好的效果。本书《苦读、乐读与爱读》一文中认为，人们只有在阅读中能找到各种快乐，阅读才会有持续的动力。中国古代，有关乐读的主张并不多见。而爱读，正是倡导全民阅读的关键之举。爱读书，爱在读有所得，爱在读后明心智、长见识、增气质、升境界，从而谈吐高雅、往来无白丁。

当前，全民健身运动风生水起，尤其是老年人的体育锻炼，已经成为各地一道风景线。但是，若有阅读能力的老人不读书，就有点遗憾。聂震宁在《竹间老人不读书》一文中言，老人读不读书，本来不应说三道四，但是老人对于社会、家庭来讲，有着言传身教的表率作用。若老人经常读书看报，会潜移默化地影响儿孙后辈，对于良好家风、民风的形成，有着现实的引领作用。从另外一个角度看，中国已经进入老年社会，老年人口超过 4 亿大关，若老人们带头阅读，对于建设书香社会而言，算是功在当代，利在千秋。聂震宁对于大学生的阅读状况也深表担忧，按说大学应该是满园书卷气，可是大学生成天都在应付各种考试，对于经典著作的阅读，没有太多的热情。文科生即便是写学术论文，也懒得到图书馆查阅报刊图书资料，“网络一检索，胜读十年书”的现象很是普遍。而大学生长期通过移动网络进行“碎片化”的浅层性、娱乐性阅读，则会使他们性情浮躁，这对整个民族文化气质之提升形成挑战。

有关数据显示，2011 年中国人均读书量是 4.3 本，韩国是 10 本，俄罗斯是 20 本，以色列则超过 60 本！不少人懂得阅读的重要性，可是也经常感叹时间不够用。聂震宁在《读书的时间》一文中指出，读书的时间是在点点滴滴中挤出来的，要学会利用零散的时间。“有没有时间读书，关键在于自己是否爱好读书。”确实，哪里有兴趣，哪里就有时间。而阅读的兴趣，如同唱歌、画画、踢球，也是可以培养的，没有人天生爱阅读。每个人都有自己喜欢的书，在读书方法上不妨将泛读和精读互相结合，尤其是经典之书，不仅要多读、熟读，还要读透，古人有言：读书百遍，其义自见。

《舍不得读完的书》之书名，来自本书中一篇同名随笔。书中写道：“只有当我们感觉到一本书很好、很厚重、很优美、很丰富、很耐读，有着众里寻他千百度的感觉时，才会认为这是舍不得读完的书，这时的阅读才会放慢速度去体会、咀嚼、思索、把玩，以至于一咏三叹、流连忘返。”在我看来，舍不得读完的书，在大多数情况下，不会是急用现学、立竿见影、一考定终生的书，也不会是发财致富的秘笈，更不会是所谓的成功励志读本。舍不得读完的书，必定是个人挚爱之书，人书情未了之书，精神气质契合之书。如果我们的阅读少一些实用功利，多一份怡然自得，长此以往便会“腹有诗书气自华”。

书香直抵灵魂和远方

常言道：最是书香能致远，腹有诗书气自华。读书对于每一个人而言，就如同吃饭、睡觉和呼吸那么重要。人与动物最大的区别，也就在于人能读书、能思考，从而创造一个绚丽多姿的文明社会。我不敢言嗜书如命，但看到心仪的好书，恨不得立马占有之，并全神贯注地读下去。十多年前，我大学毕业后留校工作。高校本身就是知识的殿堂，是读书的好地方，我经常为自己能在书香四溢的校园工作、生活而感到幸运。

大约是在2010年左右，全民阅读之风刮遍大江南北。当时我就意识到，自己喜欢读书，又乐意写一些文章，何不围绕书香社会建设，针对大众读者专门撰写读书评论呢？随即，我就围绕那些新近出版的好书、社会备受关注的书，开始了读书评论写作。这样一边读、一边写，几年下来不少文章见诸各大报刊。去年，在商务印书馆的鼓励与支持下，我将众多文章汇编而成《最是书香》（商务印书馆2016年版）。

本书作为文化文学书评集，分为“知识分子的精神之光”

“作家作品的人文之魅”“外国文学的审美之维”“海外学人的中国之思”四大部分，共计 20 多万字。本书立足阅读，且从阅读的维度渐次展开，对中国近现代学人梁启超、王国维、梁漱溟、冯友兰、金岳霖等人的生命历程和学术思想、学术主张进行述评，还对莫言、王安忆、贾平凹、陈忠实、梁晓声、韩少功等当代中国家喻户晓的作家之作品进行评论。除此之外，《最是书香》对国外文学名家托尔斯泰、马尔克斯、莫迪亚诺、阿列克谢耶维奇、村上春树等人的相关文学作品进行解读，对海外学人费正清、史景迁、高居翰、苏立文等人关于中国主题的有关著作进行评介。本书中，我试图将思想性、知识性、可读性融为一体，编制成一幅微缩版的“文化文学地图”。

《最是书香》中，我以《民国校长：大学之魂今安在》一文作为全书之开篇。这篇文章中，主要针对智效民的《大学之魂：民国老校长》这本著作展开评论。我针对书中所提及的蒋梦麟、胡适、梅贻琦、张伯苓、竺可桢、任鸿隽、罗家伦、胡先骕八位大学校长的治校往事进行拓展性评论。这些校长都具有鲜明的个性和独特的人格魅力，他们都是“私塾”一代，国学功底扎实，对中国传统文化了如指掌，同时，他们无一例外具有海外学习经历。这种中西兼修的知识结构，使得他们具有开阔的国际视野。他们都是教育的理想主义者，克服国家贫困与战乱不断的影响，竭尽所能地延续中国文脉。

如果要说我最佩服的读书人，那无疑是著名作家孙犁。本书中收录的《孙犁：读书人的精神榜样》一文，表达了我对这位老作家的敬仰。我在研读他晚年的随笔代表作《耕堂读书记》之后，对其“三不读”的主张深深佩服：一是言不实者不读，二是常有理者不读，三是吹捧文章不读。孙犁对于读书意义的理解，更是值得回味的。在书中，我直接引用其原文“青年读书，是想有所作为，是为人生的，是顺时代潮流而动的。老年读书，则有点像经过长途跋涉之后，身心都有些疲劳，想停下桨橹，靠在河边柳岸，凉爽凉爽，休息一下了”。

近年来，从报刊到网络，经常可以见到形形色色的图书销售榜和图书人气榜。说实话，我们的阅读，或多或少会受到这些方面的影响。对于个体而言，各人有各人的阅读偏好，不妨避开各类排行榜的干扰，根据自己的志向和兴趣择书而读。我始终以为，即便是一本公认的好书，如果不合自己的阅读口味，也是没有实际意义的。从这个角度看，不同的人与不同的书，都是一种缘分。

读书能改变一个人的气质，提升一个人的修养。如果人们能兴致盎然地读一些“闲书”，那就非常难得。不少人懂得阅读的重要性，但是会说：工作和学业太忙，根本就没有时间读闲书。不错，当代人的生活节奏确实很快，很多事情都要挨个去处理。阅读在表面上看确实抽不出时间。然而，这个借口是不能成立的。若不相信的话，闭着眼睛回想这一个月中是如何度过的：和朋友逛街聚会喝茶吃饭、无所事事地浏览网页、忙中偷闲打一会儿电脑游戏、躺在床上看微信……这样数下来可能吓一大跳——阅读的时间明明是有的，只是不知不觉地浪费了。

我承认自己迷恋阅读，有时读得欢天喜地，有时读得泪流满面，有时读得心里发慌。读书是自由的、天马行空的，而读书评论写作则未必如此。书评作为一种文章体裁，有自身遵循的道德底线，言过其实的赞美或者恶意的贬损，都不是书评写作者应有的态度。我认为，书评这种文体，叙述与评论兼而有之，感性与理性互为交融，书中的见解与读书人的观点碰撞交锋，从而激发出更多的智慧火花。但愿《最是书香》能在全民阅读与书评写作探索方面，起到抛砖引玉的作用。

挚爱广袤的大地

这是一个喧嚣沸腾的时代，不少人疯狂地追逐名利、崇尚虚伪和奢华。可是不要忘记了，我们生活的这个地球，脚下的这片大地，身边的那抹绿色，目前的处境十分尴尬，甚至很是狼狈。多年来，我在一所行业院校学习、工作和生活，身边接触最多的人，就是那些从事地学与环境研究的师生们。他们当中，不乏院士名家、教授学者，还有那些心怀梦想的年轻学子。长期的耳闻目染，使得我也关注地球和生态环境的变迁。

十多年前我参加工作，当时就有一些机会跟随地学与环境类专业的师生，到艰苦的野外去从事采访报道。当然，在那些师生眼里，我只是一名看客和过客，事实上确实如此。他们当中的很多人，常年奔赴偏远的荒野，在艰苦的环境中从事科学考察。他们就如同沉默的岩石，不善于表达对自然的迷恋，其实早就把心交给了广袤的大地。

2003 年，我长途跋涉，打着边采访边旅游的小算盘，从武汉出发，第一次去千里之遥的西藏，采访在野外考察的师生。

在海拔 5 000 多米的群山之巅，我高原反应颇为严重，头重脚轻，整个人晕乎乎的。而那些师生们，若无其事地采集岩石标本，记录各种地质现象。那一刻我极为震惊：在高原缺氧、人迹罕至的荒野，他们每天不仅要徒步 20 多公里，还要背负满满一大包的矿样标本。当时我有一种强烈的愿望——不单是写几篇采访报道，还想为天下地学工作者树碑立传，写一本书！这又谈何容易？从西藏返回武汉后，采访报道发表了，而写书的冲动，被各种工作琐事消解了。

终于在 2015 年 12 月，我和吴春明博士等人，将那些发表在报刊上的地学与生态主题的报告文学、文学作品和有关评论进行汇编，整理为《大地文心：地学文化实践与探索》（中国地质大学出版社 2015 年版）一书。也就是这一年暑期，我来到了新疆克拉玛依的那片荒原，与地学生态等专业师生零距离接触。我想给他们认真“画像”，将他们的地学生态情怀淋漓尽致地呈现出来。当我来到满目荒凉的野外时，我的心凉了。

在寸草不生的荒野，很难看到生命的迹象，即便是身旁的那些山脉，也是寸草不生。绿色，成为最奢侈的色彩。空荡荡的荒野中，我以为可以随心所欲，其实不然。午饭后，不可避免地“产生”了一些生活垃圾，领队老师要求大家一丁点都不能留下，要百分百地带走。领队老师说：“就是因为这里生态脆弱，我们才要保护环境，如果都乱扔垃圾，后果更加糟糕。”离开新疆后，我撰写的报告文学《用双脚丈量祖国的大地》（此文收录到《大地文心》一书）中，专门写到这个细节。

如果一个人和某些东西接触多了，必然会产生难舍难割的感情。野外工作者与大地打交道，对大地产生爱慕之意是不可避免的。2014 年，我来到了位于青海格尔木的昆仑山地区，同样是采访野外地学工作者。昆仑山被誉为万山之宗，这条山脉留下了太多的神话传说。我来到昆仑山腹地时，被昆仑山的苍凉深深震撼。山梁上，是一览无余的岩石，很难见到植被。我想：昆仑山要是被绿色完全覆盖，那该是何等壮观。

如果说昆仑山腹地完全没有一点绿，那也言过其实。我跟随师生们在昆仑山腹地走啊走，突然耳边就传来汩汩的泉水声。果不其然，绕了几个弯，就看到一条悠悠流淌的清澈溪流！见到久违的泉水，我们赶紧洗脸洗手，驱除尘土和疲惫。我用手拍拍水，真是凉到心底——这是山顶积雪融化后的水。沿着溪流往前行，看到了一些矮矮的灌木和星星点点的小草。只要有水，就有绿色，风景瞬间充满活力。对于野外的环境观察，我是格外留心的。对于这一点，《大地文心》中收录的《鏖战昆仑》一文中显而易见。

在《大地文心》的“地学文艺创作”这一部分中，收录了我近年创作的地学生态散文。坦率地讲，当前一些自然风光类型的散文，要么停留于风景的优美描写，要么是无病呻吟的抒情泛滥。我则希望从地学常识出发，围绕生态问题谋篇布局。很多人写过敦煌月牙泉的浪漫之美，而我在《月牙泉的前世今生》这篇散文中，主要从水文地质的角度，分析月牙泉水源存在的原因。月牙泉孤独地被沙漠包围着，夕阳西下时那种美给人太多的遐思，在我眼中，更多的是生态隐忧。月牙泉是生态环境退化的痛点，西部地区如果不加强自然环境保护，也许在不久的将来，会有无数的湖泊步月牙泉的后尘。

《大地文心》一书中，我针对环境保护的成功典型，进行文学化的表达。比如在散文《一座矿山的优雅转身》中，我从资源利用与生态治理的双重角度，以湖北的黄石国家矿山公园从生态危机中突围为切入点，分析了资源开发与生态保护的破解之道。很多人认为自然资源开发与绿色环境保护存在你死我活的矛盾，事实并非如此，绿色环抱的黄石国家矿山公园，恰恰是最有力的佐证。

近年来，一些有关生态环境与人文历史专著的出版，会立即引发社会的广泛关注，如《绿色世界史：环境与伟大文明的衰落》《人类的出路》《大历史：从宇宙大爆炸到今天》《大灭绝时代》，我都会抓紧研读，并撰写长长短短的书评。为了拓展《大地文心》的知识容量，我将相关书评毫不犹豫地收录其中。大地是人类的母亲，是我们生存、繁衍的根基。著名诗人艾青在诗篇《我爱这大地》中写道："为什么我的眼里常含泪水？因为我对这片土地爱得深沉。"无论是从科学或者人文的角度，我不敢言对伟大的地球有何等深入的认知，然而对大地的热爱，已经渗透到血液里。

阅读的力量、品味与方向

2016 年 12 月 27 日，我国制订的首个“全民阅读”规划——《全民阅读“十三五”时期发展规划》，在媒体公布后引起强烈反响。时隔三个多月后的 2017 年 4 月初，国务院公布《全民阅读促进条例（征求意见稿）》。这些“国家行动”足以表明：阅读，不仅仅是个人的事情，也是整个国家和全民族的事情。

关于全民阅读的话题，已经不是新鲜事。大概在十多年前，倡导全民阅读、建设书香社会的呼声，已经屡见不鲜。近几年的政府工作报告中，对此均有专门提及。回溯中华文明史，仔细想想就不难发现，在某种程度上，文明史就是一部阅读史。关于中国古人渴望读书、用心读书的故事，可以说不胜枚举。在传统宗法社会里，人们深深信奉“诗书传家远，耕读继世长”这句话。

这些年来，伴随着智能手机和互联网的普及，“读屏”成为一种新时尚，受到全社会的热捧。有一段时间，笔者也放下书本，乐此不疲地读屏，可是很快我就发现，这种阅读，基本是碎片化和零散性的，若要读几万字乃至几十万字的文本，没有优势。随即，又重返书本世界。手捧书本，内心是安静的，还有，就是那缕缕书香很是好闻。

对于阅读方式，每个人都各有偏好。无论是电子阅读也好、纸质阅读也罢，只要自己满足，就会有一种难以言说的“自在”。身边很多人懂得阅读的妙处，可惜常常以课业紧张、工作繁忙将其省略。其实，这种现象之所以存在，是因为内心并没有真正领略到阅读的力量。也许有人会问：“我也经常读书，可知识上、思想上也没有明显的长进呀?”不错，一个星期、一个月、几个月的阅读，效果可能并不显著，阅读是一个长久性的精神修炼，日积月累才能见到效果。阅读和吃饭一样，长期坚持，营养才会真正被身体所吸收。

一个人长年累月地阅读，必然知识丰富、思想深刻、胸怀开阔，其气质乃至容貌都会发生变化。注意观察身边那些坚持阅读的人，他们其实是在积蓄能量，只要时机成熟，最后必然会爆发出惊人的力量。有人讲过，读怎样的书，就会成为怎样的人，对此笔者深信不疑。这正如全民阅读推广人朱永新教授说的那句话：一个人的阅读史，就是一个人的精神发育史。

阅读的品味，决定着人的层次。在这样一个追逐成功和财富的年代，那些诸如成功秘笈、财富宝典之类的书籍，往往抢占各种图书销售排行榜。当然，这类书中不乏好书，可惜有一些书，令人心生七拼八凑、大赚一笔的嫌疑。若要真正从阅读中获得力量和营养，还得研读那些传世的名家名作。从经典书籍中汲取养分，这个过程并非那么轻松和平坦，甚至有着弃读的冲动，然而唯有坚持，思想才会逐渐进步。

现在整个社会，都崇尚创新。创新的源泉在哪里？笔者认为，一方面来自实践，另一方面来自阅读。客观上讲，阅读都有其目的（消遣类的阅读也是一种目的），不外乎是学习知识、掌握知识和运用知识，只有夯实了这个基础，创新才会成为可能。比如一个作家，如果没有相当的阅读量，没有开阔的视野，对本民族优秀的作品都很陌生，那么在创作中想实现超越和创新，只能是一句空话。再如从事科学技术研究，若对相关前沿领域的文献都不甚了了，其科技创新也是玩笑。

当前，全社会都在努力营造读书好、读好书、好读书的良好氛围。这里就有一个问题：在书山书海面前，我们该读什么书？也许，有的人会按照各类新书排行榜上发布的书单而读，有的人会紧紧围绕所涉足的专业领域而读，还有的人会随着心情的起伏散漫而读。这些现象不存在好与不好，只要能静心阅读，就会有不同的收获。笔者认为，不同学科专业的人们，阅读不妨大胆跨界，让自己“飞”一会儿。从事人文社科专业工作的人，可以尝试读读自然科学普及方面的书籍，对于环境生态、人工智能、信息科技、生命科学等方面的知识多些了解。从事科学技术类专业的人，也可以读一点文学、艺术、历史、政治、经济方面的书籍。这就如同一个人的饮食喜好，荤素搭配吃，营养才会合理。一个人的书读得多了，对生活就会多几分宽容和感恩，对未知的世界多几分敬畏。

第二辑　西方文化管窥

古希腊造就的文明传奇

古希腊，以其在哲学、文学、艺术、科学等方面伟大的成就，照亮了人类文化的星空。对于西方人而言，希腊是精神的故乡，也是文化的家园。但是，古希腊文明，不仅仅是今天希腊这个国家地理意义上的文明。其实，古希腊是一个宽泛地域的概念，包括爱琴海一带以及邻近的希腊半岛地区。美国路易斯维尔大学罗伯特·柯布里克教授在《希腊人：爱琴海岸的奇葩》(李继荣等译，世界图书出版公司 2013 年版）中，通过引用大量希腊人的诗歌、史料、法庭辩护词，以及很多有趣的人物故事，构筑了一个清晰立体、细节丰富的古希腊文明世界。

一般来说，古埃及文明、古巴比伦文明、印度文明和中国文明，并称为世界四大文明，那为什么就没有希腊文明呢？事实上希腊文明不是一种自生的、独立的文明，而是在吸收了古埃及文明和近东文明精华的基础之上发展起来的。虽然希腊文明不是一种独立的文明，但是希腊文明的影响最深、最久。

在希腊文明走向繁盛的前期，爱琴海地区曾经历了米诺斯文明、迈锡尼文明和黑暗时代这三个不同的文明时期。而这三个文明时期的历史相当悠久，大约有 1 200 年历史（公元前 2000 年至公元前 800 年）。这三个阶段之后，接下来就是古风时期（公元前 800 年至公元前 500 年）。这个时期，是希腊文明的黄金时期，本书中主要围绕这个时期，展开对希腊文明成就的梳理与讨论。文明的繁盛，和经济发展有着紧密关联，希腊地区是沿海地区，这种特殊的地理环境，决定了其经济发展主要依靠海外贸易。在海外贸易中，希腊人一方面吸收外来文明的养分，另一方面将自己的文明输送给其他地区。

神在古代文明世界中占据了重要的位置，古代人类的所有活动，都与神有关系。唯独希腊人，质疑神的存在。虽然希腊神话资源丰富，但是希腊神话中的大大小小的各种各样的神，其实都是希腊人的化身。希腊人是第一个把人置于宇宙中心的民族，在 2 000 多年前就已经意识到人不是神或者君主可以摆布的对象，一切社会问题的产生，都是人类自身引起的，而且只有人类才能解决。在希腊人看来，人不仅可以掌握自己的命运，而且对自身的行为负有道德上的责任。希腊人曾经有两句名言“认识你自己”“不经过思考的生活，是不值得过的”，充分说明了希腊人对自身存在价值认识的境界。正因为如此，公元前 5 世纪的希腊哲学家普罗泰戈拉庄严地喊出“人是万物的尺度”这一具有时代意义的口号。这种世界观，决定希腊独特的政治制度、哲学思想、文艺样式和民主观念。

希腊人为世界文明作出的贡献，无论我们怎样高估都不为过，爱琴海岸给世界输送了无数令人仰止的知识泰斗，如：伟大的哲学家泰勒斯、苏格拉底、柏拉图、亚里士多德，历史学家希罗多德、修昔底德，天文学家阿利斯塔克、埃拉托色尼，数学家欧几里得、阿基米德，医学家希波克拉底……

任何一种古代文明，如果要证实它的辉煌，只有从两个方面进行考察：流传下来的知识思想和实物。希腊人留给世界的知识思想，这是显而易见的。在实物方面，各种流传至今的艺术品，成为希腊文明最直接的见证者。在希腊艺术中，雕塑和建筑的成就最大。从目前尚存的古代雕塑中，常常发现很多雕塑赤身裸体，男性雕塑一般身材雄健匀称，富有力量感，比如《持铁饼者》《持矛者》等雕塑，其雕像的动态、表情与真人极为相似。这表现了希腊人的造型能力之高超，同时也说明希腊人都崇尚运动。事实也真是如此，举世闻名的古代奥林匹克运动就起源于希腊。今天的希腊人，至今都对田径、球赛表现出超乎寻常的狂热。而表现女性的雕塑当中，最著名的就是《米洛斯的维纳斯》。由于种种原因，此雕像后来失去双臂，但是那丰盈性感的身材和美丽动人的五官，一直是评判女性之美的重要标志。

在2 000多年前的爱琴海岸，修建了无数杰出的建筑，但是由于年代久远，很多建筑在漫长的岁月中摧毁殆尽。从尚存的不多的建筑中，不难发现希腊建筑的一个重要特征就是庄重、质朴、宏伟。位于雅典卫城的建筑群，堪称吸纳建筑艺术的奇葩，特别是位于山顶之上的帕特农神庙虽然残缺不全，但是依然光彩逼人。卫城建筑群表现均衡、对称与和谐，这种建筑艺术风格，长期以来都是西方建筑审美的重要评判标准。

希腊人奇迹般地创造了一个绚丽的精神世界和智慧世界，尤其是很多艺术作品，至今都难以让人超越。英国诗人雪莱曾说“我们都是希腊人”，这实际是在表明，希腊文明在西方人心目中占有多么重要的位置！通过阅读本书，不难发现作为西方文明源头之一的希腊文明，从诞生之日就表现出极高的原创性和人文关怀，特别是以雅典为代表的希腊文明，其基础是建立在自由、理性、乐观之上。而当时世界上的多数族群，还处于原始社会的蒙昧状态中。非常遗憾的是，今天的希腊作为一个国家，政治经济社会发展较之欧洲诸国而言，还有很大的差距，这不得不令人深思。

利玛窦：中西文化交流第一人

历史上，有两个著名的意大利人来过中国，一个是旅行家马可·波罗；另一个是传教士利玛窦。马可·波罗回到意大利后写了一本《马可·波罗游记》，使得欧洲人对中国这个古老、神秘的国度产生种种猜想，“这是一个遍地都是黄金的地方”。而利玛窦到中国不是寻找黄金，而是宣扬天主教信仰，传播西方文化。今天回溯利玛窦 400 年前在中国的工作与生活，对于反思当今中西文化交流大有裨益。

美国宾夕法尼亚大学讲座教授、台湾“中央研究院”院士夏伯嘉撰写的《利玛窦：紫禁城里的耶稣会士》（向红艳、李春园译，上海古籍出版社 2012 年版），是第一部参考中外文献写成的利玛窦传记。会士，也就是传教士之意，利玛窦是中西文化交流史上最著名的传教士。作为将天主教带入中国的先驱，他在华传教 28 年，通过学习中国语言和文化，跨越了文化之间的鸿沟。

利玛窦 1552 年出生于意大利中部城市马切拉塔，他所处的那个时代，正是欧洲文艺复兴的时代，欧洲的人文、科技正在由古代向现代转型，同时在基督教内部，也在发生深刻的变革。他少年时代在罗马学院学习哲学、神学和数学，还学会了拉丁文、希腊语、葡萄牙语和西班牙语。良好的语言功底和勤奋的学习精神，使利玛窦逐渐具备了到东方传播科学和文化的条件。1578 年，年轻气盛的利玛窦受命赴远东传教，这一年他 25 岁。他和其他耶稣会士从里斯本出发，半年后到达印度的果阿。1582 年，利玛窦辗转来到中国澳门，从此开始了在中国的文明之旅。

当时的大明王朝奉行的是闭关锁国政策，一副唯我独尊的架势。在广袤的国家里，见不到一个白皮肤的欧洲人。明朝为什么许可一个西方传教士进入中土？这完全取决于利玛窦本人的聪明和智慧。明朝后期的佛教又开始盛行，为了获取明朝官吏的好感，他和同伴自称来自西方的天竺（印度），并且是来大力传播教义的。利玛窦起初与其他几个来到中国的耶稣会士，在人地生疏、语言不通、排斥异教的环境中，可以说艰难备至。利玛窦的同事，曾因水土不服而相继死去，最后只留下他一人。但是，他从来没有想到放弃。利玛窦首先从澳门来到广东肇庆，六年后到韶州，再过六年后到达南昌。他一路北上，1598 年终于抵达目的地北京。在京城客居十二年后的 1610 年，他走完了 58 年人生的行程。他死的时候，万历皇帝鉴于他为中西文化交流所作的努力，赐葬京城。

利玛窦在一封书信中写道：“我们曾经多次被盗贼光顾，

有一次甚至被他们打伤。还有许多次，我们遭到了诬蔑，被友人欺骗。去年还发生了一次海难，我的一位同伴被水淹死了。我竭尽全力，凭借一块木头脱险。”有一次他为了躲避盗贼，从窗口跳下，跌伤了脚，从此终生残疾。他到中国传播西方文明的过程，可以说充满着曲折艰险。

利玛窦这个“洋和尚”，大半辈子是在中国度过的。在封闭的明朝，利玛窦的传教活动是一个先遭排斥、后受欢迎的过程。以儒家学说为纲的明朝官吏、士大夫为什么能接受他所传播的异族文明呢？这确实值得研究。

首先是利玛窦尊崇和顺应中国习俗和文化，减少了中国人对西方异质文化的抵触心理。他不穿西方传教士的服装，而穿中国儒生的服装，这缩小了中西文化之间的心理距离。他用中国人所熟悉的“上帝”代替“天主”概念，使中国人易于接受他传播的天主教。更为难得的是，他能够运用四书五经来宣讲天主教教义。他介绍给中国的世界地图，对不了解地球和世界的中国人很有吸引力。但是，中国人的潜意识中，中国在世界的中央，出于顺应中国文化心态的考虑，利玛窦重绘了世界地图。在世界地图上，采用本初子午线投影转移的方法，把中国的位置放到了地图的中央。这种尊重本土学人心态和顺应中华文化意识的灵活做法，是他能顺利在中国传播西学的重要原因。

其次是利玛窦丰富的科学知识帮助他赢得了人们的信赖。在肇庆时，利玛窦制造出了中国第一台机械钟表。在南昌，利玛窦向江西巡抚陆万垓展示了三棱镜、西国记数法、时钟、地球仪、玻璃器皿，并讲解西方书籍的内容。他还向当地学人讲解数学问题与日晷记时问题。他丰富的学识受到人民的敬仰。1596 年 9 月 22 日，利玛窦成功地预测了日食，在他预测的时间里，日食果然发生，天空黯淡无光，这使他声名远播。万历皇帝极为喜爱利玛窦所带来的世界地图和机械钟表，下令把他的中文地图刻版印刷，把他进贡的自鸣钟摆放到自己的居室里。

再次是利玛窦渊博的学识、超群的语言能力和汉文化功底，使他消除了中西文明的语言壁垒，也容易得到中国人的信任。为了能进入中国内地，他学习了汉语和儒家经典。他像中国人一样能说会写，用中文写作。他在肇庆结识了中国士大夫瞿太素，两人成为好朋友，后者还帮助利玛窦翻译了欧几里得《几何原本》第一卷。如果利玛窦没有精深的汉语基础和儒学知识，他与中国学者交友是困难的，在中国传播西方文明也不可想象。

最后是利玛窦的优良品德赢得了中国人的理解和尊敬。他具有坚韧不拔的精神，勇敢地克服种种困难。他博学谦逊，在传教过程中，中国许多有名声的人如徐光启、李之藻都愿意与他交朋友。他巨大的人格魅力令他获得了很高的声望。这种人格魅力使他具有很大的吸引力，他的周围总有许多优秀的中国知识分子。这些知识分子帮助他克服在中国传播西方文明的困难，成为中国最早接受西方文明的先进的中国人，同时也帮助传播西方的文明。

通过阅读《利玛窦：紫禁城里的耶稣会士》，发现利玛窦不得不令人佩服，他不仅是“西学东渐”第一人，沟通中西文化第一人，还不经意创造了多个第一：建成中国第一个天主教堂、第一个传教地；第一个获得中国居住权的耶稣会士；用中文写了第一本关于基督教的著作；编著第一部中西文字典《葡华字典》；第一个传授记忆法，出版记忆著作《西国记法》；第一个传入西方天文学历法；第一次传入与翻译《几何原本》；第一次将西方地理传入中国并指导应用；第一个传入了西洋美术；设计出中国第一个拉丁字母的拼音方案……

利玛窦在传教的过程中，他也深深地热爱上了中国文化，他把自己当成中国人的一分子，甚至讨厌自己的白皮肤和高鼻子。晚年他撰写了《基督教进入中国史》，在书中，他把明朝描绘成鼎盛之邦，把明帝国的政治描绘成共和典范，他尊崇孔子为与柏拉图一样的大哲学家，把儒家学说说成是受理性指导的思想体系。作为一个西方人，他熟悉中西文明的优劣和差异，他对中国大力美化，不免有一些夸大其词。但这至少有两点好处：一是激起了当时欧洲思想家对中国文化的无限想象，二是在客观上为野蛮好战的欧洲殖民者提供了一副清醒剂，使他们不敢小觑中国。

中国历史上虽然有儒教、道教和佛教，但是中国人最讲究实际，骨子里没有纯粹的宗教信仰。如果中国人皈依宗教，其目的是能给自身带来更多的好处。利玛窦苦心积虑在中国传播天主教，其效果甚微，中国人终究没有真心信奉神的传统。清朝鸦片战争之后，有大量的西方传教士来到中国，试图让无信仰的中国人皈依耶稣，但都以失败而告终。

利玛窦在传教活动中，最大的贡献则是带来西方文化科技，为中华文化注入了新鲜血液，开阔了中国人的世界知识视野。利玛窦是不同国家、不同文化之间平等交流、互相学习取长补短的典范。尤其是在他所生活的西方列强弱肉强食、殖民主义大肆扩张的时代，这种精神就显得格外难能可贵。

人文主义：欧洲文艺复兴运动的关键词

今天我们很多人在谈论欧洲文艺复兴运动时，认为文艺复兴只是文学与艺术的复兴，这种理解是片面的。文艺复兴运动不仅包括文学和艺术的复兴，还包括政治、宗教、思想、人文方面的深刻变革，这场运动是欧洲社会步入近现代社会的开端。在欧洲历史上，从来没有哪一场社会变革，像文艺复兴运动一样深刻地影响了历史的进程。英国著名历史学家保罗·约翰逊在《时代的印记：文艺复兴三百年》（谭钟瑜译，安徽人民出版社 2013 年版）一书中，以他的博学与想象力，为我们分析了文艺复兴时期经济、技术和社会的发展背景，并考察那个时代伟大文学家和艺术家的生活和作品，讨论了他们非凡创造力的灵感源泉。

从字面上看，“文艺复兴”指的是希腊罗马古典文艺的再生，不过，它实际包含的范围和内容要深远得多。这个词最早由意大利艺术史家瓦萨里在 1550 年首次使用，其词的原意是“艺术再生”。不过后来人们在使用该词时，其内涵发生了变化，更多的是指“古典文化学术再生”，文艺复兴的思想家和艺术家在重新“发现”古希腊罗马人创造的“古典文化”时，受到巨大的鼓舞和启发，相比中世纪形成的文化，更具有人文精神。为自己的生活服务，是文艺复兴运动时期思想家和艺术家的追求和使命。

从十五至十七世纪的 300 年时间里，是欧洲文艺复兴运动产生、发展、走向辉煌的时期。由于这不是一场革命，不具有革命的突变特征，而是一个渐进过程，一个范围逐渐扩大的运动，使得在欧洲不同的国家和不同的年代，文艺复兴有不同的形式和侧重点。本书中指出：文艺复兴的起点是十四世纪发轫于意大利北部的城市国家，随之在欧洲诸国盛行。1642 年，英国清教徒革命通过议会封闭了伦敦剧场，标志着文艺复兴运动落下帷幕。

文艺复兴运动的指导思想是人文主义。而人文主义是一种以人为本的理性思想，关注的是人的尊严、价值、才能的展示，而不是神和信仰，这正好与处于上升时期市民阶层和新兴资产阶级的追求和要求不谋而合。因此，人文主义思想的提出、形成，也就自然成为文艺复兴运动出现的主要标志。文艺复兴时期人文主义的目标就是通过宣扬人的卓越，鼓吹人性的价值，宣扬人天生平等，肯定现世生活，肯定人有追求财富和个人幸福的权力，要求多方面发展个人才智，提倡冒险精神，把人从宗教的束缚中解放出来，为新兴资产阶级登上历史舞台服务，实现资产阶级所希望提倡的世界观和价值观。

在文艺复兴运动中，思想和文学方面取得的成就虽然伟大，但是最直观的成就在建筑、雕塑、绘画方面。本书中，对文艺复兴运动中艺术方面的成就进行了重点介绍和评价。在艺术领域里，优秀的艺术家们表现出与中世纪基督教神学思想彻底决裂的勇气，人文主义思想在艺术创作中得到广泛的宣扬。众所周知的画坛三杰达·芬奇、米开朗琪罗、拉斐尔，用他们天才的创造力，为文艺复兴运动增添了亮丽的色彩。在达·芬奇之前，绘画的主要功能是为宗教服务，表现宗教故事是绘画的主要内容，尤其在描画耶稣等形象时，头顶上必定画出耀眼的光环，但是达·芬奇在名画《最后的晚餐》当中，把耶稣及十二个门徒当成普通人来描绘，这在当时是破天荒的。达·芬奇大胆地把绘画从宗教中解放出来，并且着力描画现实中的人，如其代表作《蒙娜丽莎》。这幅油画最大的价值，就是人文主义思想在绘画中得到确立。米开朗琪罗为梵蒂冈西斯廷教堂拱顶上创作的组画《创世记》，表现了人的觉醒和对力量的渴望。拉斐尔创作的大型壁画《雅典学派》，是一幅反映文艺复兴人文主义者仰慕古典文化大师的鸿篇巨制，他以高超的艺术手法把众多人物巧妙地组合在一起，使人物和背景成为一体，画面的透视运用造成空间感和分明的层次感，观赏者有身临其境的感觉。

通过阅读本书，不难发现文艺复兴运动对现代社会具有深远的影响。在政治领域，封建割据为中央集权所取代，现代概念的国家出现雏形；在经济领域，资本主义生产关系逐渐确立，商品贸易和工业得到快速发展，中世纪的封建生产方式遭到淘汰；在宗教领域，罗马教廷的大一统被彻底地打破，宗教的无上权威不再，教士丧失了对人们思想的控制和教育的垄断，世俗王权超越了宗教神权；在思想领域，神学让位于科学，现世主义取代对来世天国的憧憬，经院哲学受到人文主义的挑战；在社会领域，新兴市民阶层和资产阶级成为社会的上升力量，人们确立了奋斗改变命运的理念；在文学艺术领域，人文学科成为教育的主要内容，对人、人性和人的生活描写（绘）和颂扬成为文学的主旋律，民族语言成为文学用语，艺术则更多是对古典艺术的赞赏和模仿，成为对美的追求和个人时尚的表现形式。

西方文化的理性审视

西方人文社会科学领域的专家，在撰写学术著作时和国内学者不一样，喜欢“单打独斗”，著作一般以独著的面孔出现，而《西方世界：碰撞与转型》（布赖恩·莱瓦克等著，陈恒等译，格致出版社、上海人民出版社 2013 年版）却显得与众不同。这本具有教科书性质的通俗读物，由美国四位学者共同撰写。本书以“西方是什么”的反思为切入点，从宏大的学术视野出发，在开放的历史时空中展开全景式的文化思考。这本厚重的著作，拿在手里沉甸甸，如同书中的内容一样颇具分量。

本书认为，西方不仅是一个地理概念，更是一个超越了欧洲政治和地理界限的文化概念。有鉴于此，书中进而指出：西方的文化起源于两河流域和尼罗河流域驯养动物、栽种农作物和开辟长途贸易，西方文化的许多要素源于地理上并不属于欧洲的北非和中东等地，这些古代文明作为现代西方文明的鼻祖，对地中海地区的思想、艺术、宗教等方面产生了深刻影响。为了便于叙述，作者仍以政治史为主线，糅合了社会、军事、科技、意识形态等方面的发展状况，穿插于政治历史叙述之中。这里特别需要指出的是，本书作者尤为重视探讨各个国家之间的关系和一个国家的周边政治环境，如对不同历史时期妇女地位的探讨，使整个历史叙述更为立体而丰富。本书完全抛弃了传统的“西方中心论”观点，对于“碰撞与转型”的主题而言，显得非常贴切。

《西方世界：碰撞与转型》之书名，就是一个富有哲学意蕴的话题。不论中国文化也好，西方文化也罢，都是在各种碰撞与转型中逐步发展起来的。若没有文明之间的碰撞，那么文化是毫无生命力可言的。西方文化从来都不是一个独立的体系，而是一个开放的、在充分吸纳其他地域文化基础之上发展起来的。一般而言，西方文化发展到现在，至少受到两种文化的影响，一是希伯来文化，二是希腊文化。大约在 12 世纪至 13 世纪期间，西方文化开始走向成熟，并且确立了文化自信。尤其是到了文艺复兴时期，西方文化经历了从神学到人学的跨越式变革。可以这么讲，没有哪一次的变革像文艺复兴运动那样迅猛和深刻。但是，文艺复兴运动并不是一场暴力流血冲突，而是以一种非常温和的、渐进的方式，在欧洲不同时期、不同国家和地区展开的。文艺复兴最大的碰撞，就是神学与人学的交锋。自此以后，人文精神和人本主义成为西方文化的核心内容，随后由于科学技术的进步和英国工业革命的发生，整个世界开始由古典时期向现代时期进行大幅度转型。

在欧洲历史文化传统中，有一个显著的特征，那就是不论在古希腊时期、古罗马帝国时期、漫长的中世纪、文艺复兴时期或者现代社会，人们都具有科学意识和科学精神。而中国历史当中，科学精神是非常欠缺的，没有刨根问底的传统，故科学精神一直都先天不足。欧洲历史中，即便是在宗教神学为主导的中世纪，科学精神也并没有因为宗教的存在而丧失。尽管当时的中东已经构建出庞大的科学知识体系，并且对欧洲科学发展产生了重大影响，可也要看到，在所有非西方文化中，宗教传统使得哲学家们远离了对自然世界的客观研究，他们要么将自然看作一个完全世俗的实体，认为不值得研究，要么把自然看作某种被精神价值渗透极深的事物，以至于不能将其置于理性分析之下。唯有欧洲，即便整个社会被宗教氛围所笼罩，却依然允许科学家把自然既看作超自然力量的产物，又看作与超自然领域相分离的某种事物。因此，自然可以在撇开宗教意义的情况下被客观研究。只有当自然以双重方式被看待，即既被看作是上帝的产物，又被看作独立于神之外的时候，自然才经得起理性分析，并被置于人类的统治之下。

但是同时也要看到，第一次工业革命中，西方科学技术的崛起，对西方和非西方人们的思想冲撞有着深远的意义。到 18 世纪时，科学为欧洲国家海外殖民扩张提供了支持。科学提供给欧洲国家军事和航海方面的技术，使得他们可以建立对非西方国家的统治权。植物学和农业的知识使西方能够开发殖民地资源，并利用这些资源服务欧洲的发展。另外，对科学技术的普遍使用，刺激着西方人发热的头脑，享受到前所未有的优越感。

阅读本书可以发现，作者始终站在一个客观的立场，以审视的眼光看待欧洲历史文化的进程，作者并没有对具体知识进行泛泛介绍，而是为人们认识欧洲文化提供新的范式。当前是一个全球化的时代，不同国家和地区之间的文化相互交融、犬牙交错，在这样的社会环境中，我们要学会甄别，吸收精华、剔除糟粕，不断发展本民族文化，进而形成文化自觉和文化自信。

警惕文明走向迷失的险途

《集体失忆的黑暗年代》（姚大钧译，中信出版社 2014 年版）这一书名，给人灰暗的感觉，但是懂得西方学术精神的人可能并不以为然。所谓西方学术精神，代表着思想的独立性、理性和批判性。西方学术精神中很少见到辉煌灿烂的字眼，而常常与悲观情绪相伴。这种悲观，是知识分子对世界未来的一种挚爱与情怀。并没有高等学历的美国女学者简·雅各布斯，就是这样的知识分子，本书是她继《美国大城市死与生》之后的又一本重要著作。《集体失忆的黑暗年代》一书中，她不仅谈论城市的现状与未来，而且更多地关注普遍的文化危机。另外，对于当前西方社区和家庭的解体、高等教育的产业化、批判思考能力的丧失等，她都提出了自己的见解。本书中，尤其是关于现代文明及其未来走势，她以其敏锐独特的角度、深切的人文关怀、优雅洗练的文字，呈现了一幅正在走向迷失的世界文明图景。

本书中，简·雅各布斯对世界城市发展的现状深表忧虑。

笔者认为，伴随着第三次工业革命的到来，城市化已经成为全球无法抗拒的时代潮流。简单地排斥城市化或者贬低城市化，已经没有任何意义。排斥城市化的人，认为城市化进程会加深城市与乡村矛盾的二元对立，使原来的乡土文化传统遭到破坏，给生态环境造成空前的压力。这些担忧不是没有道理，但是也更应该看到，城市化的过程，也是一个人类文明化的过程。若一种文明想孤立发展，显然是一厢情愿的臆想。从这个意义上看，当前任何一种文明都是在相互交融中存在与发展的。如果一种文明自身的造血功能不足、底蕴不深、转型能力不强，那么它走向没落也不足为怪。

中国目前正在进行轰轰烈烈的城镇化建设，其中有两点应该引起足够的重视。首先是征地拆迁问题。城镇化需要土地，为了获得土地，拆迁成为必然。有的地方进行野蛮拆迁，赔偿不到位、百姓安抚不到位，引发各种激烈的社会矛盾。越来越多的事实表明，拆迁成为各类社会事件的导火索。其次是盲目扩大城市面积。城市面积和城市人口往往是成正比的，在某些三、四线城市，大规模地开工建设楼盘，不惜成本地扩建公路，但是人口的不足和消费的不足，往往造成房空人少的尴尬局面。城镇化是市场经济发展中的一个产物，人为因素过多，会使得城镇化“营养失调”。

对于书中谈到的高等教育产业化的问题，笔者认为应该引起警醒。高等教育是培养高级专门人才的知识殿堂，在整个社会中扮演着文化辐射的功能。长期以来，西方大学为知识传承作出了重要的贡献。但是近些年来，西方社会经济普遍不景气，为了带动消费并增加经济的活力，很多大学打起了产业化赢利的算盘。高等教育如何产业化？简单地来讲，就是在控制师资、办学场所和办学经费的情况下，进行大规模、超负荷的招收学生。学生多了，学费也就增多了。西方很多国家的大学，包括一些名校，经常招不满学生，于是，面向海外新兴市场国家大规模招生成为趋势。就是在这样的一种背景下，中国这些年才出现了留学热潮。

西方国家高等教育产业化直接催生了中国留学中介大规模的涌现，并呈现火爆之势。有一些家长以为，孩子在西方接受高等教育，就会“成龙成凤”。但是越来越多的事实表明，学习基础差、语言能力不强的孩子在国外接受高等教育的效果并不明显。中国高等教育界前些年也效仿西方，搞所谓的教育产业化，但是很快就偃旗息鼓。教育本来是学习知识、传播知识的场所，当教育与经济纠缠在一起时，教育就会变质变味，最后的后果是，人才培养质量下滑，整个国民心态走向浮躁与虚华。

书中，简·雅各布斯还对于人们批判思维能力退化同样感到忧心。批判思维能力是一个人所有能力当中最重要的能力，即便一个人满腹才学，缺乏这种能力，其知识并不能转化为行动的武器，这种知识是死知识，是无用的知识。人类社会的进步，总是在批判相伴。这里要强调一点，西方学术界中的批判，并无打压、恶意贬损之意，但是中国社会中，批判这个词充满着狂风暴雨般的色彩。笔者认为，批判思维能力的下降，与个体独立思考能力有关，一个随波逐流、毫无个人主见的人，谈不上批判思维能力的构建。

在信息化时代，历史传统与文化传承正受到巨大的挑战，人们在前进的道路上，要经常回望历史与人文传统，若不经思索地贸然前行，就如同失忆之人，在危机四伏的黑夜中行走。

世界文明：繁荣还是崩溃？

随着交通技术和数字网络的飞速发展，世界正在成为一个日益变小的地球村。从客观上讲，这有利于全球文明之间的交流。当前，文化之间相互影响、相互交融、相互碰撞，出现你中有我、我中有你的时代格局。然而，全球化对于世界上少数族群而言，其自身的文明面临着严峻的挑战。世界各地如何保留自身的文明传统，并且弘扬自身的文化特色，已经成为当前学术界所关注的问题。为什么说世界各地的文明要保持差异化的发展？其实原因很简单，这如同人们的饮食搭配，如果专门吃肉，身体必然出现病变，唯有多样化的发展，才能避免文化中的霸权主义，假如世界被一元文明所统治，那世界距离文明崩溃的日子也就为期不远。

美国社会生物学家、前沿学者丽丽贝卡·D. 科斯塔在《即将崩溃的文明：我们的绝境与出路》（李亦敏译，中信出版社 2013 年版）一书中，本着对世界文明现状的担忧，勇敢地探索现代文明未来发展方向。她通过对玛雅、高棉和罗马帝国兴衰史的研究，发现人类在面临严重的社会问题时，往往满足于权宜之计，而不是寻找治本之道。这种“鸵鸟政策”代代相沿，浪费了解决问题的最佳时机。当全社会的问题恶化到无法解决时，文明的崩溃也就指日可待。为了避免文明的崩溃，她认为我们首先应该超越阻碍人类寻找治本之道的根本性因素——非理性反对、指责个人、假关联、筒仓式思维和极端经济学等五大超级文化基因。在审视传统思维习惯的同时，我们应该努力拓展开放性、包容性的思维，在非理性的社会中寻求理性的解决方案。

这里要搞清文明与文化这两个概念的内涵。文明是指人类所创造的财富的总和，特指精神财富，如文学、艺术、教育、科学等，也指社会发展到较高阶段表现出来的状态。是人类审美观念和文化现象的传承、发展、糅合和分化过程中所产生的生活方式、思维方式的总称。而文化是指一个国家或民族的历史、地理、风土人情、传统习俗、生活方式、文学艺术、行为规范、思维方式、价值观念等。从一般意义上看，文明和文化没有多大差别，在很多时候甚至可以说，两者是同义的。翻开世界文明史我们不难发现，文明程度和经济发展水平并不能划上等号，有时候甚至会出现相反的变化。笔者认为，从历史上看，一个国家、地区或者民族，文明的繁荣与衰弱，主要来自三个方面的影响。

首先是战争对于文明之发展具有决定性的影响。不论是古代还是现代，战争对于整个社会而言都具有极大的破坏性，尤其是大规模的战争，几乎可以让一种文明在瞬间消失得无影无踪。比如，历史上所向披靡的蒙古骑兵，在征服了西夏古国之后，放火屠城，整个西夏的人口、建筑、书籍飞灰般消散在历史的长空，从残存的西夏文书中不难发现，西夏有着自己成熟的文字，可惜今天没有几人能识。这是战争带给文明的恶果，也是战争造成的文明的毁灭。再比如，第二次世界大战中，纳粹德国疯狂地屠杀犹太人，试图消灭犹太人的文明。法西斯深信利用战争机器能摧毁一种文明形态，可惜邪恶终究抵挡不住正义的力量。

其次是极端气候变化对于文明之发展具有关键性的影响。极端气候是指滔天的洪水、喷发的火山、超强的地震或者长时间的干旱，都会使文明发展遭遇存亡考验。在中国古代西北地区，曾经存在无数的政权和民族，很多民族都创造了丰富多彩的文明形态。比如楼兰古城，在历史上曾经有着绚丽多彩的文化，但是由于罗布泊经年累月的干旱，加上风沙肆虐，楼兰古城及其文明湮没在历史的深处。再比如远古时期位于希腊半岛上的庞贝古城，曾经有着辉煌的文明成就，但是由于火山爆发，这座伟大的古城同样没有逃脱灭顶之灾。

最后是殖民侵略对于文明之发展具有潜移默化的影响。工业革命后，西方国家为了扩大产品的销路，掠夺自然资源，大力开拓海外市场。众所周知的印度，在被英国殖民者入侵前，完整地保存着自己的古老文明，然而英国人来到印度大陆之后，除了倾销商品，还大力向印度民众灌输西方文明，英语一度成为印度学校教育的正式语言。一个国家和民族的语言如果被外族强权征服，无异于斩断文化之根。虽然后来英国退出了印度，但是英语却在这里生根。这几十年来，印度政府为了消除英语的影响，大力发展印地语。然而事实上，在印度中产阶层以上，多数人并不会讲印地语。当人们对本民族的语言文字都不能熟练掌握，那么这个民族就毫无生命力可言。

当今世界之间的联系日益紧密，全球各大洲的人们文化交流尤为频繁，这里需要警惕的是，发达国家制造的文化产品，对于弱小国家和民族文明带来的冲击不能轻视。比如美国，每年都生产大量声画质量精湛的电影，这些电影倾销到世界各地供人欣赏。然而美国人在所有的大片当中，都植入了美国的价值观和文化基因，这样电影就如同慢性的药，悄然之中影响着其他族群的文化价值判断。

现代文明在今后到底是走向繁盛还是毁灭？其实本书中并没有给出标准答案，因为这个问题涉及政治、经济、军事、环境、民俗、传统等，但是作者对人类文明走向的担忧是有其道理的。不论是强国还是弱族，对各自的文明形态要彼此尊重，因为不同的文明形态并不存在优劣。唯有携手共进，在借鉴其他优秀文明的基础上发展自身的文明，让世界文明丰富多彩，这才是人类文明的真正出路。

发挥人类道德正能量

道德是一个国家、民族和地区的人们在漫长的生产、生活中对事物形成的共同价值判断。比如在中国，若学生直呼老师的名字，人们就会认为这个学生没有修养、没有道德，然而相同的事情发生在美国或者欧洲，人们却习以为常。由于地理环境、历史文化、风俗习惯、生产力水平等因素的影响，世界各地的人们在对同一事物的价值判断中，会出现各种各样的结论，有些结论则完全相反，甚至产生严重的利害冲突。尽管如此，并不是说人们可以举着自己的道德旗号，公然去损害其他族群的利益。

美国学者罗伯特·赖特在《道德动物》（周晓林译，中信出版社 2013 年版）一书中，以英国著名的博物学家达尔文的生平及其《物种起源》为脉络，从一些非常有趣的社会问题出发展开道德问题的研究，比如，人类的一夫一妻制度的进化史、手足之间为了得到父母的关爱而进行激烈竞争的根源、父母对子女的偏爱原因、自欺欺人的生物学解释等。本书从进化论的角度，理性地审视了人类的情感、友谊、战争、攻击等心理行为，对人类的道德动机与行为进行了大胆思考。另外，本书还在更深层面促使我们重新认识那些最基本的道德准则，对我们公共政策和日常行为极富启示意义。

道德是整个人类知识体系当中最基本的问题，也是最根本的问题，然而仔细探究道德机理又异常复杂，任何一个学问大家，在道德研究中都不敢有拍胸脯、竖起大拇指。自然科学、社会科学、人文科学发展到一定的层次和高度，都会遇到道德拷问的现实难题。书中提到的达尔文，虽然用毕生精力在研究、揭示自然界与人类进化的规律，但是在人类道德研究领域里，他并没有给后人留下满意的结论。人之所以能作为自然界最高级的生命形态，就是因为人有能用道德约束自身的动物属性。人类进化至今，凭着勤劳、勇敢和智慧，已经成为地球的主宰。人类相比其他物种而言，也是极为骄傲和自负的。其实自然界当中有很多秘密，并没有得到人类正确的解释。

我们在衡量一个国家或者地区的文明程度时，一个关键指标就是道德水准。然而，经济发展水平和道德发展水准在很多时候并不成正比。比如在中国古代社会，经济、科技、文化发展程度并不高，多数普通百姓目不识丁，然而，他们就是在《三字经》《千字文》《百家姓》等基础文化典籍中得到熏陶和教化，对人情常理有自己的道德选择。尤其是中国儒家文明中，一直强调德才兼备、以礼服人。这里说的德和礼，就是道德的评判系统。从更广阔的视野来看，整个中国传统文化体系中，道德统领文化，同时也是文化之中心。中国古人注重对道德的修炼，超过了金钱、权力，甚至生命。毫不夸张地讲，在世界文明教化史中，中国古人信奉道德的虔诚程度以及积累的道德智慧，丝毫不亚于西方人之于宗教的热情和追求。

中国古代社会中，维系整个社会正常运转的除了血亲关系外，另外一个原因就是道德发挥着巨大的作用。在整个国家机器的运转中，统治者非常清楚道德的威力，并且将道德作为政权存在的支撑点。从庙堂之高到江湖之远，整个国家选拔人才的首要条件就是道德。一个人即便才学满腹，如果道德品质没有良好的口碑，那么就很难在社会立足发展，尤其是那些在公众面前常常以正人君子、道德楷模的形象自居的奸臣小人。由于整个社会都重视道德、推崇道德，政权统治中也强调以德治国的作用。直至今天，以德治国依然发挥着重要的威力。然而，人们公认的道德标准中，有健康积极的，也有消极没落的。比如古代中国对女人道德评判标准，就钳制了女性在社会发展中的积极影响。不仅仅是中国，在古代的西方，也有同样的情况发生。

这三十多年来，中国经济社会迅速发展，对外实现开放战略，很多国外的文化产品涌入国内，随之一些外来的道德评价标准也在影响并挑战中国传统的道德标准。在当前社会转型期，中国人原来的道德体系已经发生坍塌，同时对西方的道德评价标准并不完全清楚，于是社会中就出现了一些道德模糊、道德迷失的现象。比如为了财富和权力不择手段、为了利益付出巨大的生态代价、人与人之间诚信的缺失、个人中心主义的泛滥等。这些道德滑坡现象，对于整个社会的良性发展和价值观的构建，都形成强有力的破坏。在当前社会里，我们要看清西方道德标准的本质、重拾中国传统道德之精华，建设一个人与人、人与自然和谐共处的健康社会，而实现这一目标在此时则显得尤为迫切。

西方学者在阐述道德时，除了以人文社会科学的角度进行研究与阐释外，还注重从医学、生物学、心理学、人类学等自然科学角度进行探索，这也是本书当中的一大亮点。然而不论从哪个角度研究道德，出发点和落脚点都是教人向善，其目的是挖掘潜在的正能量，并影响和规范人们的意识和行为。西方社会在研究人性之时，就假设了人之性本恶，并在此基础上强调法治在社会治理中的突出效用，对于这一点，则与中国有着明显的区别。

网络文化的前世今生

二十世纪六十年代早期，在美国大众眼中，计算机只是冷战中冰冷的机器，然而到了二十世纪九十年代互联网到来之时，计算机却呈现出一个截然不同的世界——它们模拟出了一个数字乌托邦般的协同体，而这正是曾经最反对冷战的嬉皮士们的共同愿景。美国斯坦福大学传播系副教授弗雷德·特纳，本着严谨的学术态度，撰写了《数字乌托邦：从反主流文化到赛博文化》（张行舟等译，电子工业出版社 2013 年版）一书。本书中主要探讨了 1968—1998 年，通过《全球概览》、“全球电子链接”（The WELL）和最终取得巨大成功的《连线》杂志，布兰德和他的伙伴们长期扮演着旧金山嬉皮士运动和新兴科技聚集区硅谷的中间人的角色。正是由于他们富有远见的努力，反主流文化分子和科技人士一同重新定义了计算机的形象：计算机是解放自我的武器，计算机见证了令人耳目一新的虚拟社区，计算机还让人们能更大胆地拓展社会的新疆界。

本书书名中提到的赛博文化，作为反映社会现实的一种新的文化形态，是随着计算机网络技术而产生发展的。它以计算机及其附属设备作为物质载体，以上网者为主体，以数字化为基本技术手段，为人类创造出了一种新的生存方式、活动方式和思维方式。赛博文化是对传统形态文化的一种拓展，具体来讲，赛博文化是信息时代的一种亚文化，是以计算机技术、通信网络技术等全方位利用为基础，通过电子邮件、讨论管理组(Listserv)、公告栏（BBS)、讨论组、新闻组（Usenet)、网上聊天室（IRC)、万维网（WWW）网站等进行的诸多在线社会交流和社会生活中产生出来的网络文化形态。以计算机网络为载体的赛博文化，大规模在世界范围内发展历史虽然不长，但是深深地影响了全球网民的文化思维和价值判断。

当前，全世界90％的国家已经普及了计算机网络，并且计算机网络正渗透到人们生活的各个方面，对于中国而言，庞大的网民数量正在向世界表明：中国目前已经成为仅次于美国之后的网络大国。在使用计算机网络的过程中，网络文化也成为诸多学者争先恐后的研究热点。在二十世纪末、二十一世纪初，网络文化在学者们的眼中还不能算一种真正的文化，网络只是一种被人使用的载体，如果说网络还是一种文化，这种文化也是灰色的，还不能登入大雅之堂。还有一些学者认为：网络是一把双刃剑，如果利用得不好，便会伤及自身。但是前几年随着网络经济、网络贸易的陡然升温，加上信息技术的不断扩容，紧接着一些社会新闻事件被网民进行广泛热议，对现实社会形成巨大的影响力，自此学者们对网络文化才开始真正重视。

不可否认的是，计算机网络社会是一个虚拟的社会，尤其是在各大网站的论坛社区、BBS讨论组里，网民们津津有味地谈论五花八门的问题，从政治、经济、文化、科技到家长里短的琐事，都成为纷纷议论的对象。有一些活跃的网民，由于见解独特或者个性鲜明，不仅成为网络达人，在现实社会也成为争相关注的热点人物，这样的例子不胜枚举。网络社会有一种特别值得思考的现象：很多网民在针对一个社会热点事件进行探讨时，穿着“马甲”，显得义愤填膺、观点尖锐，仿佛是正义者的化身。但是现实社会中，这些网民也许温文尔雅，在单位都是忠厚少言语的好员工。这也说明，网络社会相比现实社会而言，这里显得自由宽松，对现实社会的抱怨和不满皆可在这里进行充分表达。网民们在网络上的言论，有的不乏真知灼见，有的则完全是个人情绪的宣泄。网民们林林总总的意见和言论，无形中或者直接在影响、推动着现实社会管理者的决策。无数事实在表明：网络民意在当前社会转型期，已经成为一种不可忽视的语言场域。

目前世界正处于大数据时代，网络已走进我们生活的各个角落。最为关键的，网络文化正在改变我们的语言表达、思维方式和交流范式。很多网络词汇，正在成为现实社会中的口头语，其中有一些词语已经收录到各种正统的权威字典。一些传统的文化学者对此深感忧虑，认为网络词汇不入流，对纯正汉语形成挑战和威胁。其实，这种担心有些多余，语言与词汇是一个动态发展的过程，优秀的必然留下，真正粗鄙的必定被时间淘汰。网络文化和传统文化一样，也有一个优胜劣汰的过程。

《数字乌托邦：从反主流文化到赛博文化》一书中所探讨的网络文化现象，仅限于计算机网络从起步到发展的头 30 年期间。而这 30 年期间的计算机网络其实并没有真正走向大众生活。这十多年，计算机网络文化是一个大发展、大爆炸的时期。计算机网络让地球变得更小，人们的交流更加便捷，而伴随而来的网络安全和个人隐私不断泄密，已经逐步上升为一种政治、法律和伦理问题，网络文化的形态到目前为止依然处于发展状态，真正的网络文化形态，也许只有时间才能给出答案。

反思大数据时代的知识

长期以来，人们学习和掌握知识，要么是老师的言传身授，要么是阅读书籍报刊，尤其是来自经典书籍上的知识，很多人对此深信不疑。而进入网络大数据时代之后，海量的知识顿时如潮水般涌现在眼前，令人眼花缭乱。到底哪些是真知识，并且是有用的知识，现在成了一个难题。如果在大数据时代善于将知识有效利用，这也是不错的时代，可惜并非所有人都是如此。《知识的边界》（胡泳、高美译，山西人民出版社2014年版）一书，就是围绕“大数据时代的知识”一系列问题展开了深层次的探讨和反思。

本书作者戴维·温伯格是哈佛大学资深研究员，围绕网络社会与知识创新等热点话题，经常为美国《连线》《纽约时报》《哈佛商业评论》等报刊撰稿。《知识的边界》一书，共分为“知识超载”“深不可测的知识海洋”“长形式，网形式”等九个篇章。每一篇章中，温伯格对于“大数据时代的知识”进行了不同层面、不同维度的分析和梳理。大数据时代的知识是较之印刷时代的知识而言，印刷时代的知识是静态、单向度、线性的传播方式。而大数据时代的知识则恰恰相反。美国云计算之父马克·贝尼奥夫认为，大数据时代的知识具有社交性、流动性、开放性的特征。而温伯格则在书中一语中的："大数据时代的知识没有边界，也没有形状。"

大数据时代的知识，没有印刷时代对知识结构视为必须具备的"基础"，知识是非线性的，可以自由组合、切割，处于一种游离状态。有点"召之即来，来之可取"的意味。温伯格在书中，对一系列基本概念提出了批判性的思考。比如，他在阐发"事实"的概念时，认为人类社会只有到了十九世纪，"事实"才成为知识的基础和解决争论的最终方法。他写道："但我们应该意识到，那个时期对事实的看法并非基于事实，而是基于发表事实的纸质媒体。"今天大数据时代所提供的"事实"，远远超出了传统书籍的范围，"事实"充满林林总总的分歧和争论。

大数据时代的知识，如同一张无限扩展的大网，将人类所有知识"一网打尽"。而在先前的印刷时代，知识主要依靠出版，少数的知识精英把持知识的传播特权。网络新媒体开启的大数据时代，则是一场更为深远的知识颠覆性变革。知识传播呈几何级数式增长。当前，网络新媒体技术打破了精英与平民之间的知识壁垒，改变了自上而下的知识传播模式，使知识的产生与传播陷入不确定的状态。

温伯格对于大数据时代的知识秉持乐观的态度。从客观上看，大数据时代的知识学习，确实有其便捷性，这是不争的事实。在没有建立互联网数据库之前，学者们从事学术研究，必须到图书馆查阅一本本书刊资料，既费时又费力。可是有了一台连接网络学术数据库的电脑，只要输入关键词，无数近似文献就会“排队”以供遴选。再比如，不少优秀的学术期刊，由于篇幅和版面所限，优秀的学术论文编辑们不得不进行删减，而学术期刊和网络数据库“联姻”之后，学术论文不仅能完整呈现，支撑论文结论的一切实验过程、数据、图表也能公布于众。对于作家而言，大数据时代的文学创作，再也不必手持放大镜，一页页地翻阅字号奇小无比的工具书，而在词海的数据库中轻松检索，轻而易举就能获取相近或相反的字、词、句。

如果说大数据时代的知识给人带来便捷，那么拓展人们的知识视野，则更有不可替代的优势。2011 年以来，一种名为“慕课”（在线学习网络）的学习方式，给知识的学习与传播带来划时代的“革命”。“慕课”的周围，聚集着全球各地的青年学生，他们各自在家中的电脑前，在线聆听老师授课。老师在授课中学生可以随时提问，课后师生之间可以进行互动性的交流，老师在线批改作业，进行课业点评。这种学习知识的新方式，令人们毫无时空的阻隔感。“立体式”的知识传播，使得传统的课堂受到严峻挑战。现在有专家认为，“慕课”猛于虎，那些讲课不精彩、专业基础不扎实的教师，将来在“慕课”的浪潮中会面临职业危机。

大数据时代的各种知识，在网站、博客、微博、微信等新媒体中四处传播。而有些知识，未必就是真正的知识，可能是精神中的杂音、噪音，它们污染知识环境，侵蚀着人们的心灵健康。相反书籍报刊中的知识传播，经过了层层把关，凝聚着无数专业人士的智慧。由于大数据时代的知识真假难辨，有的人感到迷惘，乃至一口认定其存在的价值。事实上，作为现代人，使用网络已经成为一种重要的学习工作手段，刻意逃避不是明智之举。笔者认为，任何一个人在大数据新媒体平台发表文章、表达观点，都要具备高度的社会责任感，理性地阐发真知灼见。倘若只是个人情绪的偏激宣泄，那么大数据时代的知识在未来命运如何，谁都无法预料。

这里不得不提，大数据时代的知识便捷性只是相对而言。假如高度依赖网络数据进行学术研究或者文学创作，笔者有着隐隐的担忧：因为学者、作家使用数据库后，省略了在稿纸上的“各种比划”，思考中的各种揣摩、猜疑和最初的灵感火花，无法原汁原味地留存。众所周知，学术研究或者文学创作过程中那些潦草、凌乱的文稿笔迹，是知识的半成品，具备极高的研究价值。大数据时代，将大脑思索的过程轻而易举地抹掉，应该引起足够的关注。

大数据时代的知识能轻松获得，也并不意味着就能真正掌握知识。大数据时代的知识仅仅是一种资源，好比家中存放成百上千的书籍，如果不去研读，知识和人依然无关。不管处于怎样的一种时代，知识需要人们花苦功夫钻研，否则再多的知识也无意义。另外，现在不少人，凡是有不懂的问题，习惯性地上网搜索，不作任何甄别地将网上的知识和答案奉为宝典。长此以往，很容易使大脑变得懒惰，思维变得迟钝。大数据时代的知识，究竟是令人变得聪明还是愚笨？

《知识的边界》一书的魅力，在于它所呈现的思辨层面的丰富性，以及从无数具体的论争、微小的案例出发，对知识本身的学习、生产、传播，以及知识内部要素与知识的外部影响，进行了层层深入、环环相扣的论述。在很多看上去不是问题的问题追问中，温伯格表现出深厚的知识思辨能力，这是极为难得的。

探寻科学的人文意蕴

人类社会能走到今天，科学起着至关重要的作用，这是无可争议的。科学作为一种知识和思维方式，深刻地影响和改变人类的生活和价值判断。如果一个人漠视科学、反对科学，我们就会认为这是无知、愚昧的表现。古代社会中的科学，不过是“雕虫小技”，而现代社会里，科学是知识的标志，进而演绎成坚不可摧的权力。《知识与权力：科学的世界之旅》（杨志译，中国人民大学出版社 2014 年版）一书，饱含浓郁的人文关怀，反思科学真正的本质，追寻科学发展的历程，剖析科学技术的利弊，进而展望科学并不确定的未来。

本书作者威廉·E. 伯恩斯，是美国历史学家，现居华盛顿。除了本书之外，还著有《科学革命》《启蒙时代的科学》《殖民地美国的科学与科技》等。本书书名中的“知识与权力”，源自著名科学家培根的名言：“知识就是力量。”书中尽管大篇幅呈现科学在世界各地的历程，可并非史料的简单罗列，而是突出科学对于区域、族群、传统文化带来的变迁。

全书之开篇，对科学的定义进行层层推理，从而导致我们习以为常的“科学”变得扑朔迷离。科学（science）一词，来自拉丁词“scientia”，意为“知识”，最原始的定义是研究自然。伯恩斯认为，这个定义存在很多疑问：“自然”又是什么？关于自然的研究都是科学吗？人类社会都利用自然，但利用自然就是“科学”的吗？……科学在不同学者眼中，有不同的内涵和表达，也许科学的定义永远都没有标准答案。伯恩斯眼中的科学，至少与特定的社会制度和文化传统有关。科学不可能真空存在于社会环境中，科学也有着“人间烟火”的气味。

从知识的角度看，科学是一个无比庞大的家族。在这个家族里，有诸多学科领域，如数学、物理学、化学、生物学、医学、地质学、材料学等。这些领域，都有着自身的发展演变史，但是伯恩斯无心也无力对科学家族一一梳理，而是站在宏观的、历史的、社会的角度，审视科学发展中最为关键的一步。古希腊时期，科学远没有今天这么发达，更谈不上何等的深奥，但是科学中的“追问”精神作为一笔宝贵的人文遗产，给后世科学研究带来思想启迪。科学一路发展至今，就是在不断的追问中逐渐壮大起来的。

当今之科学，各个专业领域交叉、交融、交互发展，出现你中有我、我中有你的格局。另外，科学被细分成无数研究领域，已经成为当今科学的显著特征。在科学被细化的这个时代，科学的星空不可能涌现出亚里士多德这样“百科全书”式的人物。和自然科学毗邻的则是社会科学，比如社会学、经济学、管理学、人类学等。几百年前，并不是所有人都承认这些学科是科学。不过，自十八世纪以来，这些知识领域一直大量吸纳科学的量化、统计方法。科学被无限推崇的今天，有的知识领域和科学毫不相干，却很乐意搭上科学的顺风车，比如有人提出了绘画科学、音乐科学、设计科学等。科学的归科学，艺术的归艺术，而这种心态，其实是对艺术作为知识的不自信，对科学本质认知的一知半解。

科学不仅是知识，还是一种可以谋生的职业，如今全球有几百万人以此为业，但这种职业在历史上出现得很晚。十九世纪之前，科学并没有构建起严密的体系，所谓的医生、工程师、科学家都是业余的。文艺复兴时期的大画家达·芬奇，懂解剖学和机械设计，后来的史家把他划归到科学家的行列，这其实是有欠妥当的。伯恩斯认为：以科学为业的人，才算是科学家。而专门的科学职业直到十九世纪才出现。

当然，以科学作为职业，有着较高的门槛。这和文学家大为不同，文学家只要有一定的文化积累，以及纸和笔，就可以开始创作。从事科学研究，尤其是复杂的、高端的科学技术攻关，必须在某一领域有长期系统的知识训练。此外，专门的仪器设备也必不可少。生活极端困难的人和缺乏专业教育的人，若想成为科学家无异于缘木求鱼。当然，把科学当成业余兴趣进行培育，并成为科学家的也不乏其人，而这种人也只特定于基础性的自然科学领域。

为什么有的人在“非科学”的环境里，依然能取得伟大的科学成就？这其实是强烈的兴趣使然。伯恩斯在书中指出："科学的兴起伴随着业余爱好者的活跃。业余爱好者们收集岩石，用望远镜观测天空，收集野生植物，开展大量其他科学活动。这类科研局限于那些有财富也有闲暇钻研的人，或者那些可从业余科学爱好中获益的人。"比如大科学家爱因斯坦，年轻时在瑞士的一家知识产权机构工作，过着朝九晚五的生活，他的工作和科学研究并无太大联系，但是他对物理学尤为热爱，脑海中总有大量的疑问，后来他通过努力钻研，凭着个人的智慧发现了相对论。

按理说，兴趣是科学研究的敲门砖，资金和硬件是科学研究的支撑条件。可是环顾今天的科学界，国家投入的科研经费不可谓不多，很多研究机构的实验设备是直接从国外引进，科研环境和先进国家并没有多少差距。然而，科学研究中的原创性成果并没有达到令人满意的程度。有的科学家急功近利，为了一己之私，违背基本的学术道德，论文抄袭、数据造假、成果浮夸的现象时有发生。回到科学的原点来看，这种人其实对科学是没有兴趣的，更在乎的是金钱和名位。真正对科学有兴趣的人，是能坐得住冷板凳的人，有着"十年磨一剑"的毅力和恒心。而把金钱看得比科学本身还重的人，不但成不了真正的科学家，还有损国家利益和知识分子形象。

在一般人眼里，科学是无国界的，超越了意识形态属性。《知识与权力：科学的世界之旅》这本书中，对此提出了质问：难道真的就是这样吗？对人类社会而言，科学所探索的物理世界，其“客观”现实是相同的，但这不意味着科学完全脱离文化的影响。人类自诞生以来，就一直思考和推理置身其中的自然世界，然而并非所有社会对自然的解释都一样，或者都拥有相似的“科学”观念。

伯恩斯认为：“谁在研究、为谁研究以及研究哪一种科学，文化都施加了影响。不同文化通过不同的目的、问题和解答方式，创造了不同的科学或者科学传统。文化也为科学家提供相关制度和交流模式，同时制约了科学家可以解答的问题。”众所周知，中医是中国传统文化的产物，很多人从未怀疑中医是不是科学，但是在不少西方科学家眼里，中医不是科学，理由是中医对于病理、药理方面的阐释没有形成严密的学说体系。另外，西医注重实验，其临床实验结果能大力推广。所有的这些，正是中医的致命短板。中医注重医生自身的经验，治疗中凭借“望闻问切”的直观感受，同样的病症，在中医那里开出的药方千差万别。这一点，是西方科学家无论如何都不能理解，也无法相信的。伯恩斯认为，世界上今天所信奉的科学，其实都是西方科学的理念和价值，科学并不独属于西方，西方也无权独揽科学话语权。

科学之所以能持续发展，和科学人才的培养密不可分。在古典大学教育中，科学类专业课程并不显眼，人文社会知识是主体。而现代大学中，培养专门的科学人才是重要任务，围绕科学的不同领域，开设了不同的专业和研究方向。当前理工高等教育中，有一种现象引发担忧：基础性的自然科学没有受到应有的重视，恰恰那些应用性很强的工程技术教育，受到热捧，人文通识教育则有着被边缘化的危险。对理工类人才强化人文通识教育，目标不仅仅是让他们“能说会道”，更关键的是，使他们形成健全的科学观念，正确认识科学的社会价值。

通读《知识与权力：科学的世界之旅》，不难发现在可以预见的未来，科学仍是全球至关重要的知识。从艾滋病到海洋资源减少，只有借助于科学的帮助才能解决。同时也应该看到，科学有创造的能力，也有毁灭的能力，科学既提供了大量廉价的能源和充足的食物，也生产了大量恐怖的原子弹和生化武器。我们唯有对科学本质有着清醒的认识，才能更容易主导人类未来的命运。

大学精神的追寻与拷问

无论国家也好，各种社会组织机构也罢，在长期的发展进程中，都会孕育出一种独有的精神。若这种精神是有益的，必然会形成一种巨大的推动力量，反之，则会阻碍进步。同样，对于世界上任何知名大学而言，也有某种无形的文化或者大学精神作为牵引。大学精神不单是大学的专属，同样会影响社会文化与大众价值观念的形成。有关大学精神方面的著作，无论是理论研究层面的，还是文学书写方面的，可谓汗牛充栋。而《大学的精神》（中信出版社 2017 年版）兼顾了理论探索与感性表达，读后令人深思。

本书两位主要作者蒲实、陈赛，近十年来供职于《三联生活周刊》，在非虚构写作方面具有丰富的历练。也许同毕业于北京大学之缘故，他们对于大学精神的探究，抱有浓厚的兴趣。为了撰写本书，近七年来，他们不辞劳苦，在国外采访大学校长、院系负责人、教授、学者、大学生等，梳理名校的魅力与品格、积淀与气质。书中，他们总结道：哈佛大学是社会精英的象征、耶鲁大学则是各界领袖的摇篮、斯坦福则是硅谷心脏的同义词、牛津大学乃现代绅士的家园、剑桥大学是书生意气的写照、海德堡大学乃哲学思辨的重镇、麻省理工学院可谓梦想起飞之地……总体上言，无论是从氛围到环境、从历史到现实，还是从制度到精神，本书字里行间，均对这七所世界名校进行了全方位、多视角的呈现，为国人清晰认识世界名校提供了详实、鲜活的参考资料。

当然，世界著名高校的数量，远不止书中罗列的这几所。优秀的大学，其办学理念、人才培养目标、教学科研模式等方面，都不尽相同、各有特色。书中所聚焦的大学，在世界高等教育领域，归纳起来看无非是古典和现代这两种类别。无论何种气质的大学，从现实的角度看，办得成功与否，受到很多因素的制约，如：生源的质量、教师的执教水平、充足的经费保障、优美的校园环境以及良好的学术范围等。然而仅仅有这些要素，还不能成为一所好大学，其中最关键的，就是具有与众不同的大学精神。当然，那些世界著名大学，必然有其卓越的大学精神，并潜在地影响大学的未来命运。

而何为大学精神？恐怕不会有一个标准答案。总之，大学精神既深藏于“大学”之中，又游离于“大学”之外。它给大学注入了生命活力，使大学不仅仅是各种建筑群落，也不单单是人才的集散地，而是人、思想、价值观念、理性思考、创新、智慧与博大胸怀的代表。若用精练的语言表述，大学精神其实就是在特定大学理念的支配下，经过全体师生的努力，长时期积淀而成的稳定的、共同的追求、理想和信念。大学精神是大学生命力的源泉，是大学文化的精髓和核心之所在。大学精神之于大学而言，正如土壤、空气、水、阳光之于植物的生命一样重要。在大学精神之中，一个共性的特质就是培养有教养的公民。

关于大学精神的追寻，世界名校的领导人，有着别开生面的阐释。哈佛大学第二十八任校长德鲁·福斯特认为："一所大学的精神所在，是它要特别对历史和未来负责，而不仅仅是对现在负责。一所大学关乎学问，影响终身的学问，将传统传承千年的学问，创造未来的学问。一所大学，既要回头看，也要向前看，其看的方法必须与大众当下所关心的或是所要求的相对立。"而耶鲁大学第二十二任校长理查德·莱文则从微观的层面指出："如果一个学生从耶鲁大学毕业后，居然拥有了某种很专业的知识和技能，这是耶鲁教育最大的失败。耶鲁所要培养的领袖，就本科教育来说，核心是通识，也就是自由教育，这种教育所熏陶出来的批判性的独立思考能力，能够让人胜任任何职位，驾轻就熟地精通任何学科，并为终身学习打下基础。"不得不说，这两位校长，对于大学精神的理解，既朴素，也深邃。优秀的大学，从来都不会被现实的各种利益和诱惑所束缚，必定注目远方，谋划更加长久的未来。

目前，我国大学已经从精英化转向平民化，各个类型的大学（包括高职院校），相互竞争也日趋白热化。尤其在一些重点大学，其发展完全被各种数字和量化考核"捆绑"：如引进海外高层次人才有多少，发表高被引学术论文有多少，承担国家级重大研究课题有多少，国家重点实验室有多少，等等。在一系列考核指标面前，教师们不得不围绕论文和研究项目转，大学俨然成为某种“高端工厂”。在这种现实面前，就缺少了对大学生的人文关怀，忽略了大学文化建设和大学精神家园的构建。

一般来讲，各大学所倡导的校训，或多或少体现出一所大学的精神底色。遗憾的是，国内大学的校训，要么雷同，要么“撞车”，无外乎立德、勤奋、诚朴、团结、奋进、务实之类的名词。这本没有什么大惊小怪的，而更令人担忧的是：很多大学培养的人才，也几乎是雷同的。这对于我们这样一个追求创新的国家而言，是一个不能忽视的问题。若大学培养的人才“千人一面”，那么创新创业就可能成为空头支票。这些现象的存在，从源头上讲就是大学精神的缺失或者迷惘。正因如此，人们更怀想起当年战乱中的西南联大。

阅读《大学的精神》一书不难发现，世界名校之所以成为世界名校，因材施教的本科教育、自由独立的学术精神、开放包容的办学格局是其共同特质。在这些大学内部，更为重要的是孕育出独立思考的精神品格。独立思考是创新的起点，也是尤为关键的一步。如何让学生在纷繁芜杂的各种利益诱惑中不跟风、不盲从，具有独立思考的能力，这不仅要进行思维的训练，人文通识教育（有学者也称博雅教育）更是必不可少。

书中所指出的哈佛、耶鲁、剑桥、牛津等名校，为了培养大学生独立思考的习惯，纷纷强化人文通识教育。而第二次世界大战之前，世界高等教育领域中的专业学科壁垒尤为明显。在此之后，经济迅猛发展，科技、社会和伦理之间时常发生“摩擦”。人们当时就意识到，大学培养的毕业生，不能仅仅是培养掌握谋生技能的人，还得文理交融、文理互通，毕竟人是有思想、有情感的生命个体。哈佛大学率先开设了人文通识教育课程，旨在培养知识和人格健全的综合素质人才。大约每隔二十年左右的时间，哈佛都会顺应世界发展趋势，推出一批全新的人文通识课程。人文通识教育也具有“无用之用”的特质，爱因斯坦曾指出：“一个大学不大可能因为社会生活五花八门的要求而忙于搞各种专业训练，也不应该跟着这种需求亦步亦趋地追时髦。”

《大学的精神》主要通过零距离观察，记录和分析了世界 7 所具有代表性的世界名校办学特色，并在此基础上试图探究大学精神的共性特质。由于国情的不同和文化传统的差异性，我国高等教育发展之路不可能照搬国外模式，而国内各高楼若想拥有富有校本特色的大学精神，也只有中国知识分子自己去探索。

精神武器的杀伤力有多大

影响社会变迁的方式有很多种，诸如政治制度、经济模式、人口结构、武力战争、种族信仰、环境气候等，其中还有一种方式不能忽略，它同样拥有巨大的能量，影响乃至改变历史的路向，这就是以图书为代表的文化产品。图书汇聚着知识与思想，是文明的纽带，传播特定的价值观念。从另外一方面看，图书作为商品，也能创造无法估量的经济效益。梳理中外历史不难看出，在社会进程的特定历史节点上，图书作为文化载体，其威力丝毫也不亚于枪炮。读《作为武器的图书》（蓝胤淇译，商务印书馆 2016 年版），可以真正认识到图书作为精神武器，不论是在过去、现在还是未来，都具有强大的杀伤力。

本书作者约翰·B.亨奇是美国图书收藏家，他不但长期痴迷珍稀图书的搜寻，还深入研究图书在社会思想传播与控制中的理论问题。《作为武器的图书》这本著作分为“培育新市场”“图书作为思想战争的武器”“美国文化在海外的影响力”三个部分，亨奇以大量的文献和数据，详尽叙述了第二次世界大战中美国向海外出版发行图书的过程。他旨在表明：第二次世界大战作为有史以来人类历史上最大规模的战争，不仅是现代军事科技的比拼，同时也是思想文化之间殊死博弈。

第二次世界大战之前，美国已经拥有完整的图书生产、发行、销售体系，出版效益较为可观。正因如此，对于海外图书市场的开拓，从政府到出版商，并没有太大的积极性。然而伴随着战争的深入和持续推进，美国出版社敏锐地意识到向海外推广图书的重要性。而这一认识，皆缘于纳粹德国的倒逼。

狂热的纳粹分子希特勒，执掌德国军政大权之前，在《我的奋斗》一书中，大力鼓吹种族主义和暴力战争，试图摧毁现成的世界秩序。此书出版后，在德国乃至整个欧洲，获得无数狂热青年的追捧。凭靠这本书，他以德意志救世主的形象，在各种政治阴谋的操纵下，迅速成为德国的掌舵人。狡猾的希特勒非常清楚：图书对于人们思想价值的牵引，具有非同寻常的作用。他掌权后，出台了严格的图书出版审查制度，而那些与纳粹主张有关的图书，得到了肆无忌惮的出版传播。这些图书，如同文化的魔咒，潜移默化地毒害着崇尚战争的民众。

希特勒发动第二次世界大战后，在被侵略的国家和地区，对原有的图书进行封存、销毁，图书审查更为苛刻，其意在试图用唯一的纳粹图书，影响民众的价值导向。毕竟，欧洲人有着理性主义传统，他们渴望解放与自由，对纳粹题材的图书甚为反感，不少人冒着生命危险，偷偷地阅读心仪的书籍。

欧洲战场上，法国的维希政府投靠纳粹德国的怀抱后，这个曾经是世界上主要的图书出版大国，自此沉沦。对于英国，德国纳粹的空军经常大规模空袭伦敦和其他主要城镇，其中，大型图书馆和图书经销商的仓库是重要目标。据估算，英国在第二次世界大战中有不少于 2 000 万册图书毁于炮火。由于战事吃紧，英国图书出版节奏明显放缓，这对于迷恋阅读的英国人而言，无疑是沉重的心灵摧残。亚洲战场上，日军入侵中国及东南亚国家，在占领区对图书出版审查的管控程度丝毫也不亚于德国。

在这种形势下，美国出版商们自发行动起来，成立了战时图书委员会。当然，这个民间组织的发起得到了官方的大力支持，两者之间有着千丝万缕的联系。时任美国总统的罗斯福说："图书不可能被烈火消灭。人死了，但图书永远不会死去。永远没有人也没有武力能够将思想关进集中营。没有人也没有武力可以从世界夺走图书，图书中包含着人类针对暴政永恒的反抗。在这场战争中，图书是武器。"

美国战时图书委员会之于图书出版的对象非常明确，那就是在海外作战的美国军人、同盟国军民，以及被法西斯占领的国家和地区的千万民众。起初，向海外输送的图书多为美国各家出版机构捐献组成。因为很多图书的质量良莠不齐，开本大小不一，内容也是五花八门，且文字都是英文。这些图书运抵欧洲战场时，反响平平。很快，战时图书委员会在充分调研的基础上，迅速调整策略，严格挑选书目，规范图书开本，从封面设计到内容编排，进行重新制作印刷。这项计划命名为“纽约：跨大西洋版本”。每一册图书封面上，都进行了专门标注。

跨大西洋版本系列图书涉及政治、军事、文学诸多领域，很多书在当时都被《纽约时报》赞赏过，有着广泛的影响力，如《伟大时代》《美国如何生存》《美国外交政策和美国的战争目标》《沃塞尔医生的故事》《田纳西河流域管理局的奇迹谷》等作品。这些图书，有的语言是英语，有的是法语，还有荷兰语等，这是为了满足不同国家的需求而“定制”的。

为了实施这项出版计划，美国战时图书委员会一度把图书印制车间搬到了英国，以便节约运输成本。而英国也不甘示弱，为了扩大自身的影响力，也相应地出台了“海外版本系列”图书计划，其运作模式和美国大体相当，那些运往海外的图书包括《主流》《更好的世界有多新颖》《漫步在阳光下》《论本土文学》《我们运输舰的黎明》等。

欧洲战场上，除了能随处见到飞机、坦克、枪弹之外，美国“跨大西洋版本”和英国“海外系列版本”图书也四处可见。本书中描述的一个场景非常令人难忘：1944 年 6 月 6 日，美英联军在法国诺曼底海滩登陆，而成千上万箱的图书，几周后已经通过各种途径先期运抵欧洲大陆。其目的是让法西斯统治下的民众，对正在进行的战争有一个清醒的判断，从而为战争取得胜利争取民意和人心。另外，美国为了在远东作战的军人们认识一个清晰的日本，特邀女学者、人类学家鲁思·本尼迪克特著书《菊与刀》。第二次世界大战取得最终胜利之后，美国针对德国、日本制定了周密的图书出版计划，一是为了抚慰战争中心灵创伤的民众，二是通过图书清除顽固的法西斯主义毒瘤，让社会回归常态。

美国战时图书委员会在向欧洲输送图书时，并未遗忘给作为远东战场的中国输送图书。客观上讲，当时的中国是一个文盲占据多数的国家，同时也是只有极少数人懂英语的国家，英语图书对于中国军民而言无法派上用场。然而，美国出版商并未放弃努力，依然组织翻译了《缅甸医生》《瓦塞尔医生的故事》《美国》三种汉语图书，其实在思想取向和价值判断方面，中国人和美国人、欧洲人存在天壤之别，保家卫国的观念千年前就根植于心。

美国在第二次世界大战中把图书作为一种精神武器，成功地输送到海外，表面上看是缓解各类人群的阅读之渴，本质上则是巧妙地灌输美国的意识形态，目的是让各地民众对美国的所作所为，形成思想上的服从者。从另外的角度来看，这也许就是文化上的一种入侵。美国在第二次世界大战前后推广的跨大西洋版本计划，为战后美国图书在全球市场的发行销售奠定了民众基础，并从中获取更大的经济效益。

战后经过几十年的发展，美国成为世界上当之无愧的图书出版霸主。然而，近 10 多年来，伴随着世界政治经济形势的发展，加上多元文化思潮和互联网的双重冲击，美国的霸主地位已经受到严峻挑战。目前，作为世界第二大经济体的中国，不仅对外输出高铁技术和工业产品，在对外文化交流方面，尤其是在对外图书出版领域也格外重视。中国作为主宾国，经常参加各类大型国际书展，努力推广中国题材的图书。这不仅是为了让世界领略中华传统文化的博大精深，同时也在昭示中国热爱和平，为世界文明的发展与进步贡献应有的力量。

那一阵阵中国风，在全世界刮过

在古代世界，由于交通技术的落后，加上路途遥远的客观原因，中西方文化之间的互动，远没有今天这么频繁，但这不等于西方与东方之间就处于隔离状态。《中国风：遗失在西方800 年的中国元素》（刘爱英 、秦红译，北京大学出版社 2017 年版）一书，通过欧洲现存的丝绸、瓷器、绘画、家具、建筑等具有中国元素的实物，为我们“打捞”中国文化在西方的传播提供了独特的视角。

《中国风》的作者休·昂纳是英国当代著名的艺术史家，今年已经 90 岁的他，年轻时毕业于剑桥圣凯萨琳学院。除了本书之外，他与约翰·弗莱明合著的《世界艺术史》，被国际学术界认为是阐述最为完整的艺术史通史。《中国风》由“神州幻像”“中国风之开端”“巴洛克式中国风”“洛可可式中国风”“英国式洛可可中国风”“中英式花园”等八章组成。书中，作者以史学家的严谨、文学家的细腻笔触、艺术家的敏感，梳理了西方文化领域中国风的兴起、兴盛及衰落、流变的漫长而复杂的历史过程。所谓中国风，就是潮流、风潮的代名词，就如同好莱坞电影生产模式，成为一种刮遍世界的风潮。如果不是阅读本书，我们很难想象，在欧洲大陆的历史上，在不算短的时代，真真切切刮过阵阵中国风。

欧洲刮过的中国风发端于十一世纪，得到了马可·波罗、鄂多立克等曾旅行中国的冒险家们、传教士们的有力助推，经几个世纪的发展后，从十七世纪开始全面渗透到了欧洲人生活的各个层面，如日用物品、家居装饰、园林建筑等，上至王公贵胄，下至商贾乡绅，都对所谓的中国风尚趋之若鹜。中国风直接形塑了西方时尚史上著名的洛可可风格。十八世纪中叶时中国风正处于顶峰，直到十九世纪才逐渐回落、消退。华托、布歇、皮耶芒、齐彭代尔、钱伯斯、瑞普顿等著名的艺术家、设计大师，以及其他大大小小的工匠所创造出的众多中式建筑、艺术品和工艺品，为后人记录和保存了中国风席卷欧洲大陆的深刻痕迹。

诚如作者在书中所言，在漫长的古代岁月，在欧洲人的心目中，中国仅仅是一个想象中的地方：文明程度高、生活富裕、社会安宁。欧洲刮起的中国风，本质上讲是一种欧洲风格，这也表明：欧洲人对一个在距离上遥远、心理上神秘的古老国度的理想化的认识和理解。谁是第一个把中国化的文化元素带到欧洲的中国人？也许是一个人，也许是一群人，也许是一代一代默默无闻的商客，这些都是无从考证的。马可·波罗也好，利玛窦也罢，作为中西方文化交流的先行者，被历史幸运地记住其名。——可以肯定的是，在他们抵达中国之前，还有一些欧洲人也来过中国，只是他们没有那么好的运气而被历史遗忘了。

一般而言，商贸之间的往来，往往会促进不同文化之间的交流。历史上，丝绸作为中国独有的织品，在世界上享有盛誉。汉朝时，丝绸之路将中国、西亚、欧洲乃至非洲连接起来。制作中国丝绸的生丝和技术，转经叙利亚、波斯等地，随即进入罗马帝国。丝绸作为一种薄纱，色泽艳丽、面料通透而华美，上至皇帝、下至平民都格外喜欢。欧洲人把穿戴丝绸作为一种荣耀，这应该是欧洲第一次刮起中国风。当时罗马人这样说，中国人“制作图案精美的服饰，其颜色就像田野中的花，而其精细程度则可与蜘蛛网相媲美”。这表明，当时的欧洲不仅以穿戴丝绸作为时尚，甚至对中国图案也很欣赏。

十四世纪，法国织工们在织物当中，忙着模仿中国的图案。起初，他们精确地模仿出吐火的龙、欢快的狮子和凤凰。自汉朝以来，这些动物就蹦蹦跳跳地出现在中国织物上，而欧洲人迷恋上它们，已经是几百年之后的事了。中国的丝绸及其图案，在欧洲人看来之所以具有魅力，大概是这具有浓郁的异国情调，代表着正在传播的故事中所讲述的那个神奇的东方。中国风尚的图案，在欧洲美术作品中也得到了再现。如《圣厄休拉和她的少女》这幅画，画中女性圣徒所穿的长袍，缀满了凤凰图案。很显然，这受到了中国文化的影响，毕竟凤凰是中国传说中一种独有的神鸟。

欧洲不仅刮过丝绸中国风，还刮过瓷器中国风。瓷器是中国文化的典型代表，欧洲人对瓷器的喜爱程度丝毫不亚于中国人。一个最有说服力的例子，就是意大利著名画家贝利尼和提香在十五世纪之初合作绘制的杰作《诸神之宴》。画面中，女神、男神手里都端着中国明朝样式的青花瓷碗。这些瓷碗，居于画幅的中心位置，十分抢眼。这幅传世的世界名画，无形中也流露出中国风当时在欧洲的流行程度。十六世纪时，具有中国文化元素的瓷器，受到了普遍欢迎。当时法国国王路易十四，为了讨好情妇莫内斯潘夫人，1670—1671年，他命令工匠依据中国瓷器的造型和色泽，专门在凡尔赛的园林中修建了一个小小的开心屋——特列安农瓷屋。整个瓷屋的外墙和屋顶，放满了瓷罐和各式花瓶，而屋内的装饰，也都源自中国装饰元素。这一方面表明法国人对中国瓷器的偏好，另一方面也可以看出法国宫廷的中国风是何等盛行。遗憾的是，易碎的特列安农瓷屋没能留存下来。

文艺复兴之前，欧洲人完全掌握了瓷器的生产工艺，然而瓷器上没有中国青花图案，被认为这种瓷器是没有欣赏价值的。本书第三章“巴洛克中国风”中写道，十七世纪后期，德国的陶工们在瓷器生产中，以模仿中国风格为荣耀。由于瓷器中国风的流行，催生了一些专门的瓷器收藏者。柏林夏洛滕堡宫的陶瓷室，是其中最具有代表性的。从书中收录的多幅插图中不难看出，中国元素的瓷器，遍布整个欧洲大陆。

和丝绸、瓷器一样，中国各种传说、故事、神话乃至生活日常，欧洲人也抱有强烈的好奇之心。伏尔泰是法国著名思想家，他对于中国文化也充满各种想象，他创作的剧本《中国孤儿》于 1775 年首次公演。《中国孤儿》原来是情节曲折血腥的复仇故事，但伏尔泰的改编，赋予剧本哲学层面的思考，旨在“以戏剧形式阐释孔子之道”。事实上，《中国孤儿》中的哲学思想，一半源于孔子，还有一半源于亚里士多德。剧中的背景，采用了时髦的中国场景，演员身穿地道的中国服装。此外，巴黎同一时期的芭蕾舞剧《中国节》、舞台剧《儒雅的中国人在法国》等，演出后也赢得满堂喝彩。

在艺术领域，欧洲的画家们也津津乐道地描绘中国题材的作品。华托的《中国神灵》《中国皇帝》、布歇的《中国集市》《中国花园》《结伴钓鱼的中国人》，用西洋绘画中的光影、色彩、立体再现的手法，逼真地描绘出中国人的生活和精神状态。这里尤其值得一提的是，画家皮耶芒的中国题材系列装饰画，不仅画面的构图是中国独有的散点透视，其表现手法也类似水墨画的手法。其中一幅画中，杂技演员正在做着高难度的平衡动作，而画中的演员神情自若、仙风道骨。他的系列装饰画，如果不作文字注解，也许会被误以为出自中国画家之手。他的画中之人物、树木、花卉、山水，彰显出一股强烈中国传统绘画之灵气。而园林、建筑创作领域，欧洲的设计师和匠人们，也纷纷借鉴中国古典园林的造型和布局，如现存于巴黎巴加泰勒公园的凉亭、瑞典哈加花园中的亭台、丹麦弗雷德里克包花园内的小桥、德国慕尼黑失去的中式宝塔等，都在用心地模仿中国园林建筑独有的美感和神韵。

阅读此书不难发现：欧洲社会和文化领域刮过中国风的时代，也是中国国力在世界上强盛的时代。今天的中国，随着“一带一路”倡议的深入推进，我们不仅要传承并弘扬优秀的传统文化，还要加足马力让中国文化“走出去”，让民族复兴的“中国风”再次刮起来！

剖析美国赢得第二次世界大战的新视角

对于世界上任何一个国家来讲，强大的工业制造能力，是国家走向强盛发展的基础，也是战胜国家安全危机的关键。众所周知，希特勒当年之所以敢于挑起第二次世界大战，就是凭着德国拥有强劲的工业实力。同样的道理，美国赢得第二次世界大战，依靠的也是国内强大而先进的工业。战争比拼的背后，关键是经济和实业的较量。《拼实业：美国是如何赢得二战的》（李永学译，上海社会科学院出版社 2017 年版）站在历史审视的角度，通过具体的数据、可信的史料和微妙的细节，剖析了美国在第二次世界大战中取得胜利的秘密。

本书作者阿瑟·赫尔曼，是美国著名历史学家和历史作家，除了出版本书之外，还著有《苏格兰：现代世界文明的起点》《甘地与丘吉尔》《麦克阿瑟传》等作品。本书共分为“温文尔雅的巨人”“建筑大师”“明日世界”等十八章，主要围绕威廉·克努森与亨利·凯泽这两位美国实业界两位举足轻重的人物，讲述私营企业在战时爆发巨大的生产力，迅速将美国军队装备成世界最强大的武装力量。在作者看来，正是那些被战争动员起来的民用工业，以及在军工生产中得到锻炼的普通男女，让美国在战争中奏响了凯歌，并为战后美国的繁荣奠定了坚实基础。

国家面对突如其来的大型战争，且这场战争还是持久的，那么何以致胜？人们或许有很多不同的解读，国家的有力领导、民众必胜的信念、士兵勇敢的冲锋、先进的武器装备等都是不可缺少的要素。然而，在现代战争中，仅有这些条件还不够，更有赖于战争背后强大而先进工业生产制造格局。尽管这个道理人们都清楚，然而学者们在探讨战争成败时，多偏向从军事的角度进行研究，忽略了非军事方面的原因。本书的亮点，就是把笔墨聚焦在为了赢得战争而付出代价的工商界人士、工程师、工厂经理和产业工人的身上。

为了赢得第二次世界大战，美国一支没有穿军装的产业大军，夜以继日在工厂生产战争装备，包括 8.6 万辆坦克、250 万辆卡车、50 万辆吉普、28.6 万架军机、8.8 万艘海军舰艇、5 600 艘商船、43 400 万吨钢材、260 万挺机枪和 410 亿枚各式炮弹子弹，当然，还有威猛的 B—29 超级轰炸机。为了打赢正义之战，第二次世界大战期间美国对工业、技术和工业生产进行了令人惊叹的总动员。然而，许多人为此付出了沉重的代价，仅仅在 1942—1943 年，在涉及战争方面的产业内就业的工人伤亡就很多，其数字是同期美国军方伤亡人数的 20 倍。为确保战争胜利，仅通用汽车公司一家企业，就有 168 名高管在战争期间殉职。

美国作为私有制经济为主体的国家，私有企业在军工生产中扮演着重要角色，而私有企业的老板，其地位不言而喻。他们的态度、行动，乃至思考问题的方式，都可能会影响第二次世界大战进程。这也是《拼实业：美国是怎样赢得二战的》一书中，对威廉·克努森和亨利·凯泽两位“大佬”进行深入刻画的原因。在作者看来，若没有这两个人的支持和努力，第二次世界大战至少不会在 1945 年取得胜利。威廉·克努森是一位丹麦移民，他从车间生产的基层工人起步，最后成为通用汽车公司的总裁。而亨利·凯泽小时候曾被人看作问题少年，最终凭着实干成为美国最庞大的建筑企业联合六大公司的掌门人，并主持修建了美国最高的胡佛水坝。

多年过去了，历史都忘记了他们，但是在战争岁月中的美国，他们的名字光彩熠熠。1941 年 12 月 7 日，日军偷袭珍珠港美军基地后，美国正式加入抵抗世界反法西斯的战线。在罗斯福的召唤下，克努森离开了通用汽车公司，成为重建美国军备的先锋。他先是做了生产管理办公室主任，后接受中将军衔，担任美国陆军工业生产总领。由此，他也是美国历史上至今唯一的“平民将军”。而亨利·凯泽擅长大型建筑的修建，和威廉·克努森一样，其身边聚集这几位精心挑选的实业家，其中有的实业家从来没有踏进大学校门，有的则是辍学学生。后来在美国大批实业家的共同努力下，美国的武器装备生产开始飞速增长。第二次世界大战中，需要大量的劳动力，很多女性从家庭走入工厂，在生产线上和男人一起劳动。客观上讲，这直接推动了后来妇女社会地位及影响力的提升。

凭着强大的经济基础和生产能力，美军待遇也是任何国家都无法相比的。在欧洲战场，除了武器充足供应，士兵的给养清单里还有口香糖、香烟、可乐、图书，到了感恩节还能给士兵空投火鸡。仅仅是可乐，美军一年就喝了 10 亿瓶，而每个月消耗的香烟就达 4.3 亿支。当时日本海军大将山本五十六就曾担心地说过，日本偷袭珍珠港可能会“唤醒一个沉睡的巨人。”事实上，这个巨人不但被唤醒了，最后美国“送”给日本的两颗原子弹，使日本法西斯品尝了发动战争的苦果。

第二次世界大战中，美国的工业生产能力超乎人的想象。正如书中所言，亨利·凯泽是值得人们铭记的。1942 年，德国等轴心国就击毁同盟国 1 664 艘船只，按照这个数字计算，依照当时同盟国的工业生产能力，用不了多久，同盟国的舰船很快会被德国的“狼群”战术潜艇打得精光。正是在危机之下，亨利·凯泽果断收购了两家造船厂，并革新技术，用预制构件和装配的方法大规模生产船只。一艘万吨级自由轮从安装龙骨到交货，原来要 200 多天，亨利·凯泽一开始就把生产时间减为 40 天，而且质量上乘。半年之后，万吨自由轮“约翰·菲奇”号创下 24 天下水的世界纪录。到了 1944 年，每一个星期就有一艘护航航空母舰下水。亨利·凯泽和他的同行在 17 天内便把整条船造出来。1945 年的头 212 天，他们完成了 247 艘，平均一天超过一艘。“罗伯特·皮尔里”号油漆未干就下水，只用4天零15个小时，这个纪录保持至今。从200多天到不足5天，效率整整提高了40多倍。

阅读《拼实业：美国是怎样赢得二战的》，给人的启发是多层次的。强大的经济基础和工业实力，确实能为战争的胜利提供保障。然而，还要看战争的性质，如果是正义之战，必然能赢得人心，获得民众的支持。反之，即便赢得战争，这种胜利也不会持久。纵观世界历史发展进程，这是一个颠扑不破的真理。当代世界呼唤正义与和平，发展与繁荣是民众之所望，然而战争的阴霾一直盘旋在地球上空，这不免令人感到遗憾。

第三辑　当代文学浅论

文学给世界带来温暖

中国是一个文学大国，在漫长的历史长河中，文人墨客们创作了无数优秀的文学作品。二十世纪八十年代，中国大地掀起一股文学热潮，读书与写作之风盛行。进入二十一世纪后，由于网络新媒体的出现，文学阅读与创作渐受冷落。一个优秀的民族不能没有阅读，更不能没有文学的滋养。钱锺书先生是著名的作家、文学理论家，他的《围城》《管锥编》《谈艺录》《七缀集》等作品，是文学创作与研究领域的经典之作。他生前对于阅读、写作及文学理论有诸多精辟的见解。李莫谦先生的《听钱锺书讲文学》（安徽人民出版社 2012 年版）著作，对钱锺书有关文学之言论，作了全面的分析和梳理。我读完此书，对钱锺书的为人、为文、为学之道有了全新的认识。

“热读”与“冷读”：阅读精妙之所在

我们身处的这个年代，是图书出版最为活跃的年代。走到书店，看到琳琅满目的书籍，很多人都不知道从何读起。一个人哪怕是天天读书，也不能读完当今所有的书籍。那么，如何去阅读，如何从读书中找到人生的真谛？这里面就大有学问。钱锺书之所以满腹经纶，和他爱读书是分不开的。在读书方面，他有自己的“秘笈”。

钱锺书把阅读心得总结为“热读”和“冷读”。所谓热读，就是快读，但快不同于马虎，快读要抓住文章的精髓和大意。冷读是逐字逐句地慢读。热读和冷读不是机械的规定，要因人、因时、因事而定。这实际上就是说阅读不能平均用力，要掌握灵活的方法。对于“冷”“热”二字的含义，他打了一个形象的比方：法国人热吃冷牛肉，英国人冷吃热牛肉。法国人有激情，对面前的美味吃得痛快淋漓，而英国人讲究绅士风度，面对热气腾腾的牛肉，细嚼慢咽，吃得慢条斯理。他的这个比方意味深长，这是在告诉我们，只要掌握了冷读和热读之方法，则可以质量和速度兼顾，深度和广度兼顾，既开阔视野，又能磨砺思想。

钱锺书的阅读境界一般人是无法达到的，但是不管冷读也好，热读也罢，关键是要对所读书籍的内容吸收消化。对于《论语》《孟子》《庄子》这一类传统典籍，当然要学会“冷”读，慢慢地、逐字逐句地读。这样的典籍在阅读中快不得，如果囫囵吞枣，知识精华就不会被吸收和消化，到头来如同喝了一杯白开水。中国古代的文人们，在今天看来都是饱学之士，其实在那个时期，文人们能拿来读的书非常少，无非就是四书五经之类的典籍反反复复地读，读的次数多了，认识也就更深了。

现在的出版业也是鱼龙混杂，很多出版商为了推销新书，总是会挖空心思地粘贴最美的广告词，以此吸引读者的眼球。前些年有一本书叫《学习的革命》，被出版商吹得天花乱坠，很多人跟风阅读，但读完此书后，到底能有多少收获呢？10 多年过去了，这本书估计也没有多少人记住。阅读不是赶时髦，更不是互相炫耀，阅读是一个人内心深处的自我反思，是一个人与自己灵魂的对话。在阅读方法与阅读选择方面，对现在的读书人是一个考量。

钱锺书的一生，既有陶渊明的淡泊名利，也有李白的狂放不羁，同时又融合了许多中外学人的睿智、机敏，再加上他那诙谐幽默的个性，这些成为他人格魅力的一部分。他读书，读的是纵横古今的人心与世情，而读他的书，读的是一代学人的心灵与精神。看看他的人生，翻阅的则是一部以中国传统文化为根基，贯通中西文明的智慧之书。

“刻薄之人善做文章”：文品与人品不能等同

钱锺书认为：刻薄之人善做文章。难道老实人就写不出好文章吗？其实只要想想，这句话有其道理。那种老好人、圆滑之人，在现实生活中不免有些唯唯诺诺，对于立场观点之类的总有些摇摆不定。你是一个表面上看上去什么都很优秀的人，要是从事文学创作，在创作时必然会考虑得更多，文章面面俱到，什么都想说，最后什么都没有说透。当然这里并不是说为了写好文章，就得在生活中故意做一个尖酸刻薄之人。话也说回来，尖酸刻薄的人在现实生活中可能四处碰壁，但这类人做起文章来，却未必是一件坏事。

其实简单想象就可以明白，除了立场坚定外，尖酸刻薄的人往往都很挑剔，而挑剔的人则思维细密。这样的人做起文章来，当然会字斟句酌，文意也会出其不意。这一切，对做文章而言，是非常宝贵的。比如《红楼梦》里的林黛玉为人尖酸刻薄，可是诗情才思却在众人之上。刻薄的人往往精密深刻，会有许多新异之见。性情和缓忠厚的人通常容易适应生活，却很少从平凡中发现惊奇新鲜的感觉，写出的文章不免流于平庸。所以，做人要谨慎持重，作文则要刻薄。这一点，从钱锺书的作品中可以得到很好的印证。他的著作嬉笑怒骂，放达洒脱，汪洋恣肆，文中处处潜藏心机；而他的为人却与世无争，有一种常人难以企及的超脱之风。

作文与做人，钱锺书有自己的解释。按照传统文人的观点，文章和道德是分不开的，能写一手好文章的人必然有良好的道德修养。对此，钱锺书提出质疑与批评。古人曾说："立身之道，与文章异。立身先须慎重，文章且须放荡。"钱锺书解释道：端正忠厚的老实人，写起文章来可以很浪漫很豪放。反之，也有文章写得超凡脱俗，生活中却可能是急功近利的名利之徒。文章写得高妙，道德却可能低劣。

大量的历史事实证明，文品与人品不能等同，文章呈现出来的作者和真实的作者未必一致，有时候可能正好相反。但文章中的自己和现实中的自己又的确是真实的自己，这说明人具有两面性和复杂性。他认为，人的言行不复，未必就是“心声失真”，有的人说话的确是发自一片真心，但行动起来就受到世俗的影响，好比风中的芦苇随风飘荡。提笔之时可能是怀着善意，但碰到实际情况就随波逐流。不仅言不由衷，行动也常常不是发自人的衷心。这种情况在作家当中不在少数。比如“文化大革命”中，很多作家写散文写诗歌，不是内心真实所想，但是在残酷的政治环境中为了生存，不得不违背良心写一些虚假的文章，这样的作家很难说清人品是否存在问题。

钱锺书把人的复杂性解释成“身心言动，可为平行各面”，大多数人把人比作胡桃，只分为表里两层，去掉坚硬的外壳就是果肉，实际上把人简单化了；而把人比作夜明珠更为恰当，随着珠子的转动会现出五彩斑斓的颜色，无所谓真假之分。

“美女蛇”的历史考察：中国文学的民族气派

钱锺书对自然、人生和艺术都有一种敏锐的洞察力和领悟力，在鉴赏诗文时对文人的构思、笔法都有细致入微的体会。普通人的印象中的景物描写就是自然景物，实则不然。我国最早的诗歌总集《诗经》里就出现了风景描写，比如“杨柳依依”“雨雪霏霏”等，可是这样的景物描写过于简单。钱锺书认为《诗经》有“物色”而无景色，只是对草木水石的粗浅描写，只有到了《楚辞》，诗人才懂得用几种景物如同画画一样进行布局，由状物而进入写景。仅有单纯的一草一木难以构成风景，任何让人心旷神怡的景色必定包含了丰富的内容，色彩、光线、构图都有着无限的诗意。美的感觉也许是单纯的，但是美感的产生却是许多因素共同作用的结果。从这里看出，“物色”与“景色”的区别也正在于此。

人类历来都爱美，对美的赞扬从来都没有停止，尤其在文学作品中，对美更为关注。美女是生活中的焦点，但是描写美女的角度各不相同，如体态、表情、举止等，虽然各有艺趣，却都给人以美的享受。有人把美女说成是“美女蛇”，钱锺书从中西方的艺术中对“美女蛇”作了一番历史考察。

蜿蜒爬行的蛇，具有阴柔之美，文学描写中常用来形容美女的体态。龙和蛇最初是来形容舞姿，曹植在《洛神赋》中写洛水女神是“翩若惊鸿，婉若游龙”，《淮南子》中形容舞者“绕身如环，动容转区”。德国诗人席勒用火焰或者蛇来形容女人的阴柔之美，蛇不仅形容舞姿，还指女子的腰身。诗人波德莱尔则直接用蛇摇摆的舞蹈描写女子行走的风姿。在我国民间，说女子身段好看，一般用“水蛇腰”来形容。现在，说“美女蛇”还有另外一层意思：蛇有毒，要是缠在人的身上，那后果难料。

说到中国古代诗歌，人们一般以为唐诗是诗歌的高峰。唐诗重朦胧含蓄的整体意象，看上去飘逸空灵，文人作诗之时，以一种不可言传的感觉取胜。在钱锺书看来，宋诗在唐诗的基础上独辟蹊径，也取得了很大的成就。宋诗注重诗歌内容的扎实，作诗者多数是学人，以学问取胜。唐宋诗歌代表了不同风格，确立了后世诗歌发展的不同方向。这就像不同的人有不同的性情。有的人性格开朗，充满激情；有的人沉稳老练，处事理性。前者像唐诗；后者更像宋诗。

中国辽阔的山河大地，注定了这是一个文学丰富多彩的国度。中国文学自古就表现出强烈的地域色彩。古代黄河从中原大地流过，宜人的气候、肥沃的土地哺乳出一批性情淳朴、乐观勤劳的人们。他们的劳作、爱情、生活化为《诗经》，《诗经》朴实而清晰的叙事成为中国现实主义文学传统的源头，也成为质朴的北方文学的典范。而南方的丛林茂密，弥漫着雾气，还有神秘的鸟兽花草，激发人们的想象力，也造就了南方先民浪漫多情的气质，楚地山水酝酿出一部瑰丽神奇的作品《楚辞》。人们一度认为南方文学和北方文学有优劣之分，而钱锺书认为地域虽然有南北之分，但在时间的长河里，南北方文学互相吸收精华、互相影响交融，你中有我，我中有你，在长期的碰撞与融合中，构成了中国文学特有的民族气派。

书中，还对钱锺书提出的读书精神、诗词歌赋的风采、创作的技巧、文学审美等一系列问题进行了解读，这对于我们了解钱锺书的文学世界提供了得力的帮助。文学是人类的良心，是时代的精灵，文学给我们带来安静和思考。我们的生活只要与文学为伴，内心必定温暖而富足。

杨绛先生的生命之境

2016年5月25日凌晨1点，人们还处于睡梦之中，而杨绛先生却驾鹤西去。她的离去，从某种程度上而言，意味着民国知识分子，已经整体退出历史的舞台。杨先生虽然走了，然而她的人品和作品，将会伴随着时光的沉淀，历久而弥新。

杨绛先生出生于1911年，她的一生历经晚清、民国、中华人民共和国三个不同历史时期，且以105岁的高龄寿终正寝，这是人生的胜利，更是修来的福分。

钱锺书先生曾说她是“最贤的妻，最才的女”。对此，杨绛先生是无愧的。不知何时起，这成了杨绛先生的标签。也许在某些人眼里，杨先生的知名度主要得益于丈夫钱锺书先生。钱锺书先生的学术成就，大家当然是有目共睹，而就此以为杨先生仅仅是钱锺书先生的“贤内助”，那未免过于幼稚。杨先生在文学创作、文学翻译、文学研究方面取得的成就，在我看来丝毫也不亚于钱锺书先生。杨先生通晓英语、法语、西班牙语，她翻译的《唐·吉诃德》被公认为最优秀的译作，早年创作的剧本《称心如意》被搬上舞台长达六十多年，出版的回忆录《我们仨》风靡海内外，250 万字的《杨绛文集》（八卷本）在学界受到广泛关注……此外，她的《干校六记》《洗澡》等文学作品，是所有知识分子的案头必备书。

钱锺书先生出版过一本名为《写在人生边上》（上海开明书店 1941 年版）的散文集，此后，该书多次再版、重印。这本集子中，收录的文章是他于 1939 年 2 月以前所作。此书虽 3 万字的篇幅，谈人生的大问题却是字字珠玑，大放智慧的异彩。2007 年，当时 96 岁高龄的杨绛先生，出版了哲理散文集《走到人生边上：自问自答》(商务印书馆 2007 年版)。在我看来，《写在人生边上》与《走到人生边上：自问自答》，就如同文学界的“双子座”，有琴瑟合奏之妙处，尽管这两本书先后出版的时间跨度接近 70 年，但思想的光芒照亮着文学的大地。

钱锺书、杨绛夫妇在专业志趣方面，有着共同的目标，正可谓志同道合、珠联璧合。他们从年轻时代第一次人生的牵手，到生命的暮年，一路风风雨雨，历经过乱世的坎坷，也享受过和平的滋味。杨先生所著的《走到人生边上：自问自答》，其书副标题是“自问自答”，谦虚得很，丝毫没有高人一等的架势，她是自己提出问题，自己解决问题。此书也是杨先生于病中，提笔完成的一部人生“感悟录”。

《走到人生边上：自问自答》在编排方面，分为两个部分。杨先生生前将此书的前半部 4 万余字称为“本文”，文字所及，多为对生命根本问题如命运、人生、生死、灵与肉、鬼与神等的思考与追问；后半部 14 篇散文，如“温德先生爬树”“孔夫子的夫人”“三叔叔的恋爱”等，则以其故事中呈现出来的是非善恶，与前半部分的文本契合照应，是为“注释”。

这本书显然不是“心灵鸡汤”，而是杨先生晚年对人生诸多问题的严肃思考，书中的很多“问答题”，每个人都会面对，不容回避，更无法回避。一般而言，人老了，就会想一些看上去古怪的问题。比如神鬼、灵魂、天命等，杨先生也不例外。本书前言中，杨先生开篇就直指“死”字，她写道：我已经走到了人生的边缘，再往前去，就是“走了”“去了”“不在了”“没有了”。中外一例，都用这种种词儿软化那个不受欢迎而不可避免的“死”字。杨先生在 90 多岁的高龄之时，能洒脱地面对不可避免的“死”，是一种超我的人生境界。在生命的末期，心存恐惧是常态，但有的人是被“死”给活活吓死。然而杨先生却超然面对，对生老病死看得淡然，人来到这个世界，最后也会离开这个世界，不必过于恐惧。

书中，杨先生谈到了修身之道。人的身体需要锻炼，人的品德同样需要修炼。人的躯体是肉做的，不能捶打，不能火烧。可是人的灵性良心，愈炼愈强。孔子强调修身，并且也指出了修身之道。灵性良心锻炼肉体，得有合适的方法，肉体需要的“饮食男女”，不得满足，人就会病死；强烈的感情不得发泄，人就会发疯。杨先生认为，要想成为堂堂君子，必须经过磨炼，同时要有很强的自制力。在现实生活中，浮躁之风盛行，尤其是不少年轻人按捺不住性子，总是想“马上成功”。还有一些别有用心的人，鼓吹着“趁早出名”的论调。客观上看，人在年轻之时，如果才华超众，凭靠实力获得人生的成功，当然无可厚非。然而，这样的人毕竟少之又少。对于多数人而言，踏踏实实地坐冷板凳，兢兢业业地做好本业，久而久之，必然会有所成。成功也好，出名也罢，不是想来的，也不是急得来的。

中国古语讲“功到自然成”就是这个道理。再看钱锺书、杨绛夫妇，终生痴迷文学和学术，无论在怎样的历史环境中，他们都没有动摇过。如果没有坐冷板凳的精神定力，他们也很难取得世人公认的成就。我们生活中充满各种诱惑，一些没有定力的人，总是朝热门领域“挤”，今天电影剧本热门，赶紧改行写电影剧本，明天纪实文学热门，又赶紧搞纪实文学写作，整个人心都在漂浮不定的状态中。杨先生在书中还这样写道：“一般人的信心，时有时无，若有若无，或是时过境迁，就淡忘了，或是有求不应，就怀疑了。这是一般人的常态。没经过一段历练，信心是不会坚定的。”对此，我很有感触，我记得还有一句话，讲的也是这个道理：人生最大的悲剧就是不会选择和不断地选择。

杨先生在《走到人生边上：自问自答》一书中，对于人生的看法，精彩的表述处处可见。若一个人没有历经沧桑，没有满腹的智慧，对人生不会有那么多深邃的认知。比如，她在书中写道：“在这物欲横流的人世间，人生一世实在是够苦。你存心做一个与世无争的老实人吧，人家就利用你欺侮你。你稍有才德品貌，人家就嫉妒你排挤你。你大度退让，人家就侵犯你损害你。你要不与人争，就得与世无求，同时还要维持实力准备斗争。你要和别人和平共处，就先得和他们周旋，还得准备随时吃亏。”任何一个成年人，读了这段文字，内心一定会泛起涟漪。现实社会里，各种各样的因素，使得人与人之间充满着这样或者那样的不快乐、不开心。有一些阿谀奉承之人、爱做表面文章之人，在人际关系处理中，经常捞到一些实实在在的好处。于是有人效仿之、有人赞美之，总之是持肯定的态度。毫无疑问，这种人生态度是病态的，更不值得倡导。假如我们的社会中谎言遍地、虚伪横行，那真、善、美则遥不可及。一个缺乏真诚和善意的社会，必将被黑暗吞噬，那是何等可怕。

杨先生对于人性的终极探索，从来都没有停歇过。然而人存在的意义，是整个思想界都在言说的“大问题”，可惜都没有找到真正意义上的答案。杨先生在《走到人生边上：自问自答》这本书中，对于人性的拷问，处于“追问”状态，她同样给大众作出解释，也只能“自问自答”。也许，这正是人生终极价值的魅力之所在。

如果说人生终极价值是一道难以破解的方程式，那么有关阅读对于人的意义，杨先生无疑是有发言权的。毕竟，她和丈夫钱锺书先生是这个时代的读书典范。早在杨先生出版《走到人生边上：自问自答》之前的二十世纪八十年代，她写过一篇名为《读书苦乐》的短文，这篇仅仅千余字的文章里，她把“读书”这个话题不仅写活了，还写得出神入化。时隔二十多年，今天学习她的这篇文章，我热血澎湃。

杨先生认为，读书钻研学问，当然得下苦功夫。如果全是为了考试、写论文、获得学位，这种读书则是苦读。苦读必不可少，另一方面也要乐读，要“追求精神享受”。在她的漫长一生中，读书是为了兴趣而读，为了精神享受而读，且乐在其中。这话可为知者言，不足为外人道也。她认为读书，就如同隐身的“串门儿”。现实生活中，如果去拜访敬佩的老师和学者，要事先预约，说话要小心翼翼，温文尔雅。而读他们的书，可以省掉了这些礼节。杨先生这样写道：“翻开书面就闯进大门，翻过几页就升堂入室；而且可以经常去，时刻去，如果不得要领，还可以不辞而别，或者另找高明，和他对质。不问我们要拜见的主人住在国内国外，不问他属于现代古代，不问他什么专业，不问他讲正经大道理或聊天说笑，都可以挨近前去听个足够。”

杨先生对读书状态的描写，算是写到天下读书人心底了，形象生动、深刻富有哲理。有的人把读书当成苦差事，沉不下心，耐不住性子，究其原因，就是不清楚乐读的妙处，更不知道精神享受是怎么回事。杨先生的读书之境、生命之境，较之这个时代而言，具有超凡脱俗的特质。其实一个人的伟大之处，总是超然的，这是何等潇洒！杨先生在世时，曾翻译英国诗人兰德的诗《我和谁都不争》：“我和谁都不争，和谁争我都不屑……我双手烤着生命之火取暖；火萎了，我也准备走了。”杨绛先生内心安静、高贵、富有。尽管她离开了这个世界，然而思想在高处，她超然的生命之境，成为一个时代的传奇。

感时忧国的文学情怀

提起汉语文学，很多人只会本能地想到祖国大陆的文学，这无疑是一种狭隘的认知。其实，有关汉语文学创作与研究，中国港澳台地区以及世界上其他国家也是不能忽略的。尤其在汉语文学研究方面，有的专家学者，其研究的深度、广度以及影响力，丝毫也不比大陆逊色。其中，原美国哥伦比亚大学东方语言文化系教授、台湾“中央研究院”院士夏志清（1921—2013）就是其中的代表。著名作家白先勇曾写道：“在半个多世纪的漫长人生里，他虽然旅居美国，饱受西洋文化的洗礼，事实上他为人处世，一直都是地地道道的中国人的那一套，重人情、讲义气、热心肠、好助人。”

在美国象牙塔内，夏志清沉迷于中国文学研究，尤其是两本英文著作《中国现代小说史》《中国古典小说》，使得西方学界更深入地认识到汉语文学的真正魅力。可以这么讲，张爱玲、钱锺书、沈从文等人之所以有着高涨的人气，和夏志清在海外的鼎力推介是密不可分的。作为学院派严谨的文学研究者，他在随笔集《感时忧国》（广东人民出版社 2015 年版）中，不仅回忆了青少年时代的求学往事，还详尽叙述了与诸多文学名家的交往经历。这本散文集，还原了一位半生飘零海外的华人学者真实的文学人生。

在南方的读书与生活

夏志清生前并没有留下完整的人生回忆录。二十世纪七十年代末至九十年代，他应台湾一些报刊的邀请，陆陆续续地撰写人生往事的“断章”，也许正是因为断章并没有系统性的缘故，才有着想到哪、写到哪的洒脱。而正是这份洒脱，才使得文字显得诚恳、可信。这些回忆性的文字汇集成册，便是这本随笔集《感时忧国》。这册书虽然不是标准意义上的人生回忆录，但是从各篇章的布局逻辑不难发现，基本构成了夏志清的“人生拼图”。

众所周知，鲁迅与周作人兄弟，是中国现代文学界的双子座，而夏志清与兄长夏济安（1916—1965）则是文学评论界的两座高峰。夏济安生前曾担任台湾大学外文系教授，1959 年后从台湾赴美，继续从事文学评论，因脑溢血突发在奥克兰过早离世。《感时忧国》的开篇《上海，一九三二年春》中，夏志清回忆了颠沛流离的童年生活。他的父亲虽然是交通银行职员，但是职级不高，收入勉强维持家用。可是他极为鼓励孩子发奋读书。在读中小学时，夏志清压根就没有想到自己将来会从事文学研究。

当时的上海是国际化都市，经常有美国电影放映，夏志清最大的爱好是看电影，然而家里经济拮据，他不忍心向父母开口要钱，只能看电影海报，很多电影宣传的广告词，他背得滚瓜烂熟。在他的笔下，当时虽然在上海生活清苦，还不至于到了“吃了上顿没有下顿”的地步。

在“读、写、研究三部曲”一文中，夏志清记录青少年时期读书、学英语、研究英语诗歌的经历。他小学是在苏州的桃坞中学附小念的，他写道：“从小未闻书香，也看不到当代的新文学著作和杂志，当然更未染上文艺青年的习气；在那时期我只能算是乖乖读书的好学生，读的当然仅是些教科书……”要说完全没有一点课外书读，那也言过其实。夏志清读的课外书，只有《三国演义》和一大套林琴南的翻译小说，用他自己的话讲，“这可能是父亲仅有的藏书”，而这些书非常重要，无意中开启他对文学阅读的兴趣。对于年幼的夏志清而言，读《三国演义》必然会遇到很多陌生的汉字，可是故事写得太精彩了，以至于他爱不释手，每年暑假期间都会重读。有关青少年读书的话题，夏志清写道：“神话也好，历史也好，最主要的，青年学子读了一本家户传诵的名著，应该想进入古人世界里去，觉得它比日常见到的那个世界更有趣，而不想跑出来，这样才算是孺子可教。”进入电子视听时代之后，全世界青少年的文学阅读兴趣持续减弱。他忧心忡忡地认为“实在是国家衰弱的象征”。

至于中小学生的阅读，他的观点是最好不碰文学批评、文学史，凭自己的兴趣，把那些公认的中西名著一本本读下去。“少年人有少年人自己的想法，而那些权威、专家都是成年人，假如你把自己的想象和判断，受缚于那些成年人的意见，反而不能培养他们对文学的真实爱好了。”他甚至认为“文学固然是艺术，但读文学作品主要是充实自己的生命，充实自己的想象，也能增加对人世的了解——批评家、文学史家所关注的艺术问题用不到少年人去操心”。夏志清少年时代的阅读显然是无拘无束的，而且带有“画面感”的想象力，这在无形中训练了文学的形象思维，而这种思维，对于文学创作与研究的人而言，显得相当重要。

夏志清之所以学贯中西，和他受到的中国传统文化熏陶以及在当时的教会大学——沪江大学英文系学习相关。最开始学习英语，他和所有中国人一样，都经历一个阵痛期，但是他是一个“好学生”，努力学习英语，克服发音、单词、语法等障碍，最后成为出类拔萃的高材生。在大学时代，他喜欢上了英语诗歌，并以此作为大学毕业论文写作的主要方向。他在书中同时也坦诚地写道：“他也向往爱情，可是自己太穷，即便功课再好也得不到女生的青睐。”

谈到年轻时代的情感生活，夏志清毫不讳言，其中《初见张爱玲　喜逢刘金川》一文中，其记录令人感慨。此文中，他重点并不是讲初次见到张爱玲的感受，而是对刘金川动了情。沪江大学毕业后的1944年，他参加了一些文学青年的聚会。

聚会中，他喜欢上了上海圣约翰大学英文系的毕业生刘金川。在他的印象中，刘是比较娇小的女子，美丽端庄大方，又和蔼可亲，聊天也投机。可是后来接触中方知刘乃名花有主，这不免让他伤心异常。即便如此，他还是给刘写了长达 5 页纸的英文情书，当然，这种单相思注定是没有下文的。才子佳人的童话，并没有发生在他的身上。1999 年，已经 78 岁的高龄夏志清在写此文时，依然能记住刘家川年轻时的模样和那次聚会的美好下午。

从北大到耶鲁文学之旅

现在很多人以为，民国时期的北京大学人才济济，乃至神话为一个“理想国”。然而在夏志清的印象中，以前的北大并没有想象中的那么好。1946 年 9 月，夏志清与兄长夏济安一同北上，又一起到北京大学从事英语教学。北京气候干燥，尤其是秋天冷得早、灰尘多，加上饮食与南方的差异，薪水也少，北京及北京大学在夏志清的记忆中几乎可以用“糟糕”二字来形容。《红楼生活志》一文就是最好的例证。

当时北大住宿条件差，冬天晚上 9 点后停止暖气供应。为了读书，他只好穿上西装大衣，把自己包裹得严实。而学校食堂的饭菜，品种少，味道也不好。尤其是在描写北京风沙时，他颇为幽默：“妇女春天上街，头上都笼了一块绸布，满盖脸面，像我这样的未婚男子，逛街连女孩子的脸也看不到，实在煞风景。”总之，在吃、穿、住、行的各个方面，他是不满的，总是惦念着南方生活的各种好。在一种落寞的心态中，他和兄长不知不觉染上了烟瘾。

然而，夏志清的生活很快发生了转机。抗战胜利后，美国华侨李国钦先生捐给北大三个留美名额，学校决定公开公平竞争，资历浅的教员都可报名考试。作文考题是《出洋留学两回事》，很有八股味，并规定必须用英文写，外加英文论文近作。夏志清作为名不见经传的助教，抱着跃跃欲试的心态，参加了选拔考试。凭他的真才实学，过五关斩六将，以 88 分夺魁。榜示后有人不服，纷传文科的名额被“洋场恶少”窃据，事情闹到当时的北大校长胡适那儿，尽管胡适对夏志清毕业于一般大学的背景有点“瞧不起”，但他还是主持公道，力排众议，录取了夏志清。当他复请胡适写推荐信时，胡适写是写了，但不大热心。夏志清写道：“听说我是沪江大学毕业生，他脸就一沉，透露很大的失望……好像全国最优秀的学生，都该进北大、清华、南开才是正路。”

在很多人眼中，胡适是北大精神的象征，是知识分子中的“圣人”。而在夏志清看来，胡校长其实也很会“来事”的，在“我保存的两件胡适手迹”一文中，夏志清回忆，为了能顺利到美国学习深造，胡适在为他写的推介信中，把职称连升两级，从助教写成讲师。这样看上去尽管体面一些，但是夏志清却揶揄：“胡适之先生一向痛恨官场陋习，想不到自己写封介绍信，也会弄些不必要的玄虚。”

对于中国人在海外求学的故事，不少人充满好奇。然而，在夏志清的笔下，留学生活除了读书的社会环境不同外，其他都是一如既往：上课、阅读、写文章，如此反复，并没有什么新鲜之处，更没有石破天惊的事情。《感时忧国》中他仅用了《耶鲁往谈》一篇文章进行简要梳理。其实刚到美国求学时，夏志清根本就没有想到会到耶鲁大学。临行前胡适甚至认为凭着夏志清的学业功底，能在一般大学混个硕士文凭就不简单了。胡适之所以这么料想，因为他是老海归，深知中国人在美国留学获得学位的不易。从某种意义上看，这种观点在当时合情合理。可是，胡适显然低估了年轻的夏志清有着巨大的后发优势，更没有料想到他日后会成为文学研究界的翘楚。

夏志清 1947 年底到美国后，因为种种机缘，他得以到耶鲁大学英文系攻读硕士、博士学位。耶鲁大学是美国最优秀的大学之一，要想在这里立足，不咬牙下苦功夫肯定是不行的。初到耶鲁时，他深知这个道理。尤其是想被耶鲁大学英文系录取为博士生，必须先通过法语、德语和拉丁语三种语言的考试。他写道："……没有第二家美国大学的英文系，包括哈佛在内，对学生要求如此严格了。"而为了获取博士生入学资格，他在 1949 年 6 月就拿到了硕士学位，在攻克了高难度的语言关之后，他才得以步入耶鲁博士生的行列。

求学细节中，夏志清讲述看上"二十世纪文学"这门课程的情景。耶鲁大学的教学方式很特别，老师把学生分成若干小组，指定学生课外读一些文学名著，然后在课堂上进行交流。

他记得，老师讲解乔伊斯的小说名著《尤利西斯》时，对照原作足足讲了五堂课。老师讲到哪里，学生就翻到哪页。这种细致入微的授课方式，给夏志清留下了深刻的印象。相比较而言，无论是当时的中国，还是今天的中国，讲授文学史中的一部名著时，老师一般不会超过一堂课，也少有学生认真研读原著。这样的文学史教学，从本质上而言，不能收到理想的教学效果。说得直白一点，老师是为了上课而上课，学生是为了学习而学习。

1951年底，夏志清顺利获得耶鲁大学英文系博士学位，而在此之前50多年内，仅有两位华人在此获得博士头衔。从这个意义上来看，扎实、深入、系统的文学研究训练，对于一名学者而言是必不可少的。如果没有这段时间的学术训练，他后来能否在文学研究领域取得骄人的成绩，也就很难说。

鼎力推介张爱玲与钱锺书

夏志清从耶鲁博士毕业后，研究兴趣从英语文学转向了汉语文学。他先后执教美国密歇根大学、纽约州立大学、匹兹堡大学等学校。1961年，他出版了英文版的《中国现代小说史》。在这本著作中，他以其融贯中西的学识，宽广深邃的批评视野，探讨中国新文学小说创作的发展路向，尤其致力于“优美作品之发现和评审”，发掘并论证了张爱玲、张天翼、钱锺书、沈从文等重要作家的文学史地位，使此书成为西方研究中国现代文学史的经典之作，同时也成为中国大陆二十世纪八十年代“重写文学史”运动的最重要的动力。

自《中国现代小说史》出版后，夏志清于1961年转任哥伦比亚大学东方语言文化系，1969年任该校中文教授。《感时忧国》这本书中，并没有对撰写《中国现代小说史》的过程进行着墨，这对于我们而言，多少有些遗憾。他对中国现当代文学研究，秉承“审美”与“人学”两把标尺，对于和张爱玲（1920—1995）交往，《感时忧国》中有详尽的记录。

在《超人才华，绝世凄凉》一文中，夏志清认为“张爱玲应该是今日中国最优秀最重要的作家”“《金锁记》是中国从古以来最伟大的中篇小说”，对于张爱玲的才华，夏志清格外敬佩。这里要强调一下：在夏志清发掘张爱玲小说的艺术魅力之前，张爱玲一直被认为是通俗小说家，在批评家眼里她是登不上大雅之堂的，但夏志清在《中国现代小说史》中给予张爱玲的篇幅比鲁迅的还要多上一倍。

张爱玲一生文学创作地点主要是中国上海、香港和美国。早在二十世纪四十年代的上海，夏志清就和张爱玲有过接触，当时的张爱玲已经是沪上颇有些名气的作家，他记得“她那时脸色红润，戴了副厚玻璃眼镜，形象同照片上看到的不一样”。1955年张爱玲从香港移民到美国后，住在西海岸的洛杉矶，而夏志清则长期在东海岸的纽约。尽管同住一个国家，但是见面的机会也是屈指可数，写信成为主要的文学沟通方式。

二十世纪七十年代之后，张爱玲的身体逐渐虚弱，文学创作也停下来了。加上晚年没有固定的生活来源，又经常搬家，日子总是在颠沛流离中度过。对于张爱玲晚年的生活遭遇，夏志清非常同情：“她晚年的生活给我绝世凄凉的感觉，但她超人的才华文章，也一定是会流芳百世的。”近年来，张爱玲的文学声望日益高涨，这和夏志清早些年的大力推介分不开。从这个意义上讲，夏志清不仅仅是在推介张爱玲的文学成就，更是在世界文学场上传播优秀的汉语文学。

除了张爱玲之外，夏志清最赏识的人就是钱锺书了。在《重会钱锺书纪实》一文中，几乎可以看出他对钱锺书是仰慕的。早在 1943 年，夏志清还在上海时，就结识了钱锺书。钱锺书的学识、才气，给他留下了深刻的印象。后来钱锺书创作了长篇小说《围城》，夏志清认为是“中国现代文学史中写得最有趣、最细腻的小说，或许是最伟大的小说”。经他这么一评，《围城》率先在海外走红，而后才在国内家喻户晓。1975 年，海外有人误传钱锺书去世，当时在美国的夏志清悲痛难忍，匆匆写了篇《追悼钱锺书先生》长文，交台北《中国时报》发表。两人都是大名人，此事以讹传讹，成为文坛上的一个笑话。

1979 年，中国大陆开始改革开放，国家陆续派遣学者到美国交流访问，钱锺书也在其中。当时的夏志清欣闻钱锺书要来美国，格外兴奋。而当时的钱锺书在中国社会科学院文学研究所工作，潜心 30 年撰写的《管锥编》即将出版。夏志清记得，初次见到钱锺书时，他穿着深灰色西装，69 岁的他精神矍铄，且头上少有白发。他和钱锺书交流中，发现钱锺书的英文之流利、记忆力之惊人。要知道，钱锺书自从英国留学回国后，少有讲英语的机会，30 多年后讲英语，并无生疏。此外，钱锺书的法文也令夏志清刮目相看。他写道：“钱同我谈话，有时中文，有时英文，但不时夹一些法文成语、诗句，法文咬音之准，味道之足，实在令我惊异。”

夏志清当时听说钱锺书的百万字文学理论著作《管锥编》将要出版时，显得异常震惊。在他的印象中，中国大陆一波接一波的政治运动，打压乃至扼杀了学者们的学术研究。没有想到钱锺书在艰难的逆境中还做文学理论研究，这是了不得的举动。他不敢想象，钱锺书在文学研究中偷偷使了多少“暗功夫”。当然，夏志清不仅认为钱锺书是文学研究的奇才，更是小说创作的高手，“《围城》之后居然没有接着写，这是国家莫大的损失”。

夏志清虽然多年旅居美国，但是灵魂深处时刻关注着中国文学的发展走向，他有着中国传统文人“先天下之忧而忧，后天下之乐而乐”的情怀，那种感时忧国的精神，在他的笔尖处处可见。尽管他终生强调文学的审美价值，可对文学之于国家和民族命运的担当，他也格外注重。在《人的文学》中，他写道：“中国读书人应该关心中国文化的前途。中国传统思想、文学本身就是中国现代文化的主要部分……唯其我们相信中国文化是一脉相承的，而且唯其我们希望国家富强，人民安居乐业……”

《感时忧国》一书中，让我们更加清晰地认识到一个更加真实、立体的夏志清。他所处的历史时期，多数时间内中国社会风云变幻，而他幸运地避开了诸多干扰，能潜心从事文学研究，这不能不说是他的福气。对于这一点，想必很多与他同龄的中国大陆的知识分子在内心是不敢奢望的。夏志清不仅是一名成就卓越的文学研究者，还深深地热爱中华民族以及古老而深厚的文化。2006 年，86 岁的夏志清当选台湾“中央研究院”院士，这个学术头衔对于他而言，显然是姗姗来迟。2013 年 12 月 29 日，他在美国纽约辞世。尽管他的生命自此画上了句号，可是他的文学人生，依然散发着诱人的光彩。

群山之巅传递文学的美意

著名女作家迟子建来自冰天雪地的北方，在三十年的文学创作生涯中，她目光始终关注着北国奔腾的河水和巍峨的群山。她的笔尖瞄准黑土地浓郁的风情和鲜活的小人物、浑厚的历史和多姿多彩的现实。一部部的作品中，将微妙的生活细节与开合大气的地域文化互为融合，彰显出一名作家对民族文化应有的使命和担当。而迟子建的长篇小说《群山之巅》（人民文学出版社 2015 年版），可谓文学创作之旅上最精彩的一次绽放。

迟子建 1964 年出生在黑龙江漠河县一个书香家庭，1984 年从大兴安岭师范学校毕业后开始创作，至今发表六百万字的文学作品，仅长篇小说就有《伪满洲国》《越过云层的晴朗》《额尔古纳河右岸》《白雪乌鸦》等。2008 年，她凭着《额尔古纳河右岸》，一举获得第七届茅盾文学奖。新出版的《群山之巅》，是她创作的第七部长篇小说。如果说《额尔古纳河右岸》是一首优美的抒情诗，那么《群山之巅》就是东北小镇的一幅现实风俗画。

总计二十万字的长篇小说《群山之巅》，分为“斩马刀”“制碑人”“龙山之翼”“两双手”“白马月光”“格罗江英雄曲”“旧货节”“肾源”“毛边纸船坞”“花老爷洞”“土地祠”等十七章。小说中的故事主要发生在中国北方苍茫的龙山之翼，一个叫龙盏的小镇。故事中的屠夫辛七杂、能预知生死的精灵“小仙”安雪儿、击毙犯人的法警安平、殡仪馆理容师李素贞、绣娘、金素袖等，一个个身世性情迥异的小人物，在群山之巅各自的滚滚红尘中浮沉，爱与被爱，逃亡与复仇……他们在诡异与未知的命运中努力寻找出路，怀揣各自不同的伤残的心，努力活出人的尊严，觅寻爱的幽暗之火。

迟子建在小说创作中，总是求新求变，从来都不重复自己。如《伪满洲国》是一部编年史，《白雪乌鸦》注重真实历史事件的文学重构。而《群山之巅》则是环形的链条结构，从一个杀人案开始到归案结束，一节一节扣起来形成一个环形，各类人物挨个出场。小说中，几十年时空的转换，几十个人物共同生活在小镇上。这显示出迟子建对人物和故事娴熟的驾驭能力。这部小说中没有一竿子插到底的故事主线，也没有鲜明的故事主角，迟子建试图用方块的文字，绘制了一幅普通人物的生命画卷。这种意识流倾向的创作特征，在她以前的长篇小说创作中是没有的。在小说中，迟子建隐隐约约中表达这样的思想主题：每一个卑微的灵魂都有梦想，在纷繁芜杂的世界寻求精彩。

众所周知，小说是虚构的艺术，然而任何虚构的人物和故事，并不是无源之水，也非无缘之木。作家要么是亲身经历过，要么是亲眼见证过，要么是听家人朋友绘声绘色描述过。优秀的作家，总善于行走在真实与空虚的两端，构建属于自己的文学世界。毫无疑问，迟子建就是这一类作家。比如，《群山之巅》中执行死刑的法警，来源于回乡的采访。小说中能预知生死的“安雪儿”，来源于童年生活里认识的一个侏儒。而小说中的辛七杂则源自一个卖菜的老头。这部小说的时代背景尽管是当代，却与历史有着千丝万缕的联系。迟子建曾多次谈到，一个飞速变化着的时代，它所产生的故事，可以说是用卷扬机输送出来的，量大，新鲜，高频率，持续不止。

读《群山之巅》，不难发现迟子建对故乡的留恋和挚爱。在文学的故乡里，她泼洒心灵的情感，把圣洁的爱赋予故乡的山川河流和花草树木。在欲望充斥的现代化大潮中，她竭力把小说中人物和故事的美意传递出来，这是尤其宝贵的。从二十世纪八十年代初步入文坛开始，她就一直孜孜不倦地笔耕在自己美丽的、被现代文明所遗忘的故土上，她用诗意的笔调抒写故乡的群山，用唯美的眼光审视自然，用反思的姿态注视形形色色人物的生活和命运。也许是迟子建身为女人的缘故，她的小说中处处都闪耀着美的光芒。《群山之巅》中有诗意之美，同时也有忧伤之美。本书之书名，就反映出她的唯美主义倾向。小说的字里行间，看不到脏兮兮或者粗鄙的语言和段落。其实任何优秀精湛的小说，都应该具备审美价值，字词句讲究韵味和诗意。

《群山之巅》这部小说里，除了文本本身具备审美特征之外，同时也表达了迟子建对自然之美的敬畏，小说故事中的场景是壮美的龙山，这足以给我们自然的想象。一个很奇怪的现象是，在当代长篇小说中，已经很少看到作家对山山水水进行用心的描述，反而对故事一环扣一环的矛盾冲突绞尽脑汁。作为长篇小说而言，自然描写必不可失，然而很多标榜先锋的作家对此不屑。纵观无数具有后现代特质的小说作品，故事情节和语言能吊起我们的胃口，却无法写好一条山脉、一条河流、一片森林。迟子建在小说创作中，继承了中外古典小说创作中的美学传统，同时也尽量在小说语言和结构方面寻找突破。

迟子建年轻时离开了故乡，来到省城哈尔滨生活定居，她的绝大多数小说是在城市里创作里，而对于少年时代的故乡人和故乡事魂牵梦萦，无数小说和散文中进行温暖的呈现。然而，受到城市生活的影响，有一阵子她的创作从乡土转向城市，试图在小说创作中进行奋勇的“突围”，前几年出版的长篇小说《白雪乌鸦》就是明证。人过半百之际，迟子建的笔锋最终在文学的故乡落脚，其《群山之巅》就是铿锵的回归。从迟子建最近几年的创作很容易发现，她创作的速度有所放缓，毕竟岁月不饶人。作为女性作家，精力毕竟有限，在创作《群山之巅》的两年中，由于写得过于投入，她曾两次昏倒。对于她而言，将文学的美意传递出来，将思想的厚度彰显出来，比文学作品的数量更重要。

通读长篇小说《群山之巅》后，我简直不敢把文本中的磅礴气势与迟子建的女性形象联系起来，然而这是事实。在这个剧烈转型的时代，迟子建坚守在文学的故乡，构建了一个独特、复杂、诡异而充满诱惑的北方世界。她用小说的艺术魅力，在群山的怀抱中温情脉脉地呼唤文学的美意，尤其是小说结尾处“一世界的鹅毛大雪，谁又能听见谁的呼唤”，使得人的灵魂深深颤抖。

传奇奶奶构建的文学世界

文学才女张爱玲曾说：出名要趁早。她的这句话影响了无数人，生活中很多年轻人也都为此付出艰辛的努力。出名，简单地说就是在某个领域里，你比别人做得更加卓越。年轻时功成名就当然令人羡慕，然而人的天资有别，并不是所有的人能在年轻时就名满天下。芸芸众生里，类似张爱玲这样的人少之又少。多数人还得踏石留痕，不断积累实力，默默朝前走。姜淑梅作为一个没有学历、没有“文化”的老人，晚年开始写作，一不小心登堂入室，成为畅销书作家！不仅她本人感到惊讶，即便是文学圈也很是意外。读她的散文集《俺男人》（山东画报出版社 2016 年版），给人带来强烈的心灵冲击。

姜淑梅是这个时代的平凡人物，也是这个时代的传奇人物。她 1937 年出生在山东省巨野县农村，后长期客居东北。小时候，她仅仅读过几天书，基本算是一个文盲。她一辈子干体力活、操持家务，任劳任怨照顾一家老小。1997 年，人生花甲之年，在女儿的鼓励下，开始重新学着认字、写字，2012 年开始尝试写作。2013 年出版第一本散文集《穷时候，乱时候》。本书中，她以朴实的文笔和浓烈的乡土气息，讲述了近百年来亲身见闻的民国时期、抗战时期、中华人民共和国成立后的“乱穷时代”。此书面世后，感动了无数中国人，且荣登各类图书排行榜。

成名后的姜淑梅老人并未就此满足，2014 年出版第二本散文集《苦菜花，甘蔗芽》。今年，她以 79 岁的高龄，出版第三本散文集《俺男人》。书中依然以迥异于知识分子的乡土语言，记录她所熟悉的艰难岁月，用普通百姓的生活际遇，观察大时代的风云变幻。她的字里行间，融入了中华女性的传统美德、底层民众的善恶标准，以及坚韧、包容、善良、勤劳、勇敢等可贵品质。《俺男人》这本散文集里，主体分“山东传奇”“东北传奇”两部分，由共 60 篇或长或短的故事与回忆组成。书中的故事，有的是姜淑梅老人经历的往事，有的是邻居、亲戚、朋友的往事。这些往事和回忆中，有的充满欢愉，有的充满悲伤，有的令人掩卷沉思……这些往事的一个最大特色，那都和底层社会、底层大众相关，而中国社会发展史，也正是由千千万万的平凡人、平凡事拼接而成。

历史并不是一个空虚的概念，每一个人的经历和往事，都已经汇集成真实的历史。姜淑梅出生的那一年抗战爆发，她受过穷、吃过苦、逃过难、饿过肚子，见证过无数生与死，当然到了人生的晚年，在晚辈的照顾和帮助下，她识字、读书、写作，还加入黑龙江省作家协会，才算真正享福。对于苦难和幸福，她有着独特的认识和感悟。一般而言，人在年轻时激情澎湃，中年时波澜不惊，老年时沉稳安静。姜淑梅就是在内心极其安静的状态下写作的，故她的文章中没有浮躁喧哗，也没有故作高深。巴金曾建议作家们“把心交给读者”，而姜淑梅正是如此，毫无保留地将文心献给了读者，进入一种无我之境。《俺男人》这本散文集中，姜淑梅老人的文学情感是真诚的，也许正因为真诚，方才显示其人其文的独特魅力。

《俺男人》这一书名，源自书中的一篇同名回忆录。在《俺男人》的这篇文章里，姜淑梅老人回忆了她和丈夫在东北生活的细微琐事。1953 年，15 岁的姜淑梅嫁给了 17 岁的张富春。在姜淑梅的眼中，同为老乡的丈夫张富春，也是一个普通的劳动者，家里虽然贫寒，但是热情好客，好善乐施，也有爱吹牛的毛病。进入二十世纪九十年代，全家生活已经非常幸福，但在 1996 年，丈夫却因车祸去世。对于丈夫的突然离开，姜淑梅在字里行间，情绪显得颇为克制，她并没呼天抢地，而是平静地写道：“俺男人现在要是活着，那该多好啊。不用说大话，也有吹的……不光有了作家闺女，连俺这没文化的人，都成作家了。他想咋吹咋吹。”在文字叙述的背后，分明有一股温暖的力量涌动着。

本书中收录的诸多往事，读后令人心情颇为沉重。如《找哥哥》这篇文章里，姜淑梅采访并记录了这样一个故事：解放前，山东的黄河经常泛滥。有一个小脚女人，丈夫死了，拉扯着三个孩子，儿子 14 岁，大女儿 4 岁，小女儿 2 岁。有一次黄河水来了，女人嘱咐孩子们快跑，她说，“儿呀，你用石头把俺的衣裳压住，回来就能找着娘了”。就这样，哥哥带着两个妹妹跑洪水。在洪水面前，哥哥只有能力保护一个妹妹，万般无奈下，他舍弃了小妹妹，带着大妹妹脱离了危险。后来，哥哥把妹妹送人，再后来妹妹长大成人、嫁人。但是她总惦念着哥哥。多年后，当哥哥真的站在前面时，妹妹却得了老年痴呆症，完全不认识眼前的亲人。我读了这篇文章，身体在颤抖，眼眶里含着泪水。一个未成年的哥哥，三次历经亲人的生离死别，这在人一生中，是怎样的一种痛?

很长一段时间里，我认为文学写作，必须经过长期、专门、系统的训练。然而，当我读完《俺男人》散文集之后，我开始质疑自己的观点，文学写作不仅仅需要技巧，更需要的是生活的厚度、宽度、长度、广度和力度。从文学写作的技法层面来看，姜淑梅老人谈不上高明，毕竟她入道尚晚。但是她用真实的、平凡的、具体的人和事，编织了一幅个体视角的历史场景和文学画卷。她在写作方面的成功，得益于在沧桑生活中的历练。这也印证了一句话：生活是文学创作最可靠的源泉。

何处安放流浪的乡愁

近年来，影视作品与文学出版大有联姻之势。前些年的《大宅门》《亮剑》《闯关东》等作品，分别以声画、文字两张面孔出现在人们面前时，带来视觉与阅读的双重惊喜。前段时间央视热播电视连续剧《原乡》（长江文艺出版社 2014 年版），其同名影视小说也引发人们的关注。而影视小说一个最大的特点，就是以画面为主导，用文字再现影视当中的故事和矛盾冲突。

著名导演、演员张国立主编的影视小说《原乡》，讲述了一段台湾老兵痛彻心扉的悲情往事，再现了一段两岸令人叹惋的尘封历史。1949 年国民党溃败，台湾迎来 100 万背井离乡的游子，大陆留下 100 万破碎的家庭。这些被称为“原乡人”的老兵们无法重回故土，不能和大陆的妻子团聚，不能为年迈的爹娘养老送终。望眼欲穿的窄窄的一湾海峡，却阻隔了所有家乡的血脉和音信。大陆的“根”，台湾的“家”，纠缠着这些老兵破碎的一生。1987 年前后，一场由台湾老兵发起而愈演愈烈的“返乡探亲运动”，彻底撼动了台湾地区的戒严政策，促使台湾当局毅然决然调整大陆政策，作出两岸“开禁”决定。

《原乡》就是在这样的历史背景中，演绎了一幕幕催人泪下的乡愁故事。而这种题材的影视、文学作品，目前并不多见。书中，刻画的是一群台湾老兵的人物群像。这些人中，有懦弱胆小、只能默默咽下思乡之苦的小人物洪根生，有胆大冒险偷偷回到大陆探亲的“异类”杜守正，还有养尊处优却心系大陆爱人的余夫人等。故事中的台湾眷村老兵风声鹤唳、草木皆兵般的乡愁乡恋被淋漓尽致地呈现出来，老兵在大陆的亲人、在台湾的子女感情纠葛也构成了故事的重要脉络。

本书中，最令人揪心的故事就是老兵洪根生与“警总”长官路长功之间的故事冲突。洪根生决定用录像机把老兵们的影像拍下来，秘密托人带到大陆，而老兵密谋返乡一旦成为集体行动，便构成大案，路长功正打算放长线钓大鱼……而这对冤家的子女却暗生情愫，冲击着双方的阻挠。就在老兵们一步步走进路长功设计好的圈套时，他看到大陆故乡老母亲的视频，听到了母亲的呼唤，人性的脆弱、善良顿时如同火山喷发。书中的故事梗概一波三折，不仅生动再现了全剧剧情，还从上万张剧照中遴选出最切中情景的图片做插图，成为全书的亮点。

乡愁是我们民族的情感，即使现在远离了《原乡》中那个特殊时代，但乡愁是没有年轮的，思念亲人的情感在现代也一样，甚至发酵酝酿得更强烈，每年浩浩荡荡的春运潮就体现了这一点。张国立在书中坦白地说，对这段历史以前了解并不算多，二十世纪九十年代初第一次接触有关台湾老兵的报告文学时，他却泪水涟涟，“眼泪一直掉，可擦干了眼泪还是要接着看”。其实，现在海峡两岸的年轻人，对这段历史都知之甚少。《原乡》里的人物命运太沉重，老兵们想家回不去，提也不敢提，娶的台湾妻子也不理解，他们的孤独不是一种刻意的悲惨，而是一个群体命运真实的存在。

三十余年来，两岸探访不断，尤其是近几年来“两岸一家亲”的理念正深入人心，这段骨肉团聚的历史是“原乡人”拼死相争的回报。正如《原乡》中所展示的那样，聚居在台湾眷村的“原乡人”遭遇了不公平的歧视和对待，甚至连最基本的思乡表达都受到台湾政局的监控和恐吓。我们可以看到，思乡切，回乡难。当年十七八岁到台湾的小伙子们冲破枷锁，在花甲之年发出了自己最朴素、最痛彻心扉的呼声，终于踏上了漫漫还乡之旅。至此，《原乡》就给予了我们应有的历史正解，今日海峡两岸亲人的幸福团聚、各种贸易文化之间的频繁往来，都是剧中的“原乡人”奋争的结果，都是两岸中国人用人心凝聚的“顺之则昌”的历史潮流。

台湾著名诗人余光中曾在《乡愁》一诗中写道：“……乡愁是一方矮矮的坟墓，我在外头，母亲在里头。而现在，乡愁是一湾浅浅的海峡，我在这头，大陆在那头。”当前，“我在这头、大陆在那头”竞相遥望、凝思的时代已经成为历史过往，但是我们不能忘记眷村老兵渴望回乡的眼神，更不能忘记他们为了回到故土付出的艰辛和努力。《原乡》这本书，从小说到荧屏，再一次证明“两岸同胞一家亲，谁也不能割断我们的血脉。两岸同胞命运与共，彼此没有解不开的心结”。

生命高原的精神书写

西藏神秘而美丽，这里不仅是地理意义上的高原，还是文学创作中的精神高地。女作家杜文娟最近出版的长篇纪实文学《阿里 阿里》，以一个女性的视觉，用生命的思考和细腻优美的文字，给人全新的西藏体验。和以往作品所不同的是，《阿里 阿里》（江苏文艺出版社 2012 年版）并没有依托西藏文化的神秘与趣味，摒弃以往书写“高原猎奇”“避世情怀”的格调，将“西藏的西藏”阿里，这个中国最特殊、最边缘的地区叙述得极其真实与纯粹。

杜文娟采访几十位阿里人，以一种虔诚执着的态度，记录下阿里人独特的生存图景，他们的生死、命运、爱情、信仰、暗伤、悔恨与灾难。阿里这个名字和战争有关，有着凄风苦雨、波澜壮阔的历史。《阿里 阿里》记叙了 29 位阿里人的真实故事，他们有苦寒枯寂的过去、平静安详的现在，更有对美好生活的追求。书中记录了阿里的第一代知识分子、军官，还写了老阿里、援藏者；写了他们的婚礼、生育、死亡，还写了他们的孤独、恐惧和渴望……

杜文娟在书中写道："每一次去阿里，都有新的发现、新的震撼，逐渐理解了这方荒凉之地为什么顽强地生活着九万子民，他们怎样与自然抗争，与外来侵略抗争，与心灵抗争，简单又艰难地生活在这里。"

在阅读本书的过程中，我时时刻刻被一些人、一些事感动着，他们虽然都是普通人，但是他们对于雪域高原有着深沉的爱。书中讲到的藏族人洛年赤烈，在阿里和平解放前是一个穷苦的孩子，后来他给县政府放马、送信、做饭，还当过小学老师、电影放映员，最后成为地师级干部。其实在阿里，像洛年赤烈这样的藏族干部有很多，他们工作时吃了很多苦，退休了本来可以安享晚年，可是他们都选择留在雪域高原，他们把生命中的一切，都托付给了辽阔的阿里。阿里对于都市人群而言，是那么遥远，如同在天边。阿里确实是遥远的，但是这里的生命与灵魂，就如同高原上的雪莲花洁白神圣。

艰苦的环境也有纯净的笑脸，艰难的岁月，同样有快乐甘甜。正因为有一批批人共同建设阿里，维护边疆稳定，才保证了内地的长治久安。《阿里 阿里》一书中，写到了很多默默无闻在阿里的奉献者。万超歧，曾任团中央组织部部长，一位年轻有为的年轻干部，放弃在京城的稳定生活，来到阿里任地委书记。他是一个低调的干部，几乎不接受任何媒体的采访，但是他高调做事。他在牧区，和牧民一起抓羊绒，在农区，和农民一起种青稞，利用到内地出差的机会，还专门去山东看望孔繁森的妻子和家人。而李玉健，一位真正的老阿里，三十年前，他从山东老家来到阿里，成为一名机要员。当过孔繁森的秘书、地区旅游局长、地委常务副秘书长。十年前，拉萨一家单位调他去工作，但他还是选择了阿里。

地处偏远的阿里经济底子薄弱，发展较之内地有太多的困难，可这里的建设和领导人并没有在困难面前低头。刘继华是上海人，二十世纪五十年代大学毕业后自愿来到阿里地区的扎达县工作。他担任县委书记后，骑马走遍了全县农区和牧区、村庄和牧场。没有住房，他拿自己的工资买木料，带领干部打土坯、盖土房。有一年春节，人们发现县委书记“失踪”了，县长四处派人寻找，结果在毛刺沟里找到他。原来，他利用节日时间，骑马勘察县城通往地区的线路。规划好线路后，又组织干部和群众修路。没有机械设备，只能用铁铲、镐头代替，刘继华和大家一起吃住在工地，风餐露宿，奋战两个月，终于打通了县城通向外界的公路，结束了扎达县骑马出行的历史。在《阿里 阿里》一书中，可以看到很多类似孔繁森式的好干部，他们默默无闻，为阿里的建设发展贡献智慧和力量，他们的足迹、功绩，铭刻在阿里苍茫的雪山之上。

阿里的艰苦是很多人难以想象的，很多“暗伤”也许只有亲历者才能感受到。从内地到阿里工作的女人们，最怕怀孕生孩子。由于高原缺氧，这里自然环境恶劣，有的孩子生下来就患有先天性心脏病，有的孩子几岁不会说话，不会走路，智障残疾者不少。一个军嫂，带着四岁的女儿辗转半个月来到阿里见从军的丈夫，从结婚到孩子出生长这么大，丈夫还没有见过女儿。而到阿里时，不幸的事情发生了，小女儿路途劳累，患上肺气肿而夭折，这是何等让人伤心欲绝的事情！杜文娟在创作中，没有回避高原自然环境对于生命的威胁。也许正因为如此，阿里的建设者、军人们人才显得那么崇高！

《阿里 阿里》一书文字质朴纯静，又极具画面感和色彩感。在杜文娟的笔下，一边是“七月草绿，八月草黄，九月下雪”的自然描写；另一边是艰难岁月里豁达开朗的阿里人。在阿里的千年文明之中，每一位阿里人都算得上是贤哲，他们像经幡一样，五彩斑斓，生命不息。阿里不是观光客的猎奇与掠影，也非避世者的空灵抒怀。这里，没有小资的朝圣和时尚的炫耀；这里，只有漫长的驻守和真实的融入。

一颗文心交给雪域高原

人们都知道，西藏遥远、神秘、圣洁且人烟稀少。去过西藏旅游的人，无不被这里如画的美景所倾倒，虽然高原缺氧令人叫苦连天，但我们依然认为这里是最佳的旅行目的地。然而，如果你是一名大学毕业生，或是学有所长、想实现人生理想的人，你愿意在这远方的大地扎根默默奉献如诗的青春吗？恐怕很多人都会低头不语，其实这也可以理解：毕竟长年累月在世界屋脊生活工作，每天都会面对生与死的考验。作家杜文娟的长篇小说《红雪莲》（发表于《红豆》杂志 2017 年第 5 期），以开阔的历史视野、包容的文化精神、悲天悯人的生命情怀、以小见大的创作笔法，酣畅淋漓地书写了藏汉人民共同建设西藏的沧桑故事。

作为陕西女作家的杜文娟，近年在文学创作领域，时而用虚构的小说体裁，时而用非虚构的纪实手法，时而用暖人心扉的散文笔调，聚焦雪域高原，除了长篇小说《红雪莲》之外，发表并出版《走向珠穆朗玛》《有梦相约》《阿里 阿里》《川藏纪行》《唐古拉的绿雪》等系列作品。在常人的思维定势中，作为纤纤女子，笔下的文学世界更多的是古雅的园林、碧波荡漾的水池和日常生活中的小清新。然而，杜文娟没有从事这些得心应手的写作，而是让文学的梦想和激情，如同雄鹰在雪域高原自由翱翔。

坦率地讲，内地作家群落中，将雪域高原作为创作对象的不在少数。然而，有的作品妩媚矫情，有的浮光掠影，还有则曲高和寡。真实的雪域高原，不仅苍茫壮美，还具有自然与生命的顽强张力。在雪域高原的文学叙述方面，杜文娟关注的重点不在自然风景，而是藏族人的生活与信仰、援藏者的职业态度与价值取向。在长篇小说《红雪莲》面世之前，她曾创作非虚构纪实作品《阿里 阿里》。这部作品中，她以女性特有的虔诚和坚韧，记录了阿里人的命运、爱情、伤痛与灾难，再现了阿里人跌宕起伏的生存状态和惊心动魄的历史传说。

非虚构纪实文学作品的优势在于典型的真人真事，能引发时代的共鸣。而作为虚构的长篇小说文本，其故事素材来源于真实生活，更多地彰显出作家对人生、社会的哲学性思考。从这个角度看，一个作家的思想深度、人文立场以及审美偏好，在非虚构的文本世界能得到有力的体现。在我看来，长篇小说《红雪莲》尽管是《阿里 阿里》的姊妹篇，但更彰显出杜文娟文学想象力的功底。为了呈现自己心中的雪域高原，杜文娟十余年间八次进藏，克服路途遥远、高原缺氧、交流障碍等，实现了各色人等采访的全覆盖。在写作《阿里 阿里》之时，她同时也在酝酿小说《红雪莲》的创作。

长篇小说《红雪莲》，主要讲述了二十世纪七十年代干部子弟柳渡江响应“到农村去，到边疆去”的号召，来到藏北边远县城任教，终因难以忍受艰苦生存环境而逃离，带着在逃离途中收养的藏族孩子柳巴松落脚于秦巴山区，最后抑郁而死。另一位援藏者是秦巴山区水电站值班员南宫羽，她因理想没有实现，情感无所依傍，借支教之名到西藏看风景，阴差阳错地来到柳渡江支教的藏北县城，后来成为青藏电力联网建设大军的一员，与柳巴松、李青林等在藏北无人区经历了生与死的考验，演绎出精彩的故事，完成了人生蜕变。

这部小说中，杜文娟将多次进藏生活体验以及对西藏的独特情感，融汇成 30 余万字的文本篇幅。她用凝练的文字语言、扣人心弦的情节设计和出人意料的故事结局，塑造了不同历史时期一批有血有肉、敢爱敢恨的人物群像。“援藏”为小说核心要素，浪漫主义与现实主义相互交融，客观上构成了一部汉藏友谊史。杜文娟曾说，很多内地人对于西藏的认识还很片面，对于援藏的了解更是少之又少，我想通过自己的视角和文字，让更多的人了解到这里人们的生活状态。

众所周知，创作长篇小说，除了对小说场域中的自然环境、风土人情、生活习俗等要信手拈来，对小说中人物原型，也必须具备鲜明的情感立场。否则，小说中的人物不可能鲜活起来，而塑造鲜活的人物形象，左右着小说最后的成败。杜文娟在《红雪莲》的后记“牧草样的生命”中动情地写道：“对于雪域高原，边疆，原来不仅仅是名词，而是真真切切的动词，一生一世，从出生到老去。当地人，边防军人，援藏者，千千万万，芸芸众生，流水般来到边疆、来到西藏，目的只有一个——稳定边疆，建设边疆。边疆稳定了，内地才会繁荣富庶长治久安。”

撇开《红雪莲》的文学性、思想性不谈，仅就这部小说与青年职业选择之间的关系，就具有强烈的现实指向意义。小说中的女大学毕业生南宫羽，刚毕业时也憧憬大都市富裕、时尚的物质生活，然而在历经工作和情感的种种遭遇后，她更加稳重、成熟了，选择留在西藏，把心交给了祖国的边疆。她做出这样的职业选择，曾经也犹豫过、彷徨过、迷惘过。但是她内心明白一个道理：生命价值的彰显，不分地域、不分工种，如果是真金，在哪里都能光芒闪耀。读完长篇小说《红雪莲》，我的脑海中，一次又一次想到马克思在中学毕业论文《青年在选择职业时的考虑》中最后的一段话：如果我们选择了最能为人类福利而劳动的职业，那么，重担就不能把我们压倒，因为这是为大家而献身；那时我们所感到的就不是可怜的、有限的、自私的乐趣，我们的幸福将属于千百万人，我们的事业将默默地，但是永恒发挥作用地存在下去，面对我们的骨灰，高尚的人们将洒下热泪。

商业时代的文学之思

长期以来，文学作为一个民族文化原创力的重要源泉，不论是过去、现在还是未来，在精神生产中都扮演着不可替代的作用。自从电视、网络等媒介进入人们的视界之后，立即成为深受热捧的对象。随之而来的娱乐化、商业化、庸俗化，成为这个时代文艺发展的特征。《中国文学场：商业统治时代的文化游戏》（上海三联书店 2011 年版）一书中，年轻的作者曾念长饱含忧患意识，以社会学的视角，通过作家、文坛、商业三者之间的关系，理性客观地分析了中国当代文学发展中盘根错节的问题。

本书是一本系统考察近十年中国文学众生相的前沿之书，也是一本深入研究当代中国商业社会文化的批判之书。“文学场”这个概念来自法国社会学家布迪厄的创造，类似于我们所说的“文坛”。书中把中国文学场划分为文学创作活动、高校文学院系（专业）教学、媒介出版等领域。在商业主宰我们的这个时代，文学何为？作家何为？作者认为：当代文学生产与传播正在成为一种货币游戏，作家越来越像是一个商品生产商。中国的作家自始至终不是一个具有独立身份的社会群体，传统文人多是官僚型文人，现代作家则变成了商人型作家。

从社会历史发展的角度看，商品经济极大地刺激了生产力的解放，客观上推动了人类文明的进步。这十多年来，发展经济成为中国社会的主导方向，“以经济建设为中心”本来是生产建设领域的主攻目标，可是，少数志存高远的作家受不了名利的诱惑，不知不觉朝经济中心靠近。

书中，作者对当前中国文学创作中的铜臭味甚为担忧。从文学研究的角度看，我认为，文学作品和作家分为严肃型、通俗型两大类。但通俗化不等于庸俗化，通俗化是美学当中一个重要的审美范畴，大众喜闻乐见的、有一定思想意蕴的作品，一般具有通俗化的特征。比如《三国演义》是通俗小说，但并不影响它的文学价值和审美价值，随着时间的推移，通俗也会进而演化成经典和高雅。通俗和高雅不存在孰优孰劣的问题，而庸俗化的主要表现是作品质量平庸，思想容量单薄，且具有赶时髦之特点。

本书对大众关注的文学热点进行了述评。首先是文学活动的图景。文学活动非常宽泛，作家的创作、作品的后期编辑、图书的推广、作品的批评都是文学活动。这当中的核心和关键就是创作，若没有作家的创作，文学秀场上则没有东西可“秀”。当前的创作出现多元化的趋势，以前从事创作似乎是作家的工作，网络社区、博客、微博出现后，人人都可以当作家，不少“草根”通过网络写作，成为家喻户晓的作家，其人气甚至超过传统作家。最有名的如痞子蔡、宁财神、天下霸唱、当年明月等人。这些人在网络世界可以说一呼百应，大有一统文坛的趋势。我的看法是：网络文学已经作为一种全新的文学体裁，已经逐渐被人们广泛认可，现在来谈网络文学是不是文学已经不是问题，因为一批网络作家被吸收为中国作协会员，这也标志着网络文学已经被认可。至于网络文学的质量问题那是另外一回事。

其次是作家在大学任教的现象。这本来不是什么新鲜事，可是就有人反对。贾平凹、王安忆、梁晓声、马原等一批作家，纷纷来到大学讲坛上教书育人，这些作家具有丰富的创作经验，他们把“写作经验”传授给学生，对年轻人的文学创作大有裨益，可是有评论家就反对了，说作家的理论体系松散，没有经过教学的正规训练，没有资格给学生上课。发出这些言论的人，正是大学中文系的教授们，他们整日坐在书斋里研究那些所谓的小说创作概论，其实他们连一千字的短篇小说都写不好。我认为：作家需要才情，需要激情没错，作家也固然不是教出来的，可是文学创作的经验不能不学习，青年大学生创作需要名家的指引，需要优秀作家的培养。

文学创作中的商业气息，对文学生态构成威胁和挑战。作家是一种职业，是一种谋生的手段，但是作家的劳动和制造普通商品有显著的区别。工厂里生产的电视机、电脑、空调供人消费，这些产品只有使用价值，而没有精神价值。文学是精神生产，而精神产品对于人树立正确的世界观、人生观具有直接影响。我认为：中国文学历来讲究“文以载道”，若方方正正的汉字不承载思想，不担当道义，不弘扬道德，一味迎合某些读者的阅读快感，那文学作品本质上的纯粹性、严肃性就会大打折扣，被商业利益污染的文学，是文学生态的悲哀，更是一个民族文化发展的不幸。

《中国文学场》一书，清晰而敏锐地为我们呈现出一幅消费时代的文学图景，尤其是作者对中国文学场域里每一个重要的变化节点的分析和提问，以及他对影响文学进程的商业专制力量迅速崛起这一事实的警觉，为我们有效辨识当代文学的基本状况提供了独特的路径。

怒放的生命不孤独

如果从中国音乐产业集体跟风的现象来看，似乎只剩下汪峰这么一个人文歌手，当别人正在用庸俗的歌词把爱情的伟大变成滥情的浮躁之时，他属于为数不多还在观察社会、描写底层的创作者。《春天里》，他唱生命的寂寥和忧虑；《怒放的生命》，他唱对理想的坚守和对现实的抗争；《再见青春》，他唱青春和岁月的伤悼；《名利场》，他质问人生的意义和现实的荒谬。

汪峰在摇滚音乐领域辛勤耕耘时，对小说创作也情有独钟。最近他推出了首部长篇小说处女作《晚安，北京》。歌手创作长篇小说在国内实在少见，他的小说出版后，舆论界也一片哗然，有的人甚至怀疑他的小说是他人“代笔”，这样的揣测不无道理，毕竟“代笔”在娱乐界是一个公开的秘密。可是听了汪峰一首首激情澎湃的歌曲之后，对他的人生经历有了更多的了解后，这种怀疑的念头自然就会消解，因为汪峰逼人的才气和浓郁的人文情节，远比虚构的小说故事更加精彩。

长篇小说《晚安，北京》(上海人民出版社 2012 年版) 分为三十七章，主要讲述了二十世纪九十年代一个名叫王凡的年轻人，在自己生日那天的离奇经历和遭遇。王凡在这一天突然领悟到生活的辛酸、金钱的邪恶、爱情的苍白、女人的反复无常。在即将进入新世纪前夕，他觉得自己未来的人生之路特别的漫长坎坷，自己作为一个在北京默默无闻的小人物，渺小得像一只蚂蚁。他顿时萌生了对生活的恐惧、对生日的厌倦、对女人无限的质疑。在失魂落魄的情绪中，苦闷忧郁的王凡喝多了酒，在路上行走时，迷迷糊糊中被一辆大货车撞倒，就这样，王凡的生命走到了终点。他的出生和离去，繁忙的人们没有时间顾及，也没有兴趣理会，如血的青春就这样悄无声息地淹没在城市茫茫的人海里。小说的开头，汪峰写了一首小诗，这似乎在暗示王凡最后的命运：我们这一代人蹒跚地走在疯狂之上，带着血和泪，抛下激愤，隐入长街，奔向无与伦比的迷茫……

任何现实主义题材小说，都有作者生活的影子，《晚安，北京》也不例外。小说中的时代背景，正是汪峰在京城摇滚圈摸爬滚打的艰辛岁月。小说中虽然没有提到北京摇滚圈，但在主人公王凡身上，还是能够看到 20 多岁汪峰的影子。比如两人在性格上都有那种想得到、看不惯的劲儿。1995 年，24 岁的汪峰辞去工作赋闲在家，生活和感情都遭受挫折。那段时间，他点燃香烟，在吞云吐雾中写出了《晚安，北京》这首歌。歌词中的有些句子所表达情绪，和小说中的王凡颇有一些类似：我曾在许多的夜晚失眠，倒在城市梦幻的空间，倒在自我虚设的洞里，在疯狂的边缘失眠。

人们一般都喜欢聆听成功者的故事，但是对于平凡人物的努力，不会留意，更不会去认真地思考。艺术界的拼搏者，能成名成家者人数寥寥，多数人都可能会像小说中的王凡那样，最后的结局不会美妙。很显然，汪峰对于那些执着奋斗的年轻人，抱有无限的怜悯之心，投以关注的目光，对于在城市社会底层挣扎的人，他无数次动之以情。

音乐是最能传递人的情感和情绪的，但是音乐中有限的曲调和歌词，却不能淋漓尽致地展示一个时代和一个群体的精神状态。小说，尤其是长篇小说在这个方面就具有先天的优势。汪峰在 1996 年就有了《晚安，北京》的故事情节构思，当时他和小说中主人公王凡对生活、事业的困惑几乎是一致的。曾经有一位导演，想把这个故事拍成电影，但是由于各种原因而搁浅。此后汪峰便萌生了要把故事写成小说的冲动。这年冬天，他开始跃跃欲试，可是后来一直为音乐奔忙，小说创作再次搁浅。直到 2001 年底，他把记忆的镜头重新回放，利用几个月的时间完成了这部小说的创作。

从小说风格上可以看出，汪峰明显受到美国二十世纪六十年代“垮掉的一代”文风之影响。他曾经说过：每每我想说点什么，总有一种担心，我怕自己说的没有用，甚至会觉得不说为好。我真的可以只用音乐去表达，而不再诉诸文字。但是，断断续续地，总有一些东西记下来了，既然已经是写下来的东西，就总会有拿出来与人分享的念头。我只是想通过一个故事，写出二十世纪九十年代，我那个年龄的年轻人所经历的事情。小说里的故事冲突最后所要表达的悲剧性，实际上就是那个时代的年轻人的结局。

《晚安，北京》是用文字的旋律为青春、理想、善意而歌唱，贯穿着荒凉人世的复杂况味，直指人心，不留余地。汪峰毕竟不是专业的小说家，在小说结构、情节安排、人物塑造方面还有待锤炼，但是他的小说语言却非常的精湛和优美，在书中他写道：我看见一种永恒，它就在我眼前，它是死之奢华生之弃物，它是车窗上的水滴，它是摇摆的裙曳，它是黄昏金色的回忆，是嗡嗡作响的城市之音，永恒看起来像块三明治，云彩看上去像一片金属，可它们全都可望而不可即。由此可以看出，作为歌手的汪峰，善于用一种诗意文字来拨动年轻的心弦，给人留下丰富的想象空间。

以爱的姿势写作

几乎没有人怀疑，这是一个浮躁的社会，也是物欲横流的社会。在这样的现实面前，纯洁的爱情、至善的亲情，好像离我们越来越远，至少，这样的情愫在我们充满铜臭味的空气中弥足珍贵。《爱情音乐盒》这本书，如同炎热都市中的一汪山泉，给人以清凉之气。

《爱情音乐盒》（广西师范大学出版社 2011 年版）的作者霍忠义是一个西北汉子，在长安大学任教。一直以来，在我的印象中，西北汉子的作品多豪放、苍劲，且富有野性。而读完这本书后，我才发现自己多么的偏见和狭隘。原来，纯真的作品、纯情的文字和纯粹的作家，是没有地域限制的。他在西北的黄土地上凝神聚气，以爱的姿势长年累月用心书写一部部沁人心扉的作品，这在喧哗躁动的城市里，令人心生敬意。

这本书中的每一篇散文，句句饱含真情，字字蕴含哲思。书中的诸多散文，曾长期在全国广大读者中影响深远，至今都是写作的范本，如《初恋的音乐盒》《初恋时的一把小刀》《让我醉了四年的一对酒窝》《父亲的冰糖葫芦》等。衡量一个作品是否优秀，时间是最好的标尺。十七年前，霍忠义在念大学时就对写作产生浓厚的兴趣，他用一颗虔诚之心，抱着对真善美的渴求，本着对真情的呼唤，开始了他的文学之旅。

霍忠义在自序中坦言道："爱情和亲情，是每一个生命避都避不开的两座大山，不经意间，两山常会向我们撞来，仰望或俯视，都会有感动。虽然山总不变，可攀不上去风光无限，跌下来终身遗憾。"不可否认的是，人作为万物之灵生活于世，除了基本的物质需要外，对爱情的向往，对亲情的拥抱是一种本能的情感。可是，现实的生活中，也许爱情不是那么完美，亲情不是处处催人泪下，但并不代表这样的一种情感会在人的内心褪色乃至丧失。任何一个情感丰富、善良本真的作家，在自己的作品中都会不遗余力地去赞美爱情，讴歌亲情。

从表层上看，爱无形无声无色无味，人们只能用心慢慢体会其中的酸甜苦辣，这意味着爱是人内心的一种感受，用手抓不住，用眼看不见，用耳听不到。但是在这本书中，一切爱都具体化、形象化，爱不仅有可以触摸的形状，还有清晰可辨的声音和五彩缤纷的颜色。世界上不论怎样的爱，都有边界，都有悠长的余味。《爱情的音乐盒》这本书中，爱不仅可爱，还可亲。世界上一切的爱，如果抛弃了纯洁作为前提，都不能称其为真爱，不仅爱情如此，亲情也是如此。真爱是纯洁的，更是美丽的。真爱不求回报，注重无偿的默默付出，哪怕受到委屈，泪水也只会往心里流。

书里的每一篇散文都关乎爱情，涉足亲情，且文字纯净清新，立意深远，读后让人掩卷沉思，受到一次爱的洗礼和教育。不得不承认，当前的散文创作，有两个不尽如人意的方面。一是矫揉造作、无病呻吟的滥情漫天飞舞；二是形神皆散、空话套话虚话的笔墨大行其道。当代文坛，有关情感的文章数以百万计，令人遗憾的是，相当一部分作家在构思以“情”为主的散文时，不是三角恋就是婚外情，原本就很简单、很享受的情感故事，在一些作家笔下则是刀光剑影、血泪横飞、生离死别。为了把情感故事写得好看而绞尽脑汁，有时候甚至胡编乱造，这样的作品固然抢人眼球，惹人注意，短时期能赢得读者的赏识，但编造出来的故事毕竟是矫情的，没用真情的字句是不会有蓬勃生命力的。

《爱情音乐盒》的问世，和当前社会显得有些格格不入。我们生活在一个快速发展的社会里，一切都以快、多、大为标准。这对于写作而言，就是一个灾难。文学和经济建设思路不同，并非写得越快越好，越多越好，越长越好。写得太快难免缺乏认真的思考，写得太多未免重复雷同，写得太长则邋遢冗长。毫无忌讳地讲，本书作者霍忠义在文学创作之路上是一个慢选手，他用十多年的时间，不间断地写了仅 10 万言，这和那些快马加鞭一年出一本或几本新书的作家比较，算是很慢的了。殊不知，慢有慢的好处，写作不是奥林匹克，需要静心、沉思、从容、雕琢。中国有句俗语：慢工出细活，文学创作即是如此。《爱情音乐盒》就是一部用太极拳的慢动作，真诚心写作而成。这一点，书中的每一个段落，每一句话就是最好的佐证。

书中，可以看到霍忠义对爱的诠释质朴纯真，但他对爱的追求是火热的，对爱的坚守又是执着的。书中收录的《错，更见真爱》《深藏不露的真情》《细微处的爱惊心动魄》《最质朴的爱情》《她为爱情红过眼》等作品，似乎都可以见到他在爱的路途上稳健前行的身影。

多年来，霍忠义总是以爱的姿势写作，这种姿势是长期不变的，同时也是刚强中露出柔情的。在爱的天空下，他的眼神对爱充满憧憬。正如他在《爱情音乐盒》的结尾写道：在文学的山路上，我是刚刚上路的人，我知道路边的景色一定很美，所以我愿意在这条路上走得更远一些，看得更多一些，让我善感的心灵带着美丽的梦想上路吧……

一代文豪落拓江湖的命运

在世界文学的版图中，俄罗斯文学无疑是重要的组成部分。而在俄罗斯文坛中，列夫·托尔斯泰（1828—1910）则是首屈一指的伟大作家。他创作的《战争与和平》《安娜·卡列尼娜》《复活》等现实主义长篇小说作品，给人带来强烈的心灵冲击。同样是作为俄罗斯著名作家的契诃夫曾这样说道："托尔斯泰既是艺术创作中的哲学家，又是哲学中的艺术家……有些人，他们之所以不敢做坏事，就因为托尔斯泰还活着。"而高尔基则说得更加直接："不认识托尔斯泰者，不可能认识俄罗斯。"《列夫·托尔斯泰大传》（何守源译，北京时代华文书局 2016 年版）以大量的史料、信函和当时的新闻报道，还原了一个真实、清晰和复杂的托尔斯泰形象，这对于我们深入认识这位文学奇才提供了借鉴。

托尔斯泰和他的作品一样，同样具有迷人的色彩和持久的魅力。自托尔斯泰离逝之后一百年来，有关他的传记作品，被全球各地的学者书写着、记录着。在《列夫·托尔斯泰大传》

这本传记出版之前，法国批判现实主义作家、思想家罗曼·罗兰率先在《名人传·托尔斯泰传》(1911 年初版，中文版版本若干) 中，对托尔斯泰的生平创作故事进行了叙述，然而，该传记中由于篇幅所限，托尔斯泰的形象是白描式和概述式的。此后，有关托尔斯泰的传记作品如雨后春笋络绎不绝。就以近年来说，英国牛津大学的俄罗斯文化专家罗莎蒙德·巴特利特，出版了《托尔斯泰大传：一个俄国人的一生》(中文版为现代出版社 2014 年版)，尽管此书作品以研究托尔斯泰文学作品而知名，但是他毕竟是英国人，对于俄罗斯历史与文学传统的认知依然存在先天的隔膜。另外，托尔斯泰的次子伊·托尔斯泰，作为一名业余文学爱好者，撰写了《托尔斯泰次子回忆录》(中文版为北京大学出版社 2016 年版)，虽然他是最为接近托尔斯泰的人，然而他毕竟不是专业的作家和学者，加上亲情的感性因素，依然没有客观"描绘"托尔斯泰的全身像。

《列夫·托尔斯泰大传》这本传记，呈现出自身鲜明的特色，首先是作者巴维尔·巴辛斯基，是当代俄罗斯著名作家、文学评论家和研究家，俄罗斯文学研究院院士，《俄罗斯报》文化版主编，在历史文化血脉中，本书作者与托尔斯泰紧密相连，人们形容他"对托尔斯泰的家人比对自己的孩子了解得更多"。其次是本书作者在撰写本书中，没有作任何的主观判断，各种日记、回忆、书信、电报、报刊文章等档案材料被穿插在叙述之中，这为揭秘托尔斯泰不为大众所知的生活细节提供了可靠的依据。然而，这样的缺点也显而易见：那就是在阅读的过程中，经常被各种“引证”所打断。对巴维尔·巴辛斯基而言，为了史料的准确，不得不牺牲读者的舒适度，因而，本书显然不是那种一口气就能读完的传记。

巴维尔·巴辛斯基在本书中指出：“19 世纪后半叶的俄罗斯有两个沙皇：一个是顶着皇冠的亚历山大三世，另一个是顶着良知的托尔斯泰。”托尔斯泰和其他伟大作家一样，其思想认知总是在不断地发生变化，因此，他在每个人生阶段，创作的文学作品在主题方面有显著的差异。纵观托尔斯泰一生的文学创作，可以分为三大时期，即早期（成长期：1851—1862)、中期（巅峰期：1863—1880）和晚期（理性批判期：1881—1910)。如早期的文学作品，其特点是忠实还原俄罗斯宗法制社会形态下的贵族地主生活，记录自己的成长足迹，代表作有《一个地主的早晨》等。而托尔斯泰最著名的长篇小说《战争与和平》《安娜·卡列尼娜》，写成于创作巅峰期。当时托尔斯泰的生活渐入佳境，雅斯纳雅·波良纳领地给他的家庭带来了丰厚的收入，促使他结束放荡不羁的精神追求、飘摇无定的生存状态，开启了他建设家园、潜心事业的人生黄金期。而进入创作晚期的托尔斯泰，在人生观、世界观发生了颠覆性的变化，这一方面与其年事渐高、从生理到心理均已进入衰退期，以及夫妻矛盾导致的萧墙之隙致其身心俱疲有关；另一方面也缘于俄国改革乏力积重难返、内忧外患日益凸显的社会现实。这一时期托尔斯泰的文学创作除《复活》之外，再无长篇小说问世。

托尔斯泰的文学成就，首先是他创造了史诗体小说。历史的事实融合着艺术的虚构，奔放的笔触糅合着细腻的描写。如在《战争与和平》中，巨幅的群像中显现出个人的面貌，史诗在庄严肃穆中穿插有抒情的独白，变化万千，蔚为奇观；其次是善于驾驭多线索的叙事结构，又能突破小说的“封闭”形式，波澜壮阔，像生活那样无始无终；再次是托尔斯泰的文学魅力，不仅善于再现宏观世界，而且善于刻画微观世界。如他晚年创作的长篇小说《复活》，不仅细致入微地描写心理在外界影响下的嬗变过程，还深入人的潜意识，把它表现在同意识相互和谐的联系之中；最后，托尔斯泰作为伟大的现实主义作家，在小说人物的性格塑造方面出神入化。他的一系列作品，能如实地描写人物内心的多面性、丰富性和复杂性，不仅写其突出的一面或占优势的一种精神状态，还不隐讳正面人物的缺点，也不窒息所揭露的人物心中闪现的微光。不粉饰，不夸张，不理想化或漫画化，总是借助于真实客观的描写，展示其本来面目，从而于平凡中见伟大，或者相反，于平凡中显示生活的残酷。

一边阅读《列夫・托尔斯泰大传》，一边品味托尔斯泰的代表性作品，这有利于我们从客观的角度理解作家生活与作品之间的内在关系。当然，《列夫・托尔斯泰大传》之中，并未对托尔斯泰漫长的一生进行事无巨细的叙述，而是撷取托尔斯泰晚年生活片断，着墨重点放在托尔斯泰的晚期创作活动上，展现托尔斯泰与家庭的关系，特别是他与妻子索菲亚的矛盾、托尔斯泰与皇室和教会的龃龉摩擦。读完此书，掩卷沉思，对于一代文豪走上天涯不归路、落拓江湖寂然陨落的命运会有更加独特的理解。

当丘吉尔走上非洲之旅

丘吉尔（1874—1965）不高，穿着黑色西装，系着领结，拄着文明杖，叼着雪茄，一副从容不迫的模样。这是中国人对他的印象。第二次世界大战初期，他登上首相的宝座，带领英国人抵御德国法西斯的侵略。他是务实的政治家，也是学者、画家、记者，著有《英语民族史》，是历史上掌握英语单词数量最多的人之一（12 万单词）。同时，丘吉尔还是一个文采斐然的作家，1953 年凭借纪实文学《不需要的战争》，获得了诺贝尔文学奖。读他早年的纪实文学《我的非洲之旅》（欧阳瑾译，上海社会科学院出版社 2017 年版），一个更加真实的丘吉尔，与非洲一起呈现于眼前。

丘吉尔的父亲伦道夫勋爵曾任英国财政大臣。依靠优越的家庭背景，年轻时丘吉尔就步入英国政坛。1907 年，33 岁的他作为英国殖民地副大臣，前往东非考察，旅程中大型狩猎观光活动和官方会晤交替进行，为他提供了丰富的写作素材。《我的非洲之旅》这本书，自 1908 年首版以来多次再版，被译为多国文字，至今仍为人所津津乐道。该书中文版近日首次面世，书中收录了1908年版珍贵的3幅地图及59幅照片，最大程度地还原了丘吉尔所描述的那个神奇的非洲世界。

《我的非洲之旅》分为“乌干达铁路”“近探肯尼亚山”“东非高原”“徒步之旅”等十一章。这绝非一本简单的旅行游记，虽然不乏对非洲风土人情的描述，更为重要的是，穿插了丘吉尔对于非洲政府治理和经济发展的看法，指出挖掘东非发展潜力的最佳方式是发展铁路系统。此外，本书为我们了解当时英国与非洲殖民地的关系打开了一扇窗。

谈到非洲，很多人都会想到埃及的金字塔，或者回忆经典电影《走出非洲》《尼罗河上的惨案》《卡萨布兰卡》等。从电影中认识非洲，是片段式的，甚至有某种程度的偏差。非洲全称阿非利加洲，纵跨赤道南北，面积3 020万平方公里。非洲尽管是世界古人类和古文明的发祥地，但由于自然环境的恶劣，这里一直都是饥荒、贫穷、疾病、动荡的代名词。然而，非洲地理位置显著，矿产资源开采潜力巨大。工业革命之后，欧洲诸多国家来到这片大陆，寻找工业原材料和劳动力。十九世纪末至二十世纪初，欧洲国家对非洲的殖民统治达到巅峰。当时的非洲大陆，只有埃塞俄比亚、利比里亚处于独立状态，90%以上的领土被占领。非洲近现代史，就是一部被殖民统治的血泪史。长期的自然资源掠夺和生态环境践踏，为非洲后来的发展带来无穷的后患。

英国作为工业强国，对非洲的殖民统治最为强势、影响力最大。丘吉尔 1907 年抵达非洲时，正是英国在这片大陆开疆拓土进行殖民统治的黄金年代。年轻的丘吉尔来到非洲大陆，带着强烈的优越感。在那时的时代背景下，英国的繁盛和非洲的落后，形成鲜明的对比。英国作为殖民者，为了在非洲诸国实行长期的殖民统治，加强工业、城市、交通建设是前提。1896—1901 年，英国人在非洲东部，从肯尼亚的港口城市蒙巴萨至乌干达的蒙巴萨，修建了全长为 2 350 公里的铁路。丘吉尔的非洲之行，也主要依赖这条铁路。

本书第一章“乌干达铁路”中，记录了他的所见所闻。他从英国坐轮船抵达乌干达的蒙巴萨，然后搭载火车进入非洲的腹地。他写道：“这条铁路的两条铁轨，先是在蒙巴萨岛的山丘与树林之间平稳而单调地蜿蜒前行，直到他们穿过热带雨林，横跨广袤无垠的草原，爬升到与欧洲雪线差不多高海拔……白人以及他们携带的所有东西（不管这些东西是好是坏），便可以沿着这条可靠而迅捷的路线，像人们从伦敦前往维也纳那样，轻而易举地深入非洲的腹地了。”

从这段描写中不难发现，由于铁路的修建，大量的英国人已经深入非洲内地。丘吉尔所说的这条铁路，是整个非洲东部交通的大动脉，直接关系到英属东非的政治、经济统治和切身利益。100 多年过去了，这条铁路依然是非洲大陆重要的交通枢纽。他在书中写道，当初英国人为了投资修建这条铁路，国内各利益集团产生过严重的分歧。其分歧的主要原因，不外乎，在落后的非洲腹地，每修建 1 英里铁路需要花费 1 万英镑的费用，这在当时确实是一笔不小的投资。虽然这条铁路最后还是修建了，但是并不顺畅。丘吉尔用调侃的笔调写道："这条铁路，稀里糊涂地穿过了一座座森林，稀里糊涂地越过了一条条沟壑，稀里糊涂地避过了一群群虎视眈眈的雄狮，稀里糊涂地熬过了饥荒、战争和议会长达五年的争论，一步步稀里糊涂地向前推进着。"

非洲东部的草原和丛林，是动物的乐土。100 多年前，无论是欧洲人或者是非洲人，都没有动物保护的观念，随意捕杀动物的事件时刻都在发生着。当时丘吉尔和其他人一样，把猎杀动物，当成一种取乐的方式。他写道："犀牛进击的时候，士气是非常高昂的。大家纷纷开枪。可是，那头体型笨重的野兽还是继续逼近，仿佛全身刀枪不入；它像是一台火车机车，或者一艘巨型的蒸汽驳船，子弹根本打不透它，它也感受不到疼痛或者害怕。"丘吉尔写这些文字时，对于动物不但没有同情之心，甚至充满恶意的快感和鄙视，如同英国殖民者对待非洲土著黑人：冷血、残酷、疯狂。

令人深感震惊的是，猎杀动物在英国殖民者眼里，是招待客人的一种礼节、一种荣耀。英国殖民者认为，如果没有让客人猎杀到狮子的话，他们的殷勤好客会受到某种程度的污辱。"如何找到狮子、找到之后如何去猎杀狮子，则是与客人会谈中一个永恒不变的话题。"本书第二章"近探肯尼亚山"中，丘吉尔用细腻的文字描述猎杀狮子的经过。书中写道，丘吉尔和其他英国殖民者有一次去猎杀狮子，但是没有发现狮子行踪，于是在芦苇丛中“用石头砸、用火烧、大声鼓噪、开枪射击，用尽了种种手段，都没有把狮子赶出来”。而读到成功猎杀狮子，见到狮子满身鲜血，临死之前作最后挣扎，大家哈哈大笑那一幕时，我内心在滴血。

动物和人类一样，有平等的生存权，但是被人类随意猎杀，这是人类的罪恶。东非大陆上原本有大量的动物，但是受到英国殖民入侵之后，动物种类和数量，都在锐减。非洲这些年尽管使用多种方法保护野生动物，但是动物的数量，无法恢复到一百多年前的水准。

当时的英国，为了治理东非，派出了一批批的管理者。英国白人和非洲黑人，肤色形成强烈对比。英国殖民者的人数，远不及黑人土著，但是英国殖民者偏偏口出“白人非洲”的妄语。丘吉尔在本书第三章“东非高原”中指出，英国殖民者做梦都想使东非像加拿大那样，成为白人的国度。他近乎懊丧地写道：“无论将来白人人口如何增长，都无法超越黑人土著的数量。”英国人来到东非，可不是来辛勤工作的，而是想通过黑人土著的劳动，赢得巨额的财富。

今天距丘吉尔最初出版《我的非洲之旅》已经过去了 110 年，然而本书所引发的思考是持续性的。丘吉尔撰写本书，完全站在一个英国殖民者的立场观察非洲。第二次世界大战之后，重建世界秩序，英国从当初的头号工业强国走向没落，非洲国家则相继走向民族独立的道路。今天的非洲，人口虽然超过十亿人，但经济总量却只占世界的 10%。非洲一些国家，至今还没有摆脱战争、贫穷、疾病和动荡，这应该引起深思。作为发展中国家的中国，对于非洲经济社会建设，提供了大量无私的援助，可是如何走出发展的困局，需要非洲人自己去摸索。今后，非洲能否赶上世界发展进程，依然是一个并不轻松的话题。

交互式阅读的“无间道”

长期以来，我们阅读一本书，要么是被书中的精彩内容所吸引，要么是被书的装帧设计或者精美插图而倾倒。然而，《S.》（颜湘如译，中信出版集团 2016 年版）这无疑是一本“野心勃勃”的书，不仅书中的内容情节考验着我们的理解分析能力，而且本书在装帧设计方面，也值得赞赏。坦白地讲，此书的出版，在某种意义上颠覆了我们多年来的阅读习惯和思维方式。

《S.》一书的作者艾布拉姆斯，美国著名导演及制作人，活跃于电影、电视圈，代表作有《迷失》系列、《星际迷航》系列、《碟中谍 3》、《星球大战：原力觉醒》等。也许正是因为他具有影视人天生的声画敏锐性，加上他擅长科幻、悬疑影视创作的原因，所以此书在某种意义上讲具备了这样的元素：读者阅读此书的心理参与和交互式体验。如果我们不调动自己的想象力，这本书就如同“天书”。

按照常理，书名一般是一个字，要么是一个词，或者一句话。本书之书名《S.》，就给人太多猜测的空间，艾布拉姆斯将书名定位一个英文的大写字母，这本身就构成一个谜。《S.》不同于一般意义上的悬疑小说，阅读此书的过程，更像是一个游戏，一次探险……可以说，从函套中取出它的那一刻起，我们就已经参与到艾布拉姆斯导演的一部“电影”中了。函套正面印着神秘的“S.”，函套开口方向为左侧，轻轻地抽出来，就是神秘小说《忒修斯之船》。《忒修斯之船》本身被打造成图书馆藏历险小说，根据图书整体的安排布局，这一小说被设置为由作家石察卡所著。而石察卡，其实也是个笔名，真实身份不得而知，世间流传着十几种说法，有人甚至认为是哲学家费尔巴哈。

根据艾布拉姆斯的判断，《忒修斯之船》是石察卡 1949 年出版的作品，也是他出版的最后一本小说。石察卡在《忒修斯之船》讲述的是：一个名叫“S.”的失忆了的男人，被拐到了陌生的船上，与一群古怪的船员展开了一段冒险的旅程。而这本书，又被两个学生写满了批注，书里塞满了他们找来的各种研究材料，如剪报、照片、明信片、海报等。有一只猴子贴在书之侧边的封条上，这也构成忒修斯之船上的关键角色。《忒修斯之船》的外观看上去古旧，看上去有些年代。这无疑是书籍装帧中，运用多种特殊工艺印制出来的。

在《S.》这本书的构建中，《忒修斯之船》仅仅只是全书的第一重结构。那么第二重结构，则是由书页边空白处留下的手写体文字所构成，由于这些手写体文字的颜色、字体表现并不相同，感觉是两位相互不认识的读者通过轮流借阅《忒修斯之船》留下读书批注，并借此进行交谈，尝试揭开石察卡藏在书中的秘密。《S.》此书的第三重内容结构，则是读者自身。书中，读者相当于扮演了故事中的图书管理员或者是另外一名借书人，同时还可以是一名侦探，通过偶然的机会发现了该书，并试图揭开整个故事的真相。在翻阅此书时，就像打开神秘礼物一样兴奋又期待，可以正着看、倒着看、翻过来看、来来回回地看，拼凑出脑中关于神秘文字“S.”的所有线索，享受难以用言语表达的阅读体验。

与其说这是一本有趣之书，还不如说是一本颠覆传统阅读习惯之书，它让我们为了记住其中细节而不由自主地做批注、摘抄，让我们在猜测和推理中前进，让我们通过网络查询各种信息，只为弄懂书中那些不经意的线索。简单概括来看，这本书的内核分为两个部分，其一是一名神秘作家石察卡写的《忒修斯之船》，其二则是读者对本书的批注，在批注过程当中，找寻文豪的种种轨迹以及书背后的秘密。

从装帧设计的工艺角度看，《S.》的主体部分被设置为馆藏之书，因此《S.》整本书也仿造成老旧书籍，纸页泛黄，部分还存在咖啡渍、霉斑、油污等。为了保证《S.》从开本、底色，到每章的进展、每页手写字的进展都与原版保持一致，该书所有设计、用纸、装帧及工艺，可谓匠心独特，涉及印专色、压纹、压凹、烫黄白黑、模切、铆钉装订、餐巾纸彩印等20余种工艺工序，从书籍制作工艺的角度看，此书彰显着工匠精神。

当前，在数字化阅读的今天，有人哀叹传统的纸质出版物已经日暮西山，迟早会退出时代的视野。其实这个问题应该从两个方面辩证地看：一方面，数字化阅读的便利性和交互性，使得阅读的内容能广为传播，但是数字化阅读的弊端也显而易见，那就是碎片化。对于有着深度阅读渴求的人来讲，数字化阅读是无法满足其需要的。因此，数字化阅读尽管是阅读方式的一种趋势，但是传统的纸质书依然无法被替代。

另一方面，传统的纸质书阅读模式，基本上是书本提供什么，我们就阅读什么，这种单向度阅读延续了上千年，在数字化阅读的冲击下，这种阅读方式已经无法满足人们的心理期待。也正是如此，纸质书受到了冷落。然而，纸质书在阅读方式方面，依然具有创新的空间，比如将数字化阅读的交互性特征引入其中，无疑能极大地拓展纸质书的影响力。纸质书在读者参与性、交互性方面的革新，就如同商品销售领域的变革：以前的商店是消费者买什么商品，售货员就卖什么。而现在的商店是一个开放的交易平台，顾客站在林林总总的商品中，就如同商品的主人，可以自由挑选。

前些年的一部系列电影《无间道》，在剧情设置方面充分调动了角色与角色之间、角色与观众之间、观众与观众之间的故事互动，其另类的悬念叙事，吊足了观众的观影兴趣。《S.》从一定意义上具备某种“无间道”色彩，强调读者阅读的参与性和交互性，这难道是要掀起一场阅读的体验风暴吗？

第四辑　中西艺术初探

为生计奔波的古代画家们

中国画对于西方人而言，简直就是一个谜：用乌黑的墨汁，在薄薄的宣纸上信手勾勒几笔，一座山、一棵树、一座桥、一个人或者一只小鸟，就活灵活现地展现在眼前。更不可思议的是，中国画不像油画那样强调结构、造型、色彩、透视之类的规则，画家们在作画时非常主观，把喜怒哀乐之情融入画作之中。中国画是中国艺术精神的完美呈现，也是古老东方文明的精彩演绎。

在西方学术界，有不少学者乐此不疲地研究中国画的学理与规律。其中，美国加州大学伯克利分校艺术史教授高居翰（James Cahill）是目前研究中国绘画较为活跃的学者，他的著作《画家生涯：传统中国画家的生活与工作》（生活·读书·新知三联书店 2012 年版），恰恰撇开了中国画中的笔墨情趣问题，而是从历史学、社会学的角度来研究明朝中国画家的工作和生活，此书对于我们深入认识处于世俗圈中的画家，是如何工作、如何养家糊口提供了全新的认识。

此书出版之前，生活·读书·新知三联书店陆陆陆续续推出了高居翰的中国古代绘画学术著作，如《隔江山色：元代绘画（1279—1368）》《江岸送别：明代初期与中期绘画（1368—1580）》《山外山：晚明绘画（1570—1644）》《气势撼人：十七世纪中国绘画中的自然与风格》。这些学术著作中，高居翰本着对中国古代绘画的浓烈的兴趣，以扎实严谨的学术态度，揭示中国古代绘画中的各种秘密。

所谓中国画，也叫丹青。这是一个很宽泛的概念，从字面上理解，凡是中国的绘画，都是中国画。但从专业的角度看，中国画主要包括水墨画和工笔画两大类。大约明朝以后，水墨画占据了中国画的主流，水墨画的作者多数是文人士大夫阶层。也就是从明朝开始，水墨画开始在上流社会风行，与之相对的民间绘画开始逐渐走向没落。此后几百年下来，水墨画几乎成为中国画的代名词。在明朝之前，画家多数属于业余画家，他们都有自己的职业，且多数为官。这里说的业余，并不是说绘画水准的拙劣，而是不靠画画为生。明朝之后，很多业余画家逐渐成为专业画家，依靠画画谋生，并终生以作画、卖画、鉴赏为业。

《画家生涯：传统中国画家的生活与工作》一书中，对画家的生计问题进行了较为详实的分析。这里首先要弄清楚：绘画作品的主要功能是什么？在古代，画作是书香门第拿来装点门第的饰品，或是为了私人的欣赏，或是为了来访者对主人财富和品位留下深刻的印象。有的家庭里，绘画还可以用来祈福或者驱邪避祸，比如降服鬼怪的钟馗画像就是一个绝佳的例子。直到今天，绘画的功能也莫过如此。明朝之后，由于生产力的不断发展，人们对于画作的需求越来越大，悬挂画作、收藏画作成为当时的社会风气。在这样的历史背景下，那些没落的文人和对官场极为厌倦的官员，开始把注意力转向绘画领域。这正所谓哪里有需求，哪里就有人才。

优秀画家之作品，和今天一样是难以寻求的，但是只要买家开出诱人的价格，那么这显然就不是问题了。明朝大画家仇英在世的时候，已经声名远扬，向他索画的人不计其数。为了得到他的墨宝，买家们必须先找到仇英的仆人，给画家书信一封，表明自己对画家的尊敬之情，画家答应作画之后，买家接下来就预付定金，然后画家开始作画。待酬金全部到位后，最后才将画作抛出来。在此过程中，仆人充当了中介的角色，他也要在画作交易中捞到好处。明朝画家的生活和今天的画家几乎一样，有顾客、有作品、有中间人、有交易。现金是画家获得酬劳的主要方式，此外，还有的买家会给画家礼物、盛情款待画家、给画家摆平各种棘手的事情等。以此可以看出，名气颇大的画家，在当时的社会环境中可以生活得非常安逸，通过源源不断的酬劳支撑绘画创作。

明朝时，有的画家为了施展自己的才艺，或者是把作画中极为有效的经验传授给他人，经常绘制一些图谱供人参考，这有点类似今天书市上那些绘画技巧、作画方法之类的书籍。比如大名鼎鼎的《芥子园画谱》就是其中一例。这套书涵盖历代画家在山水、花鸟、人物方面的用笔技巧。此书通过木版印刷后广泛流传，至今这套书都是中国画家案头的必备工具书。这套书之所以在明朝广泛传播，也说明了当时有钱有闲人增多，绘画的风气大为流行，画家当时出版并销售这套书，还可以从中获得比卖画更多的利润。

从本书中可以了解到，有的画家为了安心创作，另外一方面为了卖画养家，就成立了画工作坊，这类似于今天五花八门的艺术工作室。为了敷衍一些品位低下的买家，画家则请自己的家人、学徒、助手批量生产，待一批画作完成之后，画家则亲自出马作上一首诗、签下自己的名、盖上自己的印，然后将作品“踢”出去。当然，那些地位显赫的买家，画家是不敢懈怠的，必须亲自出来作画。

“代笔”在今天是一个热门的文化现象，其实在古代画家圈中这样的事情屡见不鲜。有的大画家为了节约宝贵的时间，在给买家作画时，常常会邀请同样绘画技艺高深的朋友为之代笔。大画家唐寅，也就是我们常说的唐伯虎，他在成名后，为了应付那些索画者，他常邀请老师周臣代笔，而自己把时间花费在绘画艺术的探索上。由于师徒在绘画风格上惊人相似，很多鉴赏家都难以区分哪幅画出自唐寅之手，哪幅画是周臣所作。本书中写道，大画家董其昌、沈周、任伯年、吴昌硕都曾找他人代笔。大画家们太忙了，对于索画者的要求，他们的一双手即便夜以继日地创作，也难以满足需要，从这个意义上看，代笔也就不足为怪。

传统中国画家们为古代艺术繁荣费尽了心血，也给中国文化留下了宝贵的遗产。在中国绘画论史研究当中，除了要研究绘画作品的艺术价值外，画家们的生活和工作，同样需要去挖掘，正是无数活生生的画家生命个体，才浇灌出璀璨的中国艺术之花。本书的出版，对于我们了解中国绘画之美、认识古代画家真实的一面提供了有益的文本。

张大千的艺术魅力与胆识

中国现代画坛上，齐白石（1864—1957）、黄宾虹（1865—1955）、张大千（1899—1983）是公认的三位大师。很巧合的是，他们无不长须飘飘、仙风道骨，且以高寿著称。如果说人生经历，张大千是独一无二的：他 20 岁出头就成名天下，曾到敦煌潜心三年临摹壁画，寻找中国艺术的真谛；也仿画他人之作高价售卖，引来阵阵质疑声；中华人民共和国成立后，他云游世界，又坚守热爱中国艺术的初心。伴随着中国传统书画的不断升温，人们对于张大千越来越关注。仅仅一年多来，就有三本最新关于张大千的人生传记面世。分别是：台湾资深媒体人黄天才的《张大千的后半生》《五百年来一大千》（均为商务印书馆 2015 年版），国内著名纪实文学作家邓贤的《五百年来一大千》（人民文学出版社 2016 年版）。在比较中阅读这三本书，可以还原一个真实、清晰的张大千。

为什么海峡两岸纷纷聚焦张大千，并且其中两本书的书名居然完全重合？笔者认为，除了张大千的画作在各大拍卖会上总是天价卖出之外，还有一个主要原因：在创新的时代潮流引领下，人们纷纷意识到了张大千艺术创作中求新求变的魅力与胆识，这在今天显得弥足珍贵，尽管他的一生毁誉参半。撰写《张大千的后半生》《五百年来一大千》的黄天才，何许人也？他是宝岛台湾的资深新闻记者，曾任“中央日报”“中央通讯社”社长，与张大千有着长达十年的忘年之交。黄天才和张大千的直接接触，为他撰写这两本书奠定了基础。《张大千的后半生》一书中，主要截取了年过半百的张大千于1949年之后远走海外，以万丈雄心，费尽心力地进军西方艺坛的故事。而黄天才在另一本《五百年来一大千》的传记中，其时间长度尽管跨越了张大千的一生，但是在故事选择方面，主要记录他眼中的张大千，详略得当地叙述了张大千经历过的艺术人生历程。

邓贤是我们所熟悉的纪实文学作家，曾推出《中国知青梦》《流浪金三角》《父亲的一九四二》《黄河殇》等一系列重磅作品。他以擅长历史事件、人物群像刻画名满文坛。但是四年前，对中国艺术也很是热爱的他，一个偶然的机会，对张大千其人其画发生了浓厚的兴趣。他花费了一年的时间查阅史料、采访有关当事人，深思熟虑之后，又经历八次反复写作与修改，得以创作出《五百年来一大千》。

邓贤虽然没有见过张大千，然而他的家庭和张大千家族颇有渊源。在《五百年来一大千》的前言《我为什么要写张大千》中写道：“1968年岁末，我姐姐初中毕业，与同班两位女生张姐姐、邱姐姐一起到眉山当知青。张姐姐的爷爷是画家，叫张大千，这是我第一次知道画家'张大千'的大名……。"另外一个原因，邓贤的母亲与大千的女儿心庆也是同学，她们都曾在二十世纪四十年代的成都华英女中和华美女中同窗就读。他的母亲还曾有幸见过画家张大千本人。可以这么讲，邓贤为张大千"树碑立传"，完全是带着理性、冷静的态度进行的。

邓贤所著的《五百年来一大千》，分为上、中、下三卷，以全景式的方法，叙述了张大千的传奇一生。书中，重点是对张大千艺术与人生的得失、中西绘画之比较、中国长期存在的"画师画"与"文人画"之争、"画谱"与"色经"的关系，以及中国近现代绘画的得失与进退、"诗书画印"四艺同体与绘画功能消解等，进行深度述评。用邓贤自已的话讲，他要"给画画的人写本教科书"，秉持不溢美不隐恶，不仰视不差评的创作态度，熔艺术、人生、争议于一炉，纳历史、画派、人物成一体，用一个张大千，牵出了书画界乃至整个文化界的丰富话题。

回过头来看黄天才撰写的两本张大千人物传记，其最大的优势，在于他本人和张大千密切的交往，对于这一点，直接在他两本书中得到了体现。这对于我们近距离地认识张大千，大有裨益。然而张大千毕竟是著名的艺术大师，黄天才一直是持"仰慕"态度的。从另外一个维度来讲，如果作者与传主关系过于密切，那么叙述中难免会"感情用笔"，当然这也是可以理解的。

张大千别名大千居士，生于四川省内江市一个书香门第的家庭，创作的山水画代表作《黄山文笔峰》《晴麓横云》《峨嵋金顶图》《蜀山春晓》等，被西方艺坛赞为“东方之笔”。他是现代国画三大师中，时间距离上离我们最近的，而在空间距离上，他又是如此遥远。一个平凡人物的人生故事，是容易梳理清楚的，然而张大千偏偏是名家，一生饱受争议，加上他扑朔迷离的情感经历，在坊间的流传中，关于张大千的故事与传闻漫天飞扬、真假难辨。但是无论如何，衡量一个艺术家的标尺，无非是家国情怀、道德立场和艺术成就三个方面。

综合研读关于张大千的三本人物传记不难发现，他毕生都和中国艺术结伴而行，无论是解放前在国内，还是后来游走全球各地，他都痴情于中国艺术，用神奇的水墨、宣纸、毛笔，创作出属于中国气派、中国风格的国画作品。张大千和那些拥有大成就的艺术家一样，一生作画勤奋，其创作的精品佳作，难以计数。他的绘画风格，大致可以归纳为：30 岁以前清新俊逸，50 岁则趋于瑰丽雄奇，60 岁以后达到苍深渊穆之境，80 岁后气质淳化，简淡悠远。他的作品中西合璧，融古汇今。著名画家徐悲鸿赞誉他是“五百年来第一人”。

中国书画，是一门古老的艺术，对于初学中国书画的人而言，临摹前人的作品，很是关键，故中国艺术特别看重古法与传承。张大千年轻时学艺，众采百家之长，尤其强调临摹的重要性。他曾对友人论及临摹之意义：“学习绘画，临摹是必经的一个阶段。但临画如读书，如习碑帖，几曾有不读书而能文的，不习碑帖而善书者？所以临摹必须撷各家之长，参入自己的心得，最后要化古人为我有，才创造自我独立之风格!”

当然，如果一个画家总是临摹，或者创作中临摹的痕迹过于明显，这显然谈不上有多么高明。真正有所成就的画家，最后必须从临摹的藩篱中走出来，走向“无我”的境界，最后抵达艺术的彼岸。中国现代的一批国画家，都是传统艺术观念的“离经叛道者”，除了张大千外，齐白石、徐悲鸿、李苦禅、傅抱石、石鲁、李可染等无不如此。如果说张大千在艺术创作中最引人注目的，无异于他对中国山水画色彩观念的“破局”。

众所周知，山水画是中国画中的重要门类，历来受到画家们的重视。然而，中国山水画的色彩主要表现为黑、白、灰，不像西方风景画那般色彩鲜艳。在传统审美观的影响下，近现代的中国山水画家们，似乎谁也不想、不敢，也没有打算给山水画的色彩带来变化。二十世纪三四十年代，中西方艺术交流已经颇为频繁。张大千在充分吸纳西洋绘画的基础上，大胆地对中国山水画进行改良，将大红大绿大蓝等颜色，植入山水画之中。如此一来，使得中国山水画的色彩观感发生颠覆性的变化。绘画本来法无定法，但是张大千在青绿山水画方面的革新，引发画坛大批保守派的抨击。然而他毕竟是艺术的勇士，并没有退缩，继续在青绿山水画方面坚守前行。如今，他创作的那些青绿山水画作品，如《蜀山行旅图》《巫峡清秋图》《青山绿水图》《庐山图》等，已经成为中国现代艺术的经典之作。

通读有关张大千的三本人物传记，总体是可以这么讲，张大千是一个具有多重人格和复杂性格的人，他既离经叛道又严谨执着，迷恋享乐又克己复礼，惊世骇俗又墨守成规，这种高度对立的矛盾性，奇迹般地统一在张大千身上，造就了他在艺术创作中的巨大落差和复杂多变的生命轨迹。无论如何，张大千其人其画，带来这样的启示：任何从事艺术创作的人，在弘扬中华优秀传统文化的同时，不能啃“老本”，也不能故步自封，要放开眼界，以博大的胸怀，汲取世界上一切优秀的文化艺术养分，不断消化、融合，久而久之，必然能构建一个属于自己的理想艺术世界。

当代艺术的十年之旅

在知识的各个领域，都有专门的学说历史。如艺术创作领域，按照年代和地域的不同，可分为中国古代艺术史、中国近现代艺术史、世界古代艺术史、世界现代艺术史等。笔者发现，眼下关于中国艺术历史的著作，都有些大同小异，一般都是围绕时代背景、艺术家、艺术作品、艺术流派、艺术价值追求等几个方面进行泛泛的描述和论述。这类著作的整体面貌像教材，内容大而全，分析小心谨慎，很少能体现出学者独立的价值判断。总而言之，这类艺术“史书”面容刻板僵化，语言枯燥无味，思想性、可读性都打了折扣。

而读了《中国当代艺术史：2000—2010》（上海人民出版社2014年版）之后，彻底颠覆了我之前对艺术史书的印象。先从书名上看，作者吕澎有着非凡学术勇气，因为他把艺术史聚焦在2000—2010年的短短十年。很多精明的学者，一般不碰当代史，其原因不言而喻，容易引发争议，弄得不好会背上骂名，往往吃力不讨好。写史的人都很清楚，当代史是最难写的，因为当代史中涉及的很多艺术家，现在依然活跃在艺术的舞台中央。如何评价艺术家及其作品，绝对不轻松。

另外一点，十年的时间对于历史的长度而言，正可谓弹指一挥间。客观上看，十年无论如何都不能构成具有封闭完整意义的时空区间，这十年是承前启后的十年，对一些艺术事件、艺术家的讨论，其实一直都未定论，也许在今后相当长一段时间内都无答案。本书作者无意进行艺术史全方位、多视角的“清算”，而是本着忠于事实的态度，以个人对十年中的艺术观察和体验，独立著史。

本书可贵之处是，吕澎并没有单一地从艺术的角度，而是从社会发展的多维视角研究，给人耳目一新的效果，这也许和吕澎的求学背景有关。因为他早年在大学政治教育系深造，大学毕业后在艺术类杂志当编辑，然后进入艺术圈，进而读美术学博士，接受美术理论的正规训练。他在学业中的跨界，对于他从事艺术批评研究，提供了开阔的视野。吕澎目前是中国美术学院副教授、成都当代美术馆馆长，曾出版过《20世纪中国艺术史》《中国当代艺术的历史进程与市场化趋势》《中国当代艺术史：1990—1999》等著作。本书应该算是《中国当代艺术史：1990—1999》的延续。

2000—2010年，是中国经济、社会、文化全面发展转型的十年。就艺术创作领域来看，很多艺术家走出体制，干起“个体户”，他们根据自己对社会的认知和对艺术本质的理解，各自进行创作。本书中所谈到的当代艺术，笔者认为要从两个方面来看。首先是在时间维度上，探讨的是当下的艺术现状。其次是指艺术的当代性。当代性和古典型、现代性是对应的一种提法，古典艺术强调的是对传统艺术价值的遵循，而现代性是对古典艺术价值的颠覆，试图构建一个迥异的艺术世界。当代性尽管没有一个明确的指向，在笔者看来其实就是现代性的延续。全书分为上、下两部分：上半部分主要讨论的是艺术家和他们作品的生存空间问题，下半部分则转向了艺术创作本身，对具有代表性的当代艺术家进行个案解析。

艺术包括很多门类，如音乐、绘画、建筑、戏剧等，而本书中主要研究对象是美术。在传统的分类中，美术分为油画、中国画、雕塑、工艺美术等。在印象画派之前，西方美术作品以古典的逼真写实为主。随后，则以观念和表意作为审美原则，写实退居其次。第二次世界大战之后，受到现代哲学思想和社会思潮的影响，西方美术在整体上进入一个抽象观念表达的新时代，传统绘画的技法与价值遭到彻底解构。在全新的审美观之下，西方美术家的创作呈现出纷繁芜杂的局面，行为艺术与装置艺术成为新的美术表达形式。就是在现代西方美术思潮的影响下，中国美术家的创作在二十世纪八十年代开始大胆的个性化表达。

这十年里，很多当代艺术家在国内外声名远扬，当代艺术家的创作强调的是观念与情绪，突出的是个性与反思。书中谈到的方力钧、张晓刚、刘小东等画家，在油画创作中各有千秋，他们作品中的人物形象，都夸张变形，神情要么冷酷、要么迷惘、要么神秘，他们的创作方式尽管是现代性的，但是都关注现实社会中的人以及人的精神面貌，笔者的感觉是：艺术形式上的千变万变，其创作思想是扎根于生活的，用线条、色彩、造型传达画家对人的社会性的解读。不得不提的是，当代艺术家群落已经成为一股极强的创新力量，受到全社会的重视。很多地方则专门腾出废弃的厂房进行全方位的改造，以此作为艺术创作基地，如在北京、上海、成都、重庆、昆明、武汉等地都有类似的“创意工厂”。进而，将这些地方逐渐打造成艺术名片，成为旅游资源和文化经济的“孵化器”。

吕澎凭着一己之力撰写《中国当代艺术史：2000—2010》，这需要非凡的学术勇气，今后还要经受同行林林总总的评价。当然，任何一部标榜“史书”的著作，其实都不能面面俱到，否则就成为流水账。同时也不可能做到百分之百的客观，因为史书毕竟是人写的。可能是他与四川艺术家群落有着各种交集，他在书中对四川的当代艺术述评占据相当的篇幅。其实，天府之国自古就盛产艺术狂人，当代艺术史中最为著名的油画作品《父亲》，就出自四川画家罗中立之笔。当代艺术就是一列呼啸的火车，艺术家们用各自的观念和不同的方式，用作品审视社会、生活和人生的复杂关系。而这列当代艺术列车的终点站在哪里，也许只有艺术家心里最清楚。

艺术与自然如影相随

在传统知识结构体系中，数学、物理、化学等自然科学是“求真”的学问，文学、历史、哲学、社会学等人文社会科学则主要是“求善”，绘画、雕塑、音乐等艺术更倾向于“求美”。现在人们已经认识到，不同知识、不同学科和不同领域之间，相互之间的渗透与交融，已经成为一种必然趋势。在世界经济发展深度融合、不同文化之间交流日益频繁、自然环境保护形成共识的今天，承载着历史文明和人类情感的艺术，已经成为各种场域对话的“通行证”。《艺术的故事》（范景中译、杨成凯校，广西美术出版社 2008 年版）以宽广的认知视野和宏大的学术格局，梳理了世界艺术的起源、发展以及未来之路，构建了一幅恢宏的艺术发展全景图。

《艺术的故事》一书作者 E. H. 贡布里希（E. H. Gombrich，1909—2001）是享誉全球的艺术史家，生前曾任英国牛津大和伦敦大学教授。除了本书之外，他还著有《理想与偶像》《象征的图像》《木马沉思录》等作品。《艺术的故事》

英文版 1950 年初版于英国，半个多世纪以来不断修订，共再版 16 次。中译本自二十世纪八十年代由中国美术学院范景中教授翻译、中国社会科学院语言研究所杨成凯研究员校对后出版。正是由于学者的“强强组合”，使得本书中文版自问世以来一版再版，成为广大读者案头的必备书。

坦率地讲，近年来问世的艺术通史类书籍不在少数。欧美学者当中，如美国艺术史学者克雷纳的《加德纳艺术通史》(湖南美术出版社 2013 年版)、美国艺术史家詹森的《詹森艺术史》(世界图书出版公司 2013 年版)、英国牛津大学教授法辛的《艺术通史》(中信出版社 2015 年版）等，华人学者当中，如北京大学教授朱龙华的《艺术通史》(上下册，上海社会科学院出版社 2014 年版)、台湾学者蒋勋的《写给大家的西方美术史》(湖南美术出版社 2015 年版）等。这些著作从不同维度、纷纷探求艺术的历史和魅力。笔者认为，这些艺术通史性质的著作，要么过于专业化，要么过于晦涩难懂。

相比之下，《艺术的故事》长期以来更受青睐，原因何在？用贡布里希自己的话讲，那就是此书对于青少年也好，对于成年人也罢，都能读得懂，同时，书中将深奥的艺术理论，用精妙的语言将艺术史浓缩为一个个耐人寻味的故事，同时也不乏理论层面的剖析。本书中文版后记中写道，贡布里希不仅是优秀的艺术史家，同时也是语言大师。他擅长使用语言，将艺术的故事娓娓道来。

《艺术的故事》共分 28 章，首先论述了古代埃及、美索不达米亚、克里特等艺术遗产对后世的影响，接着介绍古希腊、古罗马、拜占庭的艺术成就，然后对中世纪的艺术进行“问诊”，再次是对文艺复兴时期至十八世纪工业革命期间的艺术作品、人物、流派进行梳理，最后对纷繁芜杂的当代艺术流派进行反思。贡布里希虽然为英国人，可是对待西方艺术、东方艺术、非洲艺术、南美艺术没有抱以偏见的眼光，这是难能可贵的。贡布里希在书中写道：“在大量煊赫的作品中，为丰富的人名、不同时期和风格找到浅显易懂的秩序来。”

如果从《艺术的故事》之书名进行直观理解，所谓艺术的故事，应该涵盖艺术的不同类别，然而本书并未面面俱到，而是聚焦于绘画、雕塑、建筑这三个方面。应该来说，绘画、雕塑、建筑，作为古老的视觉艺术，从直观上能带来更多的心灵撞击。另外，这三种不同的美术类型，都尤为古老，且有大量的遗迹和作品传世。表面上看，书名若冠以《美术的故事》，可能更为贴近书中内容，但这又会遇到这样的难题：美术时常和文学、音乐、戏剧发生联系，时常你中有我、我中有你地交织一起，若单纯谈论美术，不兼顾其他，则会削弱艺术史的内部张力。

艺术从诞生以来，就和人类的生存、生产、生活发生着千丝万缕的联系。不同的历史传统、宗教信仰、文化习俗乃至差异性的地理环境，会形成不同的艺术价值追求。而不同的文明形态，则会影响艺术的发展路向。《艺术的故事》并没有就艺术论艺术，就作品论作品，而是在人类文明走向何处这一终极哲学问题下开展叙述。在《导论：论艺术和艺术家》中，他写道："我们都喜爱大自然，都把对自然美保留在作品中的艺术家感激不尽。我们有这种趣味，艺术家也不负所望。"简要回顾世界艺术发展历程便可发现，无论是哪个区域的艺术家，很多艺术作品中，均能看到对自然的敬畏和迷恋。西班牙和法国的深山洞穴中，就能看到一万年前栩栩如生的牛、马之绘画。当时的人类为何热衷描绘动物？无人能给出标准答案。但可以肯定的是，史前文明时期，原始的人类部落和自然万物相互依存，尽管当时的"艺术家"是无意识的。

古埃及文明是最古老的文明之一，当时的古埃及人对大自然心怀种种向往。本书中列举一幅名为《内巴蒙花园》的绘画，则是典型的见证。该画以类似装饰画的风格，进行平面构图。画中，有人在成排的果树下采摘果子。画面的中心，一个长方形的水塘里，鸭子、鱼儿、水鸟、水草格外生动。整个画面，一派安逸的田园盛景。再如《克努姆赫特普墓室壁画》，画面场景宏大，有人在渔船上叉鱼，有人在捕鸟。各种鸟儿或站或飞，而水中大大小小的鱼儿在自由游弋。五千年前的绘画，表现主题直指丰富的自然。客观上讲，任何一种文明的繁荣和存在，水土肥美、环境宜人是前提条件，如果生态环境持续破坏，必将给文明带来厄运。古埃及文明和古巴比伦文明后来的衰落，也许是有力的明证。

世界艺术之旅中，古希腊和古罗马时期的艺术，其辉煌成就照亮了人类文明的星空。而最为抢眼的，无疑归雕塑和建筑莫属。雅典卫城神庙、阿波罗雕像、米洛的维纳斯雕像、亚历山大大帝雕像、拉奥孔父子雕像、罗马圆形大剧场、泰比里厄斯凯旋门、罗马图拉真纪功柱等，已经成为艺术家族的瑰宝。古希腊雕塑和古罗马建筑，奠定了西方艺术的标准和审美范式。地中海区域雕塑和建筑艺术之所以能够光彩照人，其实和当地盛产白色的、坚硬的各种岩石有关。假如这里遍地都是松脆的黄土，那么再精明的艺术家，也无从雕琢。独有的地理环境和自然资源，在一定程度上，对艺术家的创作会带来直接的影响。

古往今来的艺术家们，在艺术作品中孜孜不倦地描绘自然、发现自然。文艺复兴时期之后，西方油画家对大自然的描绘蔚然成风。书中提到安托万・华托的《游园图》，看后令人回味无穷：一片绿色是森林中，法国贵族们有的席地而坐，有的在品闻花草的芬芳，有的在侃侃而谈。绿色植物和人的关系，在画面中显得从容美好。而康斯特布尔的画作《干草车》，那风和日丽中的欧洲乡村风景使人惬意，心生向往。但也有不少艺术家，将个人各种强烈的情感借风景画倾诉，如特纳的《暴风雪中的汽船》，画面色彩阴沉，构图倾斜，给人动荡和不安之感。印象派大师莫奈的《日出》系列组画，画面虽然有红黄色的亮光，但是迷雾重重，令人琢磨不透。他为什么会用这种朦胧的色彩，有人给出这样的解释：工业革命时期欧洲城市污染严重，他只是如实地描绘了眼前的风景而已。梵·高也是风景画大师，他笔下的星空、麦田、树林、村庄等，色彩和造型夸张，笔触也如同他的生命那般短暂，他借助于身处的自然，表达个人内心的痛苦、孤独和挣扎。

《艺术的故事》一书中，在不算多的篇幅里专门提到了中国古代绘画。贡布里希对中国艺术家和大自然的关系这样写道："中国艺术家不到户外面对母题坐下来写生，他们用一种参悟和凝神的奇怪方式来学习艺术，这样，他们就不从研究大自然入手，而是从研究名家的作品入手，首先学会怎样画松、怎样画石……只是在全面掌握这种技巧以后，他们才去游历和凝视自然之美，以便体会山水的意境。"中国古代艺术家，传承古法、饱读诗书，把天地山水放在心灵深处，他们描绘的山水图景，看重笔墨情趣，善于借景抒情，对造型的真实性并不看重，更倾向"意象"的表达。正因为中国古人对山川大地的敬畏，绘画类型中才专门有山水画类别。古往今来，涌现出的山水画名家名作不胜枚举。中国艺术家不仅对气势撼人的山水描绘情有独钟，对于日常生活中的各种动植物描绘，也乐此不疲。完全可以这么讲，中国古代艺术的审美追求和中国生态中思想所倡导的天人合一、道法自然具有异曲同工之妙。

阅读《艺术的故事》，带来的思想启示是多方面的。当前中外很多艺术家，受到后现代主义等理念影响，创作的主题从外部自然转向内心的自我表达，各种先锋艺术、实验艺术粉墨登场。笔者认为，无论是现在，还是未来，艺术创作的源泉依然离不开脚下的这片大地和艺术家个体的生命体验，艺术作品如果和缤纷的大自然分道扬镳，那么人类的艺术故事，其结局谁也无法预料。

艺术史上的离经叛道者

对于世界现代艺术而言，毕加索（1881—1973）是一个绕不开的名字，他和爱因斯坦共同成为现代艺术与科学的两座高峰。艺术创作中的任何“金科玉律”，在他的作品中显得丑陋和多余。对于中国普通民众而言，他的作品如同儿童涂鸦，令人百思不得其解。《你必须回到斗牛场去：毕加索传》（[英] 罗兰·潘罗斯著，周国珍译，金城出版社 2012 年版）一书，遵循客观事实，忠实记录了毕加索波澜壮阔的艺术人生。本书作者罗兰·潘罗斯，是英国名声显赫的艺术家和历史学家，他曾经和毕加索是志同道合的老友，对于毕加索的艺术创作和主张有更多独到的认识和理解。

毕加索出生在西班牙马拉加，这里气候温润，阳光充足，色彩斑斓，人们热情狂放，这样的地方，特别容易产生艺术家，事实上也确实如此。他 14 岁进入美术学校接受了油画正规训练。从毕加索青少年时期创作的《科学与博爱》等作品不难看出，他写实功底扎实，造型能力突出。如果按照学院派的绘画技法一直创作下去，他无可争辩地会成为像伦勃朗、安格尔这样优秀的写实油画家。大约在 20 岁左右时，毕加索已经厌倦古典油画，他要走出传统，在艺术创作中解放自我和创造自我。巴黎，这座欧洲的艺术之城在向年轻的毕加索招手。

纵观毕加索的一生，他人生的大半部分光阴是在法国度过的。在巴黎，他从默默无闻的穷酸画家，快速成长为现代立体画派的创始人。他一生创作并保存至今的作品共计 3.7 万件，涵盖油画、素描、版画以及各类工艺美术作品。如果加上他亲手毁掉的画作，那就不计其数。虽然毕加索风流成性，一生为爱痴狂，但是在艺术创作中他显得又是如此严肃：只要不满意的作品，毫不犹豫地撕掉或者扔到壁炉里焚烧。要是他把所有作品都保存下来，毕加索的艺术价值更是无法估量。

一般而言，画家的技法成熟稳定后，再想超越自己绝非易事，当然，一些所谓的著名画家，功成名就之后，也懒得在风格方面求新求变，因为这意味着冒险。其实，这样的画家不论是在毕加索时代，还是今天，抱着这种心态的画家比比皆是。然而，毕加索的可敬之处，就在于不断否定自己、创造自己，形成全新的艺术风尚。如此反复，他一辈子都求新求变，让同时代很多艺术家都难以理解，甚至为此招来非议。

毕加索的一生，很难用哪一件具体的艺术作品，作为他艺术成就的象征。在人生的不同阶段，他的艺术追求和作品风格面貌迥异。罗兰·潘罗斯综合毕加索的作品风格和人生遭遇，把他的创作归类于：蓝色时期、粉红色时期、立体主义时期、超现实主义、蜕变时期和田园时期。在不同的时期，他对世界的认识不一样，对艺术的理解不一样，故作品呈现出来的风格也完全不一样。《拿烟斗的男孩》《亚维农少女》《红色扶手椅中的女人》《格尔尼卡》《和平鸽》等作品中，很清楚地可以看出毕加索不同时期的艺术标记。

一个伟大的艺术家，总是处于一个具体的时代，但总是又会超越时代。由于科学技术和工业革命带来的影响，20 世纪的欧洲艺术表现出多元发展的局面，古典写实主义的艺术风格日渐式微，绘画中的透视、结构、解剖等原理被逐步边缘化，夸张的色彩和变形的形象，在先锋画家中受到宠爱。总而言之，绘画中以表现真实性的主流审美标准，已经被表现主义的审美标准所代替，艺术家走出客观真实的世界，寻找本我、自我和真我，“写意”成为艺术家们一致的艺术诉求。从这个层面上看，中国古代画家很早就摆脱物象的束缚，一直在追求意象的境界。

毕加索的艺术创作，在意象追求方面显得更为大胆。作为立体主义画派的创始人，他超人的艺术勇气令人折服。他在前辈画家塞尚那里获得启发：努力消减其作品的描述性成分，发展一种“同时性视象”的绘画语言，将物体多个角度的不同视象，结合在画中同一形象之上。例如在立体主义的开山之作《亚维农的少女》中，正面的脸上却画着侧面的鼻子，而侧面的脸上倒画着正面的眼睛。毕加索继承塞尚对绘画结构进行理性分析的传统，试图通过对空间与物象的分解与重构，组建一种绘画性的空间及形体结构。在后来的立体主义绘画中，毕加索作品中的形体更加支离破碎，更富于装饰性。他甚至将实物拼贴在画面中，进一步加强画面的肌理效果。他引领的立体主义，虽然是绘画上的风格，但至今在雕塑、建筑、工业设计等领域产生深远的影响。

通过阅读本书不难看出：对于欧洲传统艺术而言，毕加索是最大的“离经叛道”者，他从来都不墨守成规，中年时他的艺术名声传遍世界，但是他没有为此止步，他甚至怀疑自己那些杰作存在的合理性及其艺术价值。他不断否定自己，然后不断创造新的自己。也许，这位来自斗牛士家乡的艺术家，一生都在和艺术这头巨兽进行较量。

疯狂的艺术怪才

在多数人眼里，荷兰著名画家梵·高过于狂热、自恋，是一个把自己耳朵都敢割下来的怪物，这样看待梵·高没有错，可他也绝不仅仅如此。读《梵·高艺术书简》（张恒、翟维纳译，金城出版社 2011 年版），让我对梵·高另眼相看：他是一个疯子，是一个对自然、生活、艺术极端认真、执着的疯子，同时也是一个有思想的伟大疯子！这样的疯子，如果我们人类更多一些，那将是人类文化艺术的荣幸。只可惜，这样的疯子太少了。

《梵·高艺术书简》这本书，汇集了梵·高写给弟弟提奥和朋友们的 411 封书信，以及大量素描、速写和油画作品。此书图文并茂，在欣赏梵·高的画作时，我似乎可以触摸到他作画时那颤抖不已的手，似乎可以闻到油彩那刺鼻的味道。如果说绘画作品表达了梵·高对自然与本我的认识，那么他的一封封书信，则直接倾述了欢喜与忧愁。梵·高是一个驾驭文字的好手，也是一个不断思索的哲人。

在世界画坛上，梵・高是最幸运的画家，一幅名为《向日葵》的油画，目前是世界上昂贵的艺术品之一。他也是最倒霉的画家，活着的时候除了弟弟提奥，没有人理解他和赏识他，仅仅卖出一幅画。价格当然不是衡量一个艺术家成就的标准，可价格也是对梵・高这位天才艺术家最好的认可。

梵・高1853年出生在荷兰尊德特一个牧师家庭。父母希望他长大后也成为一名受人尊重的牧师。他青少年时代辗转荷兰、英国、法国的画廊当学徒，他凭着自己对油画欣赏的一些皮毛常识，有时直截了当向顾客表达艺术观点，要是有顾客看中了一幅油画，艺术水准低下，他就好心相劝不要买，不要糟蹋钱。这么有个性的学徒，当然不是老板所赏识的好员工。梵・高在年轻时确实也传过教，但他真正接触到油画后，便奋不顾身投入艺术的怀抱，从此再也没有回头。

西方传统绘画中，对透视、解剖、色彩、结构的系统学习必不可少，尤其是学院派的素描训练，在梵・高所处的那个年代是学艺者遵循的金科玉律，他接触了那种僵硬、死板、追求“逼真”效果的学院派绘画后，忍无可忍，逃离美术学院，一头扎进自己的艺术海洋里。自由表达和自由创作，对于任何一个艺术家而言，是最为渴望的，可不是所有艺术家都具备不顾一切的勇气和决心。在《梵・高艺术书简》中，与其说每一封信是梵・高写给别人看的，还不如说是写给自己读的，每一封信当中，都记录了梵・高对艺术点点滴滴的认识和看法。他尽管没有给后人留下完整的艺术理论文章，可这些书信中，他都在传递独特的现代艺术主张。

当前学界，研究杰出人物的书信成为一门“显学”，这是因为，书信往往是一个人心底情感的真实流露，梵·高也不例外。梵·高的弟弟提奥，是一名富有的画商，也是梵·高艺术之旅上最得力的支持者。在梵·高眼里，弟弟是最了解自己的，在生活中，只要有什么新的感悟，他就迫不及待地拿出蘸水笔给弟弟写信，比如作画中的快乐、对青春的想法、对大自然的热爱、对伦敦的印象、对临摹名家油画的看法，梵·高都会写出来寄给弟弟，让弟弟分享自己的一切。

梵·高真正决心把自己交给艺术，是在 1880 年，即他 27 岁的这一年。如果说这之前他的绘画创作中或多或少还有古典油画的痕迹，那么从这时开始，就彻底摧毁了古典油画中的表现规律，完全进行个人化的艺术探索。从 1880 年到 1890 年 7 月 29 日直至生命的终结，梵·高用极为艳丽夸张的色彩、扭曲变形的形象、铿锵有力的笔触，纵情表现他所渴望的极乐世界。今天我们看到的诸多名作如《自画像》《阿尔的吊桥》《播种者》《向日葵》《播种者》《麦田》《星月夜》《夜间咖啡馆》等杰作，都似乎可以看到梵·高站在金黄色的麦田里、深蓝色的夜空中嘶声呐喊的身影。

梵·高在生命中的最后两年，他的油画艺术达到了个人的顶峰，也是世界艺术的顶峰。他看似狂妄不羁的形象背后，其实都是严肃认真的生命认知探索：人类生存的意义、人类的价值取向。他始终坚信，绘画不是生活对象的简单描摹，而是将自己的情感、观念倾注于作品中，每个人看待世界的角度不一样，那么每个人的星空也是千差万别。在梵·高的艺术星空里，空中都是高速流动、曲卷的线条，那种奔放和热烈，饱含着对自然万物浓烈的爱，是人与世界无言的对话。他生命最后十年是那么的孤苦伶仃，穷得连画布颜料都买不起，他狂热追求的女子没有给他爱的温暖，但这并未阻止他对艺术不灭的追求，他带着对世界太多的迷惑和失望，最后自杀而亡。

梵·高临死前给弟弟写信说，他要努力画出真实，而真实到底是什么，他至死没有弄清。他还说："我总是尽我所能投入工作，我最大的希望就是创造美好的事物，创造美好的代价，是努力、失望以及毅力。"无论是色彩艳丽的巴黎、阿尔的阳光，还是圣米尔的丝柏、奥威尔的麦田，都曾抚慰过他那颗热爱艺术的心。只有在大自然中，只有在绘画的世界里，他才真正获得了自己。

阅读《梵·高艺术书简》，让我激动不已，从他的自画像深邃眼神里，得出这样的启示：从事艺术创作，对经典作品要敢于怀疑、敢于批判，要用自己的眼光、独立的思考闯出一条独特的艺术之路。梵·高虽然在痛苦中草率地结束了短暂的一生，但我们却要认真、顽强地活着，唯有如此，我们所从事的一切，才会更有意义。

在自然与生活中捕捉艺术的灵光

绘画作品随处可见，然而坦率地讲，并不是所有人都能真正欣赏绘画作品之优劣，因为优秀的绘画，是画家经过漫长的基础技法训练之后的灵光闪现。也许有人认为，绘画作品只有表现名山大川或者英雄豪杰，才能震撼人心，这种观点并没有错，然而绘画所表现的对象又是绚烂多彩的，不仅看得见的物象可进入画幅，甚至梦境、意念也能入画。作为画家而言，生活中的所见、所闻、所感，都可以用笔墨、线条、色彩进行具象或者抽象的表现。中外历史上的很多优秀画家，对于自然界和生活中并不起眼的角落，也能在作品中进行不同维度的呈现。《绘画中的日常》（百花洲文艺出版社 2017 年版）从比较的视角出发，对中外画家表现的山水自然、衣食住行等内容，娓娓道来。

本书作者李梦，曾在香港大学大众传播专业和加拿大多伦多大学艺术史专业学习，并获得双硕士。完成学业后，先后在《大公报》和香港出版界任职。《绘画中的日常》一书的主要篇章，是她在加拿大求学期间陆陆续续撰写而成。书中，主要围绕中外绘画名作中的自然气候、花草树木、生活器物、读书游乐、亲人朋友等系列内容进行了传神的“画像”和分析。阅读本书时，笔者联想到画家齐白石的名言：“对于没有见过的东西一概不画。”故他的画作中，螃蟹、青蛙、蟋蟀、河虾、蝉、老鼠等，都得到精彩的呈现。

大自然的气候变化，总是引发画家们的关注和遐思。比如皑皑白雪，不仅给诗人、文学家带来创作灵感，对于画家也是如此。中外绘画史上，表现雪景的画作无数。本书开篇“谁在描述雪”一文中，对于画家和白雪的关系，进行了深入的叙述。西方印象派画家中，西斯莱（1839—1899）是不能遗忘的画家。年轻时，他的家庭富裕，且居住在巴黎，但是后来家道败落，为了节省生活成本，他和家人到巴黎郊区一个名为鲁弗申的地方居住。也许是他看透了世间炎凉，就以“白雪”作为绘画表现对象，借以表达落寞的情绪。在小镇定居期间，他创作了多幅有关雪天的油画，其中《鲁弗申的雪》最为著名。此画创作于1874年，当时他在此已经居住4年，对此地人情和景物都已熟稔。画作中，小径、松树、盖着厚厚一层雪的钟楼，都表现得真实细腻。画中，风景由近及远，渺渺不知所终，而路头一位身穿黑衣的女子，背影在风雪中摇曳着，给阴冷的画面色调增添了几分生机。

对于白雪的描绘，相比西方画家而言，中国画家在思想寓意传达方面，也许更加深远。书中，专门提到了北宋画家范宽

（约 950—约 1032）的代表作《雪景寒林图》。对于雪景的描绘，中西方画家都强调作品中的宁静之美和画幅空间的纵深之感，但是范宽笔下的雪景，更加苍茫，气质更加磅礴深沉。画作中，兼用“高远”“深远”的构图法，画中巨壁高崖，“折落有势”（米芾语），远景为山，近景有树、水，而皑皑白雪，则在树下、山顶和山脚，屋顶时隐时现。观赏此画，不难发现寒林与雪景之间，人、山寺与居屋是渺小的，而远方的群山气势撼人，充分表现了中国山水自然的宏大壮阔之美。其实不仅仅是范宽笔下的雪景山水，无数中国山水画家在描绘雪景时，都将个人的抱负志向、审美趣旨融合其中，彰显中国绘画天人合一的价值意蕴。

下雨的天气，在诗词中要么感怀伤时，要么寄情相思，能引发人向内自省或向后追忆。有关雨水在画作中的呈现，中外画家都进行过探索。和雪天比较起来，纷纷扬扬的白雪看得见，描绘起来并不算难。然而雨水无形无色，需要借助于他物呈现其气质和样态，不管是润如酥的小雨，或者是狂风暴雨，对于绘画技术表现力来讲，都是相当的考验。中国近现代著名画家中，傅抱石（1904—1965）是描绘雨景的高手。抗战期间，他居住内地四川时创作的《巴山夜雨》，可谓这个方面的力作。画中，采用了对角线构图法，用湿笔扫墨，其画的下部为浓墨涂擦的山，左上方是用淡墨“写”成的天空。本书中对此画评价道：“风中雨中纷乱摇摆的枝叶以及若隐若现的山居人家，令原本难写其形的风雨，有了可感可触的模样。”

大体上讲，不仅中国画家描绘雨水需要“借势”，西方画家也需如此，也只能如此。书中，以英国画家透纳（1775—1851）的名画《雨，蒸汽与速度》为例，进行了横向解读。透纳是十九世纪英国最具知名度的风景画家，他乐意在画作中呈现风暴和大雨的场景。而且，他的那些急速的、大笔触的油画技法，与傅抱石的作品有几分神似。这幅画作中，他描摹了一列火车在桥上急速驶过的场景：火车冲破风雨迎面而来，一副桀骜不驯的架势，似乎要冲出画框。灰黄的色调中，桥和火车的形状难以辨识，只见一束黑影遥遥地从画幅深处冲到近景中来。观看此作，都会被狂风暴雨的场景给震慑。

在画家的艺术视域中，对于和人类休戚相关的花草植物之描绘，一直受到格外的“关照”。法国画家莫奈（1840—1926）的系列名画《睡莲》，把花草的描绘推向了一个高峰。一般来说，画家在创作中，表现的对象都是熟悉的生活，或者在此基础上进行更复杂的意象表达。作为印象派的绘画大师，晚年的莫奈定居在小镇吉维尼，屋后花园中，他种下了很多睡莲，并以此作为描绘对象，画出了两百多幅作品。在莫奈之前的西方美术界，花花草草从来都不是画作中的主角，但是在他的画笔下，花草替代了人物成为表现重点。莫奈持续不断地观察不同气候环境下的睡莲，运用不同角度、不同光线、不同色调和不同景致，对睡莲进行淋漓尽致的描绘。绘画过程中，莫奈基本上放弃了“形似”，以奔放的笔触和大胆的用色，将蓬勃生长状态中的睡莲描绘于画布之上。这也充分表明，莫奈不仅是西方古典油画色彩技法的终结者，也是一位热爱自然、对花草具有柔软之心和怜悯之情的普通人。

花草植物的表现方面，梵·高（1853—1890）也毫不逊色。在生命最后几年中，这位天才的艺术家，不厌其烦地描绘金灿灿的向日葵。他的每一幅向日葵作品，构图极为相似，唯有背景颜色时有不同。梵·高在世时是孤苦的，没有人懂他，也没有人关心他的创作。赏析他的杰作《花瓶里的十二朵向日葵》便可得知：梵·高表面上沉默寡言，内心里却如同金黄色的向日葵，狂野的艺术之火在熊熊燃烧着，乃至生命的终结。

阅读《绘画中的日常》，至少带来两个方面的思想启迪：其一是任何伟大的画家和伟大的作品，其创作灵感来源于生活体验，面对自然万物，面对日常生活，如果善于捕捉到艺术的灵光，用独特的风格进行宏观或者微观的表现，那么这样的画作必然有其审美价值，具备传世的可能性；其二是画家自提笔始，自身的思想意识、价值取向以及独特的情感情绪，也不加掩饰地呈现于笔墨和色彩之中。人们都说“文以载道”，作为杰出的画作，何尝又不是“画以载道”呢？

中国书法中的“文化密码”

世界著名艺术大师毕加索，晚年时对中国书法倍加推崇。在他眼里，中国书法是境界最高的抽象艺术，同时也是整个东方文明的象征。他曾因不识汉字和不会写毛笔字而心怀遗憾。汉字书法作为一种传统艺术，从五千年前的甲骨文发端，历经多种书法字体流变，在历史的长河中历久而弥新。俗话说，字如其人，练字即“练心”，书法呈现人的综合文化修养、艺术追求和精神风骨。读《隶楷之变》（荣宝斋出版社 2015 年版），在能领略汉字书法之美的同时，更能感受到中国传统文化的博大与精妙。

《隶楷之变》的作者段奇洲先生，如同辛勤的农夫，几十年来在书法的园田辛勤耕耘，他不光是字写得出彩，对于隶书、楷书理论也有着独到的研究。如果说汉字是中华文明的结晶，那么汉字书法，则是中国传统艺术中的瑰宝。世界上很多古老的文明，在历史的长河中淹没了，究其原因，就是文字消亡，这样的例子不胜枚举。中华民族的历史文明几千年来源远流长，汉字书法有着不可替代的功劳。

文字本是表情达意的一种特殊符号，而中国古人，对这种符号进行个性化的书写，直至成为作为独有的艺术形式，这在世界上是少见的。书中，主要对书法中的隶书向楷书演变和发展这段历史的书法，进行了系统的理论探索。首先是对古代“楷”书称谓概念上的不一致进行了介绍和梳理，段奇洲强调：应将这一历史时期出现的大量亦隶亦楷的书法作品称其“隶楷”书法，这对于书法字体的种类划分而言，提出了新见。

为了构建“隶楷”书法体系框架，段奇洲在用大量的古代书法作品作为理论依据，进行了分析。此外，他还以山东北朝摩崖刻经为剖析重点，结合自身的书法研习，进行了从理论到实践的论证。他在介绍“隶楷”书法主要作品的同时，还对隶书、楷书的结体和笔画作了常识性的讲解，并且简洁地叙述了许多有关书法史的问题，进而对中国书法艺术与汉字在演变过程中的关系进行了探究。段奇洲在构建自己的“隶楷”书法理论体系时，其逻辑是严密的，没有哗众取宠之意。

在书法所有字体中，隶书最能彰显书法家的风骨。中国书法史上，东汉时期是隶书最繁荣、最成熟的时期。现存的《石门颂》《乙瑛碑》《礼器碑》《华山碑》《曹全碑》《张迁碑》等，都是隶书的经典之作，这些作品其各自的结构造型取势或优美，或朴拙而各具特色，其用笔的方圆刚柔也各有特点。段奇洲在总结隶书书写技巧时，还自编口诀。如：藏锋落笔，节奏自然。方劲头古拙，如龟似鳖。蚕头燕尾，一波三折……

而楷书，尤其是唐朝的楷书，结体和笔画方面已经成熟，其书体极具法度，已经完全没有隶书的笔画特征。流传于世的《孔子庙堂碑》（虞世南）、《九成宫醴泉铭》（欧阳询）、《雁塔圣教序》（褚遂良）、《多宝塔感应碑》（颜真卿）、《玄秘塔碑》（柳公权）等，都是楷书书法的范本。总体上看，楷书笔画平正，字体结构有规律可循，运笔则以中锋为主，兼用侧锋等。

对于书法家而言，楷书书写无疑彰显基本功的强弱，事实上优秀的书法家，楷书功底都令人折服。然而，在后现代主义以及西方各种艺术思潮的冲击下，一些书法家完全与传统“绝交”，试图创造一种全新的书法样态。书法的革新无可厚非，然后背离传统，不重视楷书基础的临帖与研习，想要在书法创作中有所成，只能是痴人说梦。

我们身边就不乏这样的朋友：也是天天练书法，但是从来不临帖，随心所欲地写，然而多年写下来，字非但没有长进，整个人的精神状态变得心浮气躁。颠覆书法传统而想另起炉灶，对于最讲究文化渊源的书法而言，无疑是一条不归路。

作为中国人，除了要理解汉字的精义，还要安静地坐下来练字。这是历史赋予时代的文化之责。中国古代有“字好一半文”的说法，无论你的诗词写得何等优秀，若字写得一塌糊涂，那注定在主流文化圈的边缘徘徊。事实上，中国传统社会中的饱学之士，也都是名副其实的书法家。当现代教育体系建立起来之后，人们的文化知识越来越丰富，而书写能力严重退化，字写得丑陋不堪，这是现代教育的败笔和痛点。

眼下，电脑键盘成为普遍的书写工具后，擅长书法、痴迷书法的人更是少之又少。无论是从文化传承的角度还是弘扬民族艺术传统的角度看，普及书法常识并提倡练习书法，是知识界、文化界和教育界一项迫在眉睫的人文命题。

包豪斯何以成为现代设计艺术的起点

我们在谈论西方艺术成就时，总是赞叹西方古典艺术的伟大成就。其实，二十世纪二三十年代德国包豪斯设计学校开创的现代设计艺术风格，不仅在艺术界具有划时代的意义，还对现代社会的生产、生活、审美价值取向也产生极为深远的影响。当今世界上林林总总的设计艺术潮流，无不是从包豪斯的设计理念中汲取了思想养分。美国学者尼古拉斯·福克斯·韦伯在《包豪斯团队：六位现代主义大师》（郑炘、徐晓燕、沈颖译，机械工业出版社 2013 年版）一书中，通过对包豪斯学派的格罗皮乌斯、克利、康定斯基、约瑟夫·阿尔贝斯、安妮·阿尔贝斯、凡德罗六位代表人物的生动叙述，向我们还原了包豪斯学派理念的产生根源、背景和他们所秉承的思想观念，为我们重新认识现代工业设计的精髓提供独特的视角。

包豪斯（1919—1933）是德国魏玛市的“公立包豪斯学校”的简称，后改称“设计学院”，习惯上仍沿称“包豪斯设计学校”。这所学校是世界上第一所完全为发展现代设计教育而建立的学校。学校虽然只维持短短的 14 年时间，但却开创了现代设计艺术的新天地。包豪斯设计学校在组建之初，就提出了三个基本办学理念：艺术与技术的新统一；设计的目的是人而不是产品；设计必须遵循自然与客观的法则来进行。这些观点对于设计艺术的发展起到了积极的作用，使现代设计逐步由理想主义走向现实主义，即用理性的、科学的思想来代替艺术上的自我表现和浪漫主义。本书中所提到的六位包豪斯学派人物，都是在这三种理念下进行教学、创作与研究。

本书中提到的首位人物格罗皮乌斯，于 1919—1925 年任包豪斯设计学校校长，提出“艺术与技术新统一”的新观点，肩负起训练二十世纪设计家和建筑师的神圣使命。他广招贤能，聘任艺术家与手工匠师授课，形成艺术教育与手工制作相结合的新型教育制度。他要求设计师“向死的机械产品注入灵魂”。他虽然是建筑师，但关注的并不局限于建筑，他的视野面向美术的各个领域。包豪斯设计学校的理想，就是要把美术家从游离于社会的状态中拯救出来。因此在包豪斯的教学中谋求所有造型艺术间的交流，把建筑、设计、传统工艺、绘画、雕刻等一切都纳入了包豪斯的教育体系之中。

包豪斯设计学校培养人才的模式，对于今天中国高校的设计艺术教学极具参考意义。这里的教学时间为三年半，学生进校后要进行半年的基础课训练，然后进入车间学习各种实际技能。包豪斯与工艺美术运动不同的是它并不敌视机器，而是试图与工业建立广泛的联系，这既是时代的要求，也是生存的必须。包豪斯设计学校成立之初，欧洲一些最激进的艺术家来到包豪斯任教，使当时流行的一些思潮特别是表现主义对包豪斯的早期理论产生了重要影响。本书中提到的俄罗斯艺术大师康定斯基、瑞士艺术大师克利，曾在包豪斯设计学校担任基础课教师，他们在素描、色彩、构成等基础课教学中，完全脱离了古典的写实教学，引入表现主义的风格，这大大拓宽了学生的设计眼界。

其实，包豪斯对设计教育最大的贡献是基础课教学，提倡学生“从干中学”，即在理论研究的基础上，通过实际工作探讨形式、色彩、材料和质感，并把这些要素结合起来。包豪斯在设计教育中，首先是强调集体工作方式，用以打败艺术教育的个人藩篱，为企业工作奠定基础。其次是探索建立基于科学基础上的新的教育体系，强调科学的、逻辑的工作方法和艺术表现的结合。最后是把设计“创作外型”的教育重心转移到“解决问题”上去，因而设计第一次摆脱了形式主义的弊病，走向真正提供方便、实用、经济、美观的设计体系。

包豪斯设计学校在其教学、设计、研究的理念基础之上，逐步形成了包豪斯学派。包豪斯学派认为：一切设计，除了本身具备现代性的美学意趣之外，实用性是必须考虑的重要因素。由格罗皮乌斯本人亲手设计的包豪斯校舍，在建筑史上占有重要地位。该建筑在功能处理上有分有合、关系明确、方便而实用；在构图上采用了灵活的不规则布局，建筑体形纵横错落，变化丰富；立面造型充分体现了新材料和新结构的特点。

与包豪斯的教育理念相比，包豪斯所设计的实际工业产品却是有限的。当然，这和学校办学的历史背景、时间短暂有着必然关系。包豪斯团队的影响不在于它的实际成就，而在于其精神。包豪斯的思想在一段时间内被奉为现代主义的经典。但包豪斯的局限也逐渐为人们所认识，例如包豪斯为了追求新的、工业时代的表现形式，在设计中过分强调抽象的几何图形。“立方体就是上帝”，无论何种产品、何种材料都采用几何造型，从而走上了形式主义的道路，有时甚至破坏了产品的使用功能。另外，严格的几何造型和对工业材料的追求使产品具有一种冷漠感，缺少应有的人情味。

消费社会的绿色设计

我们生活的各个领域，有着各种各样的设计。设计是一门与商业活动紧密相关的艺术。设计不是创造，但是好的设计带来生活的便利、美的享受和思想的启迪；坏的设计，浪费资源，污染环境，会使人滋生虚荣、奢华之心。美国著名设计理论家维克多·帕帕奈克二十世纪六十年代就倡导绿色设计理念，这在当时具有很强的超前性，可惜并没有引起重视。如今，他的理念不仅风靡世界，而且在今后相当长的时期内影响深远。他在《为真实的世界设计》（周博译，中信出版社 2013 年版）一书中，深入浅出地表达了他的设计立场与观点，同时对设计与社会、设计与道德、设计与时尚问题进行了广泛的探讨。

本书中所探讨的是现代设计范畴之内的问题。与现代设计相对应的，则是古典设计。这两者在价值追求上有本质的区别。生产力并不算发达的传统社会，设计对普通人而言是不重要的，而上流社会和贵族对古典设计表现出浓厚的兴趣。古典设计的价值追求就是高贵、雍容、复杂。比如西方古典家具、建筑就表现得尤为明显。而现代设计的价值追求，是在工业化生产与消费社会中逐渐形成的。二十世纪二十年代德国的魏玛共和国时期，包豪斯设计学校的师生们，完全抛开了古典设计中的繁琐与复杂，将设计瞄准大众，突出简约、明快、实用的风格。从此，现代设计风格及其价值成为时代主流。众所周知的美国“苹果”品牌，在产品设计中遵循了现代设计价值理念，极其简约的电脑与手机外观设计，受到世界各地人们的喜爱。然而很多商人、艺术家，常常是剑走偏锋。

设计是一个庞大的家族，其成员有建筑设计、产品设计、新媒体设计、广告设计、平面设计、环境设计、服装设计等。而任何设计门类，都牵涉设计伦理的问题。维克多·帕帕奈克认为：设计应该以人为本，不但为健康人服务，还应该为残疾人服务。设计中要慎重考虑地球资源有限性的问题，设计如果能唤醒人与人的友爱、人与自然的和谐，那无疑是好的设计。现实社会里，企业家为了产品的销路更好，在设计中绞尽脑汁，那些华而不实、不安全、琐碎的设计比比皆是。

正如书名所言：所有的设计，要为真实的世界设计。然而要做到这一点很不简单。维克多·帕帕奈克提出绿色设计理念的那个年代，也正是欧美社会经济飞速发展的时期，同时也是现代艺术思潮大爆炸的年代。从本质上讲，设计是商业与艺术的完美结合，可是要想在这两者当中找到一个平衡点，却有着太多的制约因素。企业家为了吸引顾客，在产品外观设计、广告设计中极力调动人们的消费欲望。这样的设计，过分突出其商业价值，设计的艺术性必然沦为附庸。也有的设计师为了单纯展示艺术才能，把设计完全理想化、艺术化，结果这样的设计不伦不类，在艺术与商业的两边都不讨好。也许正是商业与设计关系的难以调和，使得维克多·帕帕奈克对设计本身提出了反思。

当前是一个设计铺天盖地、近乎泛滥的时期。欧美很多经典的设计创意，被中国企业家、设计师不加消化地全盘接收，而中国深厚的文化传统被束之高阁，设计中难以看到中国元素的当代呈现。很多地方频频出现类似“白宫”这样的粗鄙建筑，不能不说是中国设计界的悲哀。反而，由王澍设计的中国美术学院象山校区建筑群、宁波图书馆、苏州大学文正学院图书馆等建筑设计作品，借用中国古代“天人合一”的思想，将建筑与自然巧妙地融为一体，受到国际设计界的高度认同。

维克多·帕帕奈克倡导的绿色设计理念，对于中国商业界和设计界而言，正是需要努力的方向。中国设计中的资源浪费、安全隐患、丑陋现象层出不穷。比如中国的一些酒类和食品生产商，他们本末倒置，疏于在产品的安全和品质方面下功夫，而是在包装设计方面做足了文章。这当中有两个方面的因素：一是通过包装设计体现产品的高贵，而奢华的包装成本，则嫁接于消费者头上。二是作为消费者，难以判断产品的好坏，把包装的华美看作产品品质的重要筛选条件。这两个方面的因素，和中国人历来推崇的荣华富贵思想紧密相连。

在整个社会崇尚奢侈、追求铺张的风气之中，中国的设计呈现出营养不良的趋势。设计中追求豪华和崇富的心态，不仅对环境生态带来压力，还会给不良的风气形成推波助澜之势。倡导环境友好与资源节约的绿色设计理念，是中国设计界必须思考的问题。《为真实的世界设计》的可贵之处，就是为中国当前的设计提供了极有价值的借鉴。

摄影家眼中的优雅与乡愁

阮义忠是活跃在华人圈的重要摄影家，他的作品中没有宏大叙事，也没有壮观的自然风光，更没有抢眼的帅哥靓女。多年以来，他的镜头总是聚焦平民，反映乡土生活，在微妙的细节当中点燃摄影之光。他不是一个简单的生活记录者，而是通过影像表达内心的人文关怀。同时，他还是一位“摄影诗人”，在万千世界中发现生活的诗意。在摄影家群体中，他又是为数不多的散文家，他的摄影作品和文字相互交融、相得益彰。观赏他的摄影作品与读他的文字，可以深深地感受到古朴和怀旧的味道。

阮义忠 1950 年出生于台湾省宣兰县，年轻时任职《汉声》杂志英文版，并随之开始了摄影生涯。30 多年，无数个日日夜夜，他跋山涉水，深入乡土社会，寻找动人的细节。如果把他的摄影作品拼接起来，就是台湾民间的生活史册。2012 年他出版《人与土地》一书后，在知识界和艺术界获得广泛好评，继而又推出了《失落的优雅》（中国华侨出版社 2013 年版）这本书。

而少年时的阮义忠，并不理解父辈的艰辛，一心想逃离乡村，来到城市。成名后他发现，正是一些最贴近土地的人事和乡情支撑着他的创作。阮义忠在《失落的优雅》这本书中收录照片 81 幅，一如既往地用摄影和文字表达自己对传统与民间、生活与现实、人文与艺术的独到见解，书中一幅幅看似平常的摄影作品，却传递着他内心的优雅。

在没有接触阮义忠的作品之前，我对摄影一直抱以偏见，以为摄影就是以图像的形式对现实生活进行原原本本地复制，甚至还认为摄影较之绘画而言，创作者没有主观表达生活的回旋余地；较之文学而言，不能展示生活的长度与厚度；较之纪录片而言，缺乏动感与鲜活。但是我认真审视了本书封面上的黑白照片，突然认识到自己对摄影艺术的无知。在这张照片中，表现的是台湾乡村的庄稼地里，一个穿着裙子和白色袜子的女孩抱着自己一岁左右的小弟弟。这一对小姐妹用平静的眼神看着相机的镜头。

这对小姐妹是等待在地里劳作的父母回家吗？还是饭后悠闲地散步呢？总之，看着这张照片，会使我想到了自己一去不复返的童年、那渐行渐远的村庄和田间地头散发出的一种淡淡的香味。看完这张照片，浓浓的乡愁在我的内心萦绕。优秀的摄影作品，总是在不经意中激活观者内心的感动和遐思。阮义忠无疑是深谙人性的，也是善于用摄影表达情绪的。

本书中的每一幅作品都围绕人性表达乡愁，在海岛上生活的阮义忠，以摄影家的嗅觉和敏感，更能深刻地体会并准确地传递这种情感。书中，一幅名为《驿站》（摄于 1981 年）的作品令人恻然。画面中，空无一人的候车室里，一个头戴礼帽、穿白衬衣且系着领带的长者，背微驼。他表情凝重若有所思。他在想什么呢？也许，他正在回忆战乱中失去联系的母亲或者妻儿，也许他期盼着有朝一日回到大陆的故乡与亲人团聚。长者看上去是忧郁的，同时也是失落的。一种浓郁的乡愁之感，在画面中无声地浸润出来。

《两个巴掌的怀抱》这张照片，在表达乡愁之时，还让人领略到了亲情的温暖。画面中，一个背对相机的男子，靠在椅子上，用一双有力的大手，将新生儿举过头顶。此时，这位父亲内心一定充满喜悦，然而他不知道如何表白对孩子的爱，干脆用两个巴掌托举起来。他也许是在向世人“炫耀”作为父亲的骄傲，也许是期望孩子将来过得比自己更好。每个人看了这张照片，都会想到辛勤养育自己的父母，感悟时间飞梭的残酷。

阮义忠的摄影作品中，人永远是创作的主体，这些人有辛苦的农夫、孤独的老人、快活的儿童、迷茫的青年等。好的摄影作品总是能带来多义的解读，阮义忠在这方面无疑是一个高手。书名中的优雅，我认为就是一种温暖、温情与朴素，当乡村社会向工商社会转变时，这份优雅正在被撕裂，乃至失去。

金钱化的好莱坞与艺术化的欧洲电影

在艺术家族中，电影位列文学、戏剧、绘画、音乐、舞蹈、雕塑之后，常常被人们称为第七艺术。电影自 1895 年诞生以来迅速成为人类的宠儿。今天，电影不仅是一门艺术，还是一种被资本操控的商业工具。好莱坞电影以高额的成本投入、庞大的明星阵容、恢宏的场景构建、高端的数字技术制作自成特色，引领当今世界电影的发展潮流。然而，艺术是多元的、文化是多元的，世界上总有一些电影人对好莱坞模式很不以为然，他们标新立异，竭力将电影个性化，不断拓宽电影的艺术空间。贾晓伟的著作《反好莱坞：欧洲电影十大师》（商务印书馆 2012 年版）从文化艺术多元的角度反思好莱坞电影的种种弊端，对欧洲十位电影大师及其作品进行深入浅出的剖析，给人诸多启迪。

好莱坞：经济利益的疯狂追逐者

电影为什么受到人们的喜爱？这个问题必须说清楚。电影是声音和画面的巧妙组合，组合后的声音和画面，形成了一种全新的视听享受，同时在审美角度给人以无限的愉悦感和想象力。从这个角度来看，电影还兼具娱乐休闲的功能。电影是艺术与技术的呈现，它几乎涵盖了文学、戏剧、绘画、摄影、音乐等艺术门类方方面面的优势。这些优势汇集到电影当中，会产生神奇的魅力。不可否认的是，美国好莱坞电影对于世界电影发展作出了不可磨灭的贡献。但是，从二十世纪三十年代起，好莱坞逐渐形成了一种固化的创作模式：类型化的电影和大团圆式的故事结尾。直到今天，好莱坞的电影生产商还在沿用这种模式。

电影生产固然离不开金钱的支持，但是把电影作为一种赚钱的工具，电影作为艺术的面目将变得逐渐模糊。众所周知，当艺术和金钱结合后，艺术将不再纯洁，电影也同样如此。说到底，今天好莱坞电影都是围绕金钱的指挥棒转，票房效益大于一切。在这样现实的利益面前，好莱坞没有哪个制片人愿意投钱拍摄文艺片，更不愿意在艺术方面展开大胆的探索。好莱坞构建的电影帝国是一个金钱世界，翻开世界电影艺术史，好莱坞电影在艺术中留名的屈指可数，这不能不说是好莱坞电影的悲哀。

以好莱坞为代表的美国电影，如果说是商业电影的集大成者，那么欧洲电影，则是艺术电影的守护神。欧洲是美国的故乡，欧洲深厚的文化传统和人文主义精神，对于电影艺术的发展起到了至关重要的作用。在世界电影艺术中，欧洲不论各个历史阶段，都涌现出一大批优秀的电影人和电影作品。本书选择了其中最具有代表性的十位电影大师进行解读，他们分别是：瑞典的伯格曼，意大利的费里尼、安东尼奥尼、帕索里尼，法国的戈达尔、雷乃，波兰的基耶斯洛夫斯基，苏联的塔可夫斯基，西班牙的布努艾尔和希腊的安哲罗普洛斯。这些电影大师，凭着对文化的敬仰之情、对人类自身的关注和虔诚认真的创作态度，赢得了世人的尊重。

现在社会中有一种玩世不恭的说法，做什么都是“玩玩而已”，做生意是玩玩而已，搞学问是玩玩而已，搞艺术是玩玩而已，搞写作也是玩玩而已。这种玩玩而已的态度，如果出自名人之口，可能是一种谦辞，如果草根们在具体的实践中真的玩玩而已，其结果肯定是玩得很惨，摔得很疼。欧洲的电影大师们表面上懒散无神采，但是他们个个都是思想者，对电影、对人生都严厉得近乎苛刻，也许是他们这些大师对电影太在乎、太较真、太过于执着，加上他们电影作品中充满了哲学的追问和极端个性的话的叙事，导致他们的作品产量不高，并且普通观众都难以看得懂。但是他们在电影艺术中的每一次探索，都给电影艺术发展产生了至关重要的影响。从这个角度可以看出，一位优秀的电影导演，不是把票房当作检验电影成功与否的标尺，而是看其作品深刻的思想内涵和整体艺术风貌高低与否。优秀的电影导演不仅是艺术家，还是电影诗人、电影哲学家。

欧洲电影：个性化创作彰显艺术魅力

《反好莱坞：欧洲电影十大师》一书中，作者认为瑞典电影大师伯格曼是世界电影的教父。瑞典作为北欧国家，自二十世纪初从未遭受战火的洗礼，人们过着宁静富裕的生活。这样的社会环境对于电影创作而言，是不可多得的机遇。伯格曼 1918 年出生在宫廷牧师家庭，也许是从小在宗教的氛围中长大，以至于他的一些电影作品带有浓烈的宗教色彩。在斯德哥尔摩大学攻读文学与艺术史期间，他曾经就参加戏剧小组，从事戏剧创作活动。大学毕业后，他长期担任戏剧导演。戏剧是他的本业，而电影创作则是“副业”，他不愧是一个电影天才，在从事戏剧创作的过程中歪打正着，拍摄了一生中最有成就的 4 部电影《夏夜的微笑》《第七封印》《野草莓》《处女泉》。

这些影片排除了戏剧冲突、故事叙事，以隐喻、象征的手法探讨现代西方社会中人与人之间交流的困难和生命的孤独痛苦。伯格曼的电影颠覆好莱坞电影当中以绘声绘色讲故事为本的特征，突出片中人物心灵叙事。说来也是奇怪，当他在 1966 年辞去瑞典皇家戏剧院院长一职专事电影创作后，其后创作的电影都难以超越这几部电影的艺术高度，电影似乎给伯格曼开了一次艺术的玩笑。2007 年，89 岁的伯格曼在自己的寓所悄然离世，标志着一个电影时代的终结。

再看看意大利的费里尼、安东尼奥尼、帕索里尼三位大师。意大利是欧洲文艺复兴的故乡，这里自古以来历史人文底蕴深厚，艺术家们历来都不太瞧得起美国电影，他们认为好莱坞虚伪、滥情、肤浅，没有文化内涵。意大利的电影大师们自认为与生俱来就受到艺术之神的青睐，他们没有理由不把电影把玩得精彩，事实上他们确实是懂电影的。

第二次世界大战中意大利战败，当时国内各种矛盾冲突激烈，人民依然处于动荡的社会生活中，很多电影人把电影镜头直指现实生活，反映底层人民穷困潦倒的生活。费里尼在电影中延续了这种现实风格，但是他对生活又是一个乐观主义者，在艺术中是一个浪漫主义者。他最有名的代表作《八部半》是电影史中的惊叹号，在戏剧力量、个人视像和电影语言的掌握方面，成为二十世纪六十年代的杰作。这部电影用最质朴的方式谈论自己：孩提时代所萌发的性意识，导演自己与妻子、情人们之间的矛盾。费里尼曾经说过："我拍的每一部作品都是自传式的，即便是描绘一个渔夫的生活，也是自传式的。"这部电影在剪辑上的时空跳跃形成了一种独特风格，即被人们称作"意识流"风格。作为意大利电影之父的费里尼，从来都没有想到，作品中的意识流风格，掀起了世界电影艺术新的浪潮。

同为意大利电影大师的安东尼奥尼，是中国观众熟悉的导演，二十世纪七十年代他曾应中国政府之邀，深入中国内地拍摄。其纪录片《中国》反映了当时中国百姓本真的生活面貌，在中国一度被列为“禁片”。殊不知，纪录片并非安东尼奥尼的强项，故事片是他擅长的。在电影中，人际关系的破裂、人与人之间和人与周围世界的突然异化问题，是他感兴趣的问题。现代生活构成了他影片的背景，而在这个背景前生活着的人，是一种孤独的、精神空虚的人。他最著名的影片是《红色沙漠》，影片描写了一位因车祸受刺激失去心理平衡的人所意识到的社会。影片中他颠覆了自然中的色彩，所有色彩变成非现实、超现实的色彩，有评论家认为这部影片，是世界电影史上第一部真正意义上的彩色影片。

帕索里尼也许是世界上最另类的电影大师。他拍摄的“生命三部曲”《十日谈》《坎特伯雷故事集》《一千零一夜》，更近于一种狂欢，一种大众神话。这些影片以精妙绝伦的奇观景象、精心编排的异国情趣获得了惊人的成功。他最惊世骇俗的电影《索多玛 120 天》，将法国“臭名昭著”的性作家萨德的作品搬上银幕。电影中的意图是：暴露法西斯虐杀者们的凶残，同时把注意力集中在对充满病态的色欲和施虐淫者的残忍这类画面的描述方面，实在是惊人之作。有人称这部影片是“一部不可不看，却不可再看”的影片。让人难以置信的是，他还是一名同性恋。1975 年，他与 17 岁的男妓发生矛盾并被刺死。一代电影大师竟以这样惨烈而尴尬的结局，结束了充满争议的一生。

人文关怀：世界电影创作的共同担当

法国是欧洲文化的重镇，这里从来都不缺乏艺术天才，在艺术领域随便说出一个人的名字都响当当。法国人对本民族的文化充满自信和骄傲，巴黎的艺术流派向来是五花八门，令人眼花缭乱。戈达尔是新浪潮电影的代表人物，他不仅是优秀的电影导演，还是电影评论家，经常在法国著名期刊《电影手册》上撰写影评。他对生活的这个世界愤世嫉俗，总是喜欢把自己的一腔热血倾注在自己的电影作品中，他的第一部电影《筋疲力尽》，是法国新浪潮电影流派中最著名的代表作，戈达尔和这部电影的名字一样，对生活筋疲力尽，对婚姻筋疲力尽，唯独对电影充满热情。他的一生都特立独行地进行电影创作和电影理论研究，赢得学界的尊重。

雷乃和戈达尔身处同一个时代，作为法国左岸派电影流派的代表人物。他有一个闻名世界的画家爸爸叫雷诺阿，也许是从小受到艺术熏陶，在文学、电影方面表现出极高的天赋。《广岛之恋》是他最得意的代表作，本片完全摒弃了传统的故事和线性的叙事结构，通过大量的“闪回”和画外音，打破了时空界限和对情节的外部描述，把过去与现在、经历和对经历的描述交织在一起，在对记忆与遗忘、经验与时间等问题的探讨中表现了战争给人带来的梦魇。

苏联虽然是社会主义国家，长期遭受资本主义世界的封锁，但是电影艺术始终在世界级的高度，不能不说是一个谜。塔可夫斯基出生在知识分子家庭，在苏联国立电影学院系统学习了导演专业的课程。大学毕业时，他在电影剪辑即蒙太奇理论方面就有独立的见解。他执导的《伊万的童年》，把他直接送上了电影的宝座。他是一个用电影雕刻时光的人，可见他对电影何其用心。

波兰导演基耶斯洛夫斯基，是当代欧洲最具独创性、最有才华和最无所顾忌的电影大师，但并非像人们想象的那样，在电影之路上一帆风顺。相反，他在报考华沙电影学校的过程中屡次失败，但是这并没有终止他对电影的梦想。他最初引起电影界的关注，不是电影作品，而是电视系列剧《十戒》。二十世纪九十年代他创作的《蓝》《白》《红》，其主题直指人的本体精神。他不是讲故事的好手，但是他比所有的故事家都懂得人性的复杂和深刻。

西班牙导演布努艾尔是超现实主义电影大师，年轻时代他攻读农业工程，而后转学农艺学，最后学哲学。但是他对这些知识没有太大兴趣，和所有电影大师一样他痴迷电影。他最著名的作品《一条安达鲁狗》《黄金时代》《无粮的土地》，把他推到世界电影的前列。在电影拍摄中，他特别注意节约成本，一般都将摄制周期控制在几周之内，从不偏离剧本，完全按照顺序拍摄影片以尽量节省剪辑时间。他基本不对演员们说戏，还常常拒绝回答演员提出的问题，就是这么一个导演，他用自己的风格演绎着对电影的理解。

希腊导演安哲罗普洛斯被称为希腊电影之父，也许是和我们这个时代最近的大师。从二十世纪七十年代开始，他就自编自导电影《三十六年岁月》《流浪艺人》和《猎人》。这 3 部电影，被称为“希腊近代史三部曲”。探索希腊历史、寓言式的情节及反戏剧的疏离手法，构成他的最大特色。在他的作品中，他将诗的语言和哲学思考植入电影作品，为电影增添了思想的魅力。希腊是欧洲艺术的摇篮，安哲罗普洛斯在这个摇篮里对电影千锤百炼，轻松掌控着电影的张力。2012 年 1 月 25 日，76 岁的他在过马路时被摩托车撞倒在地，不幸去世。谁会想到，风光无限的电影大师，会以这样的结局离开世界？

《反好莱坞：欧洲电影十大师》一书，为欧洲电影大师描绘出一幅幅精神的画像，大师们虽然都远离了这个喧嚣的世界，但是他们曾经为电影所付出的努力、取得的成就，成为整个人类艺术的重要财富。好莱坞电影虽然拍摄出了《后天》《2012》《阿凡达》这样关注人类社会与环境生态深刻反思的电影，但是总体而言，都是在经济利益的驱逐下跳舞。电影既然是一门艺术，那么就有责任、有义务以人文主义的情怀，反映一个时代真实的精神图景。这本书的出版，对于中国电影人和电影观众重新认识好莱坞与欧洲电影，提供了新的视角。

走出类型电影的认识误区

电影《白日焰火》在第 64 届柏林电影节上斩获金熊奖，男主角廖凡获封影帝，这个消息让中国电影人为之振奋。其实在近年来，伴随着中国电影市场向海外拓展，《英雄》《赵氏孤儿》《中国合伙人》《一代宗师》等华语电影走向海外市场后，使世界各国观众不断认识中国电影与中国文化。电影作为一种声光电综合表现为特征的艺术产品，广受人们的喜欢。同时，电影也是一种强有力的工具，在故事叙述中传递一个国家的价值观念与精神追求。美国电影，尤其是好莱坞电影，在这个方面进行了成功的探索，值得中国电影界反思借鉴。

好莱坞电影是美国电影的代名词，也是世界电影创作的风向标。在创作模式方面，好莱坞并没有胡子眉毛一把抓，而是采取严格类型化的区分，不同类型电影有不同的创作、生产与营销格局。目前中国类型化电影市场方兴未艾，更多的是强调艺术性，这导致很多电影的类型定位不清晰，观众市场不明确。笔者认为：中国电影若要提高其艺术质量和票房效益，走类型电影发展之路是明智之举。

《聚焦好莱坞：类型电影的衍变与创新》（卢燕、李亦中主编，上海交通大学出版社 2014 年版）作为一本电影研究文集，汇集了国内众多影评人、电影学者的 29 篇研究文章，这些文章围绕美国好莱坞类型电影，分别展开不同维度的论述。本书分为三个部分，即学术聚焦、专题与个案研究、中美电影交往。在我们传统观念中，电影创作如果提到类型化，很多人以为就是公式化的代名词，那些模板化的情节、脸型化的人物、标准化的造型，降低了电影的艺术品位。类型电影果真如此吗？这种观点其实是一种认识误区。所谓类型电影，是指由不同题材、不同技巧而形成的影片范畴、种类和形式。类型电影作为一种创作理念，二十世纪三四十年代在好莱坞曾占踞统治地位，在好莱坞的全盛时期，电影人为了满足观众的欣赏口味，对电影类型进行分类创作，如喜剧片、西部片、犯罪片、恐怖片、歌舞片、生活片、战争片等。直到今天，类型电影一直都是好莱坞电影走向成功的秘诀。

好莱坞为什么会对电影进行类型区分？其实这和西方人的思维习惯有关系。西方人尤其强调逻辑与条理，即便是电影创作，也注重理性分析，对观众群体进行准确定位。不同的群体，对电影的需求是不一样的，在美国，比如少年儿童喜欢动画片，就专门为孩子们量身定做各种动画片。而年轻人喜欢冒险新奇，好莱坞就生产冒险片、战争片、科幻片。类型电影是一种基于群体细分基础之上的创作模式。笔者认为，细分电影市场、找准观众诉求、有针对性地创作类型电影，才能真正使电影市场走向繁荣。我们观赏的每一部好莱坞大片，基本上都是类型电影创作模式的产物，即便是获得奥斯卡最佳电影奖的《铁达尼号》《指环王》《黑客帝国》《老无所依》《逃离德黑兰》等，也分别是各种类型电影的代表。这些类型电影，凭着精湛的表达，反而丰富了电影的艺术性。

在电影市场竞争异常激烈的今天，中国电影人转换创作理念迫在眉睫。中国的一些大导演，都乐于做“全能型”导演，比如陈凯歌，其创作特长是拍摄《黄土地》《霸王别姬》这样的现实主义类型电影，但是在市场利益的驱动下，也创作了《无极》这样令观众大跌眼镜的烂片。梳理好莱坞类型电影所走过的发展之路，不难发现中国导演特别爱玩“穿越”，时而搞乡土题材，时而搞武侠题材；时而创作战争片，时而创作爱情片。这种飘忽不定的创作态度，对于电影导演才气的发挥是致命的，同时也在无形中降低电影的艺术质量。好莱坞电影导演的类型意识尤为强烈，有的一辈子创作歌舞片，有的把终生都献给了魔幻片。类型电影和电影的艺术性并不矛盾，其实像《霍比特人》这样的类型电影，谁敢说没有艺术性呢？这部电影的剧本本身就脱胎自文学名著。

在中国内地，目前还没有出现真正意义上的类型电影导演，更没有导演能沉下心来，围绕一种表现类型进行深入挖掘。其实创作电影和搞文学创作、绘画创作一样，在一种类型当中长期钻研、用心经营，总有一天会尝到电影的甜头。而香港的吴宇森和徐克在功夫武侠电影方面、王家卫在文艺电影方面，都是值得赞赏的。但是也不能否认，好莱坞类型电影发展到今天，也面临多重困境，如故事情节的深度探索、演员个性化的表演等。从好莱坞近年创作的很多类型电影中不难发现，类型电影正在打破单一的类型格局，各种类型、各种题材相互杂糅，使电影从故事到表现方式，呈现出立体化的表现态势。

总体而言，类型电影不等于公式化的电影，创作类型电影，是为了拓展电影的表现空间，同时也是细分电影市场、抢占电影高地的有力之举。

好莱坞背后的意识形态博弈

好莱坞电影以惊险的故事、精湛的表演、震撼的声画效果捕获人心。很多人认为，好莱坞电影就是一种供人消遣的娱乐产品。其实，这只是好莱坞的一个侧面。也许，好莱坞并没有我们想象的那么简单。美国在好莱坞电影中想方设法植入其意识形态，目的是在全球观众的心中形成“润物细无声”的效果。好莱坞的背后，潜藏着政治阴谋，意识形态之间的殊死博弈更是公开化和白热化。电影作为一种艺术形式，从来都没有纯粹过。从美国第一部电影《一个国家的诞生》至今，电影总是与政治权力之间纠缠不清。

对于好莱坞与意识形态的关系，法国电影学者雷吉斯·迪布瓦在《好莱坞：电影与意识形态》（李丹丹、李昕晖译，商务印书馆 2014 年版）一书中，有着独到见解。雷吉斯·迪布瓦长期在法国大学从事电影教学与研究，先后出版了《一部政治的电影史》《美国黑人电影：在融入与异议之间》等著作。在这些著作中，他始终以一个自由学者的独立姿态，冷静地观察、分析美国电影与文化，从批判的视角解读美国电影的本质。

在《好莱坞：电影与意识形态》中，雷吉斯·迪布瓦把目光聚焦于好莱坞电影，并且深入分析了好莱坞电影如何呈现美国的意识形态。本书从好莱坞的电影审查制度、奥斯卡评奖体系、好莱坞各个时期的经典类型片、好莱坞电影中主角与配角的选择与设置，以及好莱坞电影导演对题材的选择和对相同题材在不同历史时期所采用的不同的表现手法等各个角度，针对好莱坞电影中的意识形态问题进行了精确细密的分析。

雷吉斯·迪布瓦试图揭示出这样的事实：美国政治权利始终对好莱坞的电影制作进行意识形态上的严格控制，从而使美国意识形态被彻底植入好莱坞电影的形式和结构中。好莱坞电影不仅仅是大家所认为的旨在推广“美式生活方式”，“好莱坞制造”更是要强加给观众一种思维方式。客观地看，电影因其以镜头作为基本的语言单位和蒙太奇的表现手段，在总体上统摄于主创者的理念、思想、信仰以及相应的审美取向，这就意味着在宣扬和传播意识形态方面，电影具有其他艺术载体更多的优势。

美国为了展示并传播其意识形态，便让好莱坞电影担当着重要角色。在国际地缘政治极端复杂尖锐的时代背景下，美国意识形态的彰显，依然通过好莱坞的电影制片机构在美国锁定的战略目标国，运用合资、合拍等各种本土化的制片模式，以“层层推进、环环相扣、默契互动、遥相呼应”的战术，进行电影策划、创作、拍摄、放映、评论乃至颁奖。美国电影审查制度之严，超乎了我们的想象。雷吉斯·迪布瓦在研究中表明：美国政治权利之所以能完全控制好莱坞，主要依赖于好莱坞的审查制度。而审查制度体现在三个层面：一是道德层面的审查；二是公开的政治问题审查；三是经济审查。

此外，美国为了加强好莱坞电影意识形态绝对管控，还安插中情局工作人员潜入好莱坞电影生产的各个环节，对于电影剧本的策划、编剧的遴选、导演的聘用、主演的选择等，都予以“指导”。甚至对于电影评论，也进行主动的介入。好莱坞电影在外表上给人以自由奔放潇洒之感，其实电影背后，对于意识形态的宣扬则花费了心思。这里不得不提，好莱坞电影的过人之处就是在影片中对意识形态问题避而不谈，甚至电影中有很多诅咒、对抗政府的剧情，然而观众在欣赏了任何一部美国电影后都有这样的感觉——“美国自由的空气无处不在”。

既然好莱坞电影中的意识形态表达无处不在，那么，意识形态又是如何从主题、叙事和美学层面对电影内容发挥作用的呢？雷吉斯·迪布瓦提炼出了五种基本的方法，并对这些方法进行逐一的解析。首先是将“啊，生活在美国真好！”的思想确立为好莱坞的主旋律；其次是将大团圆式结局作为约定俗成的叙事结构；再次是将等级化的个人主义和成功故事作为电影叙事的文学基础；然后是简单地将善恶二元论作为好莱坞剧情的决定因素，从而蒙蔽观众对社会问题真实原因的认识；最后是以欧洲中心主义、男性中心论作为准则，构建了一个英雄典型的好莱坞模式。

这里特别要强调的是，意识形态除了政治层面的之外，还有道德和价值取向层面的。当前，生态环境与治理是国际意识形态中的热点，美国好莱坞也不失时机地对这一问题进行立场阐述，比如《龙卷风》《完美风暴》《阿凡达》《哥斯拉》等电影，运用现实、科幻的形式，表达美国的生态价值主张和见解。书中，雷吉斯·迪布瓦其实一直在表达这样的观点：包括电影在内的一切艺术创作，完全去意识形态显然不现实，因为每一个创作者都是活生生的人，生活并成长在一定的社会环境中，不可能不受到特定的意识形态及其价值观影响。好莱坞电影巧妙地宣扬美国意识形态，值得我们警惕，更应该引起足够的反思。

好莱坞：从读懂观众到赢得观众

好莱坞电影之所以受到观众热捧，其优质的画面、帅气的主演、动听的音乐、曲折的故事、幽默的对白无疑是最主要的原因，然而，电影作为一种文化产业，仅遵循电影创作的艺术原则远远不够，还必须对观众的欣赏口味进行适时调整。这好比企业生产一种产品，要对市场进行周密的调查，并进行量化分析。在这个基础上进行电影创作，待电影作品面世后针对目标消费群体进行有重点的推广营销。中国电影人在电影市场调查、观众需求度方面，少有数据调研。然而好莱坞的电影公司成功地做到了，这也是好莱坞电影多年来立于不败之地的绝招。

美国传播学者里奥·汉德尔在《好莱坞如何读懂观众》（向勇、雷龙云译，华文出版社 2014 年版）一书中，把电影测评作为了解观众的重要手段，并且贯穿至电影制片、发行和放映的每一个环节。还从创意、片名、情节、演员、观影反应、广告渠道等业务环节的测试与评估，到观众结构和偏好的调查，再到电影的影响分析，甚至对电影审查制度的态度、影院营销和语言翻译的评价等，都进行了深入的研究。本书不仅是一本电影社会调查的佳作，从统计学的角度看，也颇有分量。

中国电影艺术研究中，学者们一般都喜欢从电影艺术创作的角度入手，分析并评价电影的主题思想、表演技巧、编剧特色以及摄影表现之类的问题。但是从整个电影产业的角度来说，电影艺术仅仅是电影产业的一个组成部分。电影产业中除了强调电影的艺术性外，同样不能忽略电影市场的数据调研。拍摄电影不像拿着一支铅笔在纸上速画速写那么简单，这是一个巨大的系统工程，需要一个团队的紧密配合。拍摄电影之目的，并不是给导演和演员欣赏的，而是要面向广大观众。电影作品的反响如何，完全是市场说了算，完全以艺术家的态度"玩"电影显然不切实际。所以，在电影创作和市场推广中，认真分析观众的心理、了解观众的欣赏诉求尤为必要。从电影正式投拍的第一天开始，剧组就应该沉下心来，对观众群体进行全方位的市场数据调查。

《好莱坞如何读懂观众》一书中，作者对观众的市场调查极为深入、系统，并且将很多数据进行分析。比如，本书"电影观众"章节中，作者对电影观众的规模都进行了统计。作者认为，电影观众并不是一个笼统的概念，可以分为潜在观众、实际观众、平均每周观影人次、最大观影人数或某部电影的最大潜在观众数、某部电影的平均观影人数等。在"电影观众的构成"中，作者还对观众的性别结构、年龄结构、社会经济地位、教育结构分别进行数据统计。对观众调查得越是深入细致，那么对于电影投资人而言，电影生产时目标就越清晰，针对不同观众进行电影生产，一方面可以达到预定的经济目标，另一方面可以满足观众的欣赏口味。从这两个方面来看，对于电影市场的良性健康发展，可谓两全其美。

本书并没有探讨电影艺术的种种特征，而是针对电影观众进行统计论证。阅读本书，笔者不禁想到中国电影市场调查的当前现状。中国电影人特别重视电影艺术的本身和电影后期狂轰滥炸式的宣传，这当然没有错，但是还要进一步去了解观众的欣赏偏好，从观众的“兴趣点”着手电影生产与运作，这样电影取得成功的胜算更大。作为电影院线而言，很坦诚地讲，这里是年轻观众的地盘，年轻人对武侠、冒险、惊悚、战争、爱情、魔幻、科技这类电影题材感兴趣，故好莱坞电影在电影题材方面，真是做足了文章。

好莱坞在读懂观众电影需求之后，接下来重要的任务就是如何赢得观众。本书中对此并没有铺陈开来。笔者认为，好莱坞赢得观众主要有四大“法宝”。首先是邀请大牌明星参演电影。大牌明星在观众当中有很高的威望，他们的一举一动，乃至发型与装扮，有时都会成为一个时代的流行风尚，有大牌明星这张底牌，在某种程度上就赢得了电影市场。其次是将数字技术引入电影特效中。传统的电影其短板是不能调动观众的感官刺激，而采用数字技术对画面、声音进行处理，使得画面中的观影效果有着震撼之感。现在的电影画面特效，其实比拼的就是科技实力。最后是不断拓展电影的故事表达空间。任何一部商业类型电影，很巧妙地讲好一个故事是根本，好莱坞虽然在故事创意方面一直没有太大的突破，但是在故事表达方式方面进行了有益的尝试。比如《铁达尼号》《后天》《2012》《盗梦空间》《黑天鹅》等电影，在故事叙述方面吊足了观众的胃口。

好莱坞电影从如何读懂观众到赢得观众，为中国电影人提供了值得借鉴的范式，当中国电影在埋头打磨电影艺术与技巧之时，也要站起身来，来到观众中间，了解观众的心理诉求，接一接市场的地气，为不同观众群体“量体裁衣”，必然能收到意想不到的电影惊喜。

好莱坞电影的成功基因

我们在电影院看电影时，几乎就是在历经某种庄严的仪式，周围的灯光全部熄灭，在一片漆黑之中，全场鸦雀无声，大家都屏住呼吸，全神贯注地看着白色幕布上的光影不停变幻。看电影虽然是一种放松心情、娱乐消遣的方式，但是电影本身远比我们想象的要复杂。电影这个词，最起码有两个方面的内涵：一是以叙事为主的艺术门类；二是以盈利为目标的工业产品。

电影诞生至今虽然才短短一百多年的历史，但是没有任何一个艺术门类，能像电影那样受到人们的疯狂喜爱。究其原因，电影融入了文学、绘画、摄影、音乐、戏剧等艺术形式，作为综合性程度极高的电影，同时扮演着娱乐功能。在电影帝国中，好莱坞电影则扮演着国王的角色。长期以来，只要好莱坞推出大片，就会在全球观众中引发各种争论。有人说好莱坞是世界电影风向标，也有人说好莱坞浑身上下充满铜臭气，还有人则认为好莱坞是美国输出价值观的载体等。不论怎样评说好莱坞，总之好莱坞电影和我们每个人都发生着联系，这是不争的事实，这也是好莱坞的魅力之所在。

一般而言，旧好莱坞是指第二次世界大战之前，尤其是1930—1945年，创造了美国电影史上的首个黄金时代。而新好莱坞一般是指二十世纪六十年代末期至今。美国得克萨斯大学托马斯·沙兹教授的《旧好莱坞·新好莱坞：仪式、艺术与工业》（周传基、周欢译，北京大学出版社2013年版），并没有给好莱坞大唱赞歌，也没有一味贬低好莱坞，而是从一个学者的角度，理性、客观地梳理了以好莱坞为代表的美国电影发展历程，讲述了旧好莱坞在产业运作和艺术创作方面的特点，以及进入新好莱坞时代电影制作中的新变化。此外，书中还分析了好莱坞类型电影的起源、商业文化、产品现象以及成为艺术形式的过程和实质，揭示了各种类型电影的特征及文化意义。

在电影史中，美国人确实写下了辉煌的一笔。二十世纪初期，电影作为一种新技术，从法国漂洋过海来到美国，爱迪生不断改进电影放映技术，并且给电影正式定名为“电影”。在当时的社会，电影还算不上艺术，而是一种供底层人消遣的娱乐工具。但是美国人格里菲斯，将戏剧创作中的模式植入电影拍摄与制作中，创作了世界上第一部真正意义上的电影《一个国家的诞生》。在这部电影中，首次运用了蒙太奇的表现手法，确立了镜头语言的表现范式。也同样是这部电影，催生了好莱坞电影的兴起。

美国早期的电影创作与生产主要在东部纽约、波士顿等城市，但是这里成本费用太高，电影制片商为了降低成本，将电影生产基地迁往西部洛杉矶的郊外，后来逐渐发展成为一座电影城。到二十世纪三十年代，好莱坞成为美国电影的代名词。早期的好莱坞电影，试图在艺术与市场之间找到一种平衡。这和欧洲电影很不一样，欧洲由于历史文化传统深厚，电影更讲究艺术性和个性化，这在某种程度上削弱了电影大众娱乐审美的功能。

不论是早期的旧好莱坞电影还是新好莱坞电影，之所以能取得巨大的成功，主要归结为三个方面的原因。首先是高度精细的分工协作。好莱坞把电影生产当成工业产品生产的流水线。比如剧本创作中，有分管情节的、分管噱头的、分管对话的等。精细分工的目的就是要使“完美的故事在摄影机前面竖立起来”。其次是制片人制度。电影制片人从题材的选择、摄制人员的确定，以至于拍摄的角度和剪辑的取舍等，将整个生产程序全部控制起来。好莱坞的制片人是制片公司政策的执行人员，是组织和监督影片生产的管理人员，决定着影片摄制人员的命运。《乱世佳人》就是最出名的例子，制片人塞兹尼克曾在这一部影片中先后撤换了四名导演。最后是明星制度。大牌明星主演电影，一般可以带来票房的高额回报。故好莱坞的很多电影公司，总是到处网罗明星。影片从创作之初，一切围绕着明星转。编剧为明星写剧本，导演打造明星，摄影、灯光、美工塑造明星，制片人以各种宣传手段捧红明星。最终，观众到影院为的是去消费明星。

好莱坞电影经历多年的发展，目前在故事创意方面一直难以突破，比如先前电影故事中的“最后一分钟营救”和喜剧团圆式的结局，再也难以调动观众的兴趣。当电脑特技植入电影制作中后，虽然视觉效果大为改观，但是观众看多了，也就腻了。全球观众的欣赏口味越来越高，这给时下好莱坞电影制作带来不小的麻烦。从近些年获得奥斯卡最佳电影的名单中不难看出，反映真实人性、真实生活、真实历史的电影如《撞车》《老无所依》《逃离德黑兰》等，似乎成为拯救好莱坞电影的稻草。阅读本书，让人看到了一个全景式、立体式的好莱坞，同时也让人预感到，好莱坞电影在未来的网络时代将面临更大的挑战。

寻找电影中的正义

电影确实是一种非常讨巧的艺术，通过画面、声音加上数字特技，就能叙述一个看上去非常真实的故事，或者向观众展示乌托邦式的完美生活。电影强大的故事叙事能力和视觉直观性，已经深度地影响我们的生活价值判断和艺术审美观，这是其他艺术形式所望尘莫及的。美国作为电影生产大国，占据世界电影的半壁江山，任何一部大片的问世，都会在电影市场掀起影像风暴。美国电影讲什么类型的故事、传达怎样的文化理念，同样会引起广泛的关注。其中，有关法律文化与价值理念的表达，在美国电影中占据重要位置，美国巧妙地以电影为手段，在银幕中绞尽脑汁地传播所谓"正义的"法学精神。

美国自称是法律制度最为健全、最为成熟的国家。政府和公民在法律制度的框架体系下按部就班地工作、生活。然而，事实果真如此吗？从表面上看，美国确实是一个法治国家，然而斯诺登 2013 年爆出美国中情局通过技术手段监听各国政要及其普通民众隐私的丑闻一经传出，无疑给美国正义的法律两记响亮的耳光。美国总是以“救世主”和“世界警察”的身份，干涉他国内政，相关国际法在美国政府高层形同虚设。加州大学洛杉矶分校保罗·伯格曼、迈克尔·艾斯默两位法学教授，从电影的视角着眼，以理性思辨的学术精神，共同撰写了《正义课：从电影故事看美国法律文化》（黄缇萦、赵天枢、朱靖江译，浙江人民出版社 2014 年版）。

书中，选取上百部美国经典法律题材电影，通过分析、解读电影中的法庭审判场景，还原了电影的精彩场景，表达了观众与电影制作人对社会正义的追求与思考，同时也阐述了美国法律的演变、内容、执行进程等问题，使我们感受到美国法律文化的本质以及正义的另一种内涵。每篇文章中，由“电影故事”“法理分析”“影像正义”“幕后拾遗”等内容构成，行文条理清晰，评议犀利。书中，根据不同的电影，将全书内容分为“法庭英雄”“非正义联盟”“是专家还是江湖骗子”“法庭上的喜剧”“司法腐败”“间接证据”“不文明的诉讼”“近庙欺神”“法庭上的歧视”“死刑”“家庭法”等 12 个板块。书中，对《十二怒汉》《杀死一只知更鸟》《克莱默夫妇》等经典电影的解读颇为精彩。

对于电影中美国法律文化问题，作者并不是那种漫无边际的探讨，而是充分发挥法学专业之特长，重点对庭审类型影片进行剖析。作者在《前言》中指出，并不希望本书仅仅是一本庭审影片欣赏的快捷指南书。而是希望通过对影片的研究，能够帮助读者在深度思考法律信息的同时，进而增强对法律制度的理解。毕竟，庭审影片的定位远远高于大众类型的法律题材影片。而大众类型的法律题材影片，仅仅停留在司法机构如何运转、律师如何工作等话题层面，进行粗略的介绍。

电影从默片时代发展至今，庭审题材电影对于影片制作人而言始终充满了无穷的吸引力。律师之间、律师与证人之间、律师与客户之间，或是律师与法官之间存在大量的矛盾冲突。这种类型的影片总是会留有悬念：被告是否被冤枉？陪审团会将被告送上电椅还是会将其无罪释放？庭审场景的设置为电影制作人提供了一个可深入分析的话题。作者认为，如何确定庭审影片的界限是存有争议的。本书所涵盖的庭审影片，都是故事中至关重要的情节发生于审判或上诉的过程中，且故事的场景限定于法庭之内。

总的来看，在庭审类型影片中，那种正式的司法制度很少能够发挥它应有的作用。即便遵循正确的法律程序，实际的结果却是极端不公正。这或许是因为法律本身并不符合美国的正义观念，或许是因为法官或陪审团犯了错误。有时候，就像影片《大审判》或《嫌疑犯》中的故事情节一样，只是因为好运或由于律师敢于无视规则，尽管一路跌跌撞撞，但最终司法制度还是实现了正义。而正义，则被证明与正式的法律惯例无关。

这些年来，伴随着美国国内贫富悬殊的拉大，失业人口的增长、犯罪率的蹿升、战争军费的剧增，美国电影人也开始反思美国法律制度本身所具有的利弊。有一些电影的剧情虽然重点并不是围绕法庭庭审，但是对于美国法律虚伪的一面进行了反思与批判，比如电影《谍影重重》《狙击手》《第一滴血》等就是生动的说明。通过阅读本书，笔者获得这样的启迪：正义是法律制度所追求的至高境界，同时也是法律文化中的思想主题，然而在现实的法律制度中，受到各种条件的制约，正义毫无疑问是一种奢侈品。尽管如此，我们依然要追求正义、捍卫正义。

希区柯克：悬念电影的代名词

阿尔弗雷德·希区柯克（1899—1980）对于中国影迷而言并不陌生，他因擅长拍摄悬念电影而成为世界电影史上的重要人物。他的成长、生活、创作经历也像他的电影一样，简直就是一个个的谜团。希区柯克生前很少写信，也从未向世人谈论自己的人生经历。而他的人生故事和他的电影作品一样，同样是值得研究的。

美国著名作家唐纳德·斯伯特曾经和希区柯克有过几次面对面的接触，这引发了斯伯特对他的浓厚兴趣，为了梳理这位大师的人生历程，二十世纪八十年代初期斯波特访问了与希区柯克合作过的制片人、编剧、演员和常年故交，搜罗了大量的各类材料，撰写了长篇人物传记作品《天才的阴暗面》。这本书出版后，被誉为至今为止最完美的电影人传记。读中文版《天才的阴暗面》（吉晓倩译，南海出版公司 2012 年版），这对于国内影迷理解希区柯克及其电影提供了一条清晰的线索。

希区柯克诞生在英国伦敦一个商店店主的家庭。他的父亲十分严厉，当希区柯克只有 6 岁时，仅仅因为一点小小的过失，便遭到父亲带有悬念的处罚——父亲写下一张纸条，让他自己送往警察分局。警察看过纸条即“关押”了他五分钟，而后对他说：“这就是我们对一些顽皮孩子的惩罚。”也许是歪打正着，纸条内容所构成的悬念，对希区柯克后来成为“悬念大师”产生了相当大的影响。

希区柯克早年学过机械制图，在电讯公司当过技术员，可最终却选择了电影。他从无声影片的字幕设计员干起，逐渐升为助理导演、副导演和编剧。26 岁时，希区柯克得到梦寐以求的机遇，第一次独立执导了影片《欢乐园》。虽然这部影片公映后受到好评，但他自己却并不满意，他更加勤奋地拍片，连续导演了《山鹰》《房客》《追》《恐吓》等影片，他开始在英国影坛声名鹊起。希区柯克没有接受一天电影专业的正规训练，完全是凭着兴趣，在电影圈内边学边创作，这从另一方面也表明希区柯克有极高的电影天赋。

1929 年，希区柯克执导了英国第一部有声影片《讹诈》。在这部影片中，他的独特风格已初见端倪：故事曲折、情节离奇、气氛神秘、悬念迭出、结尾出人意外。他在二十世纪三十年代拍摄的几乎每一部影片，如《谋杀案》《骗局》《奇怪的富翁》《第十七号》《三十九级台阶》等都获得了可观的票房。

观众对希区柯克电影的如醉似痴，增强了他的自信，“最吸引一般观众的主题就是谋杀，他们从谋杀的镜头获得一种身临其境的恐怖感，同时会产生一种庆幸的感觉——最好这种事情没有发生在我身上”。希区柯克曾这样说道。他同时也认定：电影是一种手段，它能使惊恐不安、经常受着莫名其妙的内疚和焦虑所折磨的人们，通过导演对剧中人进行巧妙地安排来解除内心的痛苦。为此，他越发精心地设置自己每一部影片中的悬念。

希区柯克在美国导演的第一部影片是《蝴蝶梦》，片中营造的悬疑惊悚气氛，震惊了美国所有的观众。这部电影，标志着希区柯克在悬念设置方面已经炉火纯青。后来世界上所有悬疑电影，几乎都从这里受到启发。在好莱坞近 40 年时间里，他拍摄了 30 多部影片。其中影响较大的有《深闺疑云》《爱德华大夫》《电话谋杀案》《后窗》《西北偏北》等。

然而，在长达 20 多年的时间里，美国的影评界却并没有把希区柯克视作严肃的电影艺术家，他们认为：很难把一部惊险片当作艺术品，希区柯克充其量不过是一个卖弄技巧的匠人，一个令人毛骨悚然的魔术师而已。这种偏见使希区柯克一生都没有获得奥斯卡最佳导演奖。

希区柯克所贡献给电影艺术的，绝对不仅仅是纯电影技巧，他就像他的电影中的人物一样往往有多重人格，希区柯克的电影人格是多重的。他是悬念大师，也是心理大师，更是电影中的哲学大师。很少有人能像他那样如此深刻地洞察到人生的荒谬和人性的脆弱。在精心设计的技巧之下，是一个在严厉的天主教家庭之下饱受压抑的灵魂。他的电影是生与死、罪与罚、理性与疯狂、纯真与诱惑、压制与抗争的矛盾统一体，是一首首直指阴暗人心的诗。

希区柯克的悬念电影中，谋杀是必不可少的情节。希区柯克对如何看待杀人狂有过这样的评论："人们常常认为，罪犯与普通人是大不相同的。但就我个人的经验而言，罪犯通常都是相当平庸的人，而且非常乏味，他们比我们日常生活中遇到的那些遵纪守法的老百姓更无特色，更引不起人们的兴趣。罪犯实际上是一些相当笨的人，他们的动机也常常很简单、很俗气。"希区柯克的这番话，表明了他对这类人的态度：人是非常脆弱的，常常经受不住诱惑的考验。从希区柯克电影中可以看出，悬念电影是假设以观众为主线，透过提供观众剧中角色陷入危机与危险是谁造成，或是会再造成什么样的危险来营造这种紧张气氛。但是观众却无法得知角色与危险是谁造成，或是会再造成什么样的危险的这种紧张气氛。为了达到令人印象深刻的效果，又必须让身处其中的无辜者不受到伤害，都呈现在观众面前，但是剧中的男女主角都毫不知情。

《天才的阴暗面》一书全面深刻的叙述了希区柯克所走过的电影之路。他是一个非常幸运的人，即便是第二次世界大战时期，也没有影响到他的电影创作。对于悬念电影，他有一种近乎疯狂的激情。他胖乎乎的脸庞和圆嘟嘟的大鼻子，已经成为他特有的形象标识。总的来看，希区柯克的电影有着足智多谋的拍摄手法、不可思议的男女角色关系、戏剧性的真相、明亮艳丽的色彩、内敛的玩笑戏弄、机智风趣的象征符号、扣人心弦的悬念配曲。因为这些特征，使得希区柯克成为悬念电影的代名词。

皮克斯动画是怎样炼成的

提起《玩具总动员》《海底总动员》《怪物公司》《超人总动员》《料理鼠王》《机器人总动员》《飞屋环游记》等动画片，我们不禁会想起这些动画片共同的“主人”：皮克斯。皮克斯动画工作室在短短20多年时间，一跃成为全世界最重要的动画创意基地，皮克斯动画是怎样炼成的？美国企业咨询专家比尔·卡波达戈利和琳恩·杰克逊，在《皮克斯：关于童心、勇气、创意和传奇》（靳婷婷译，中信出版社2012年版）一书中，从企业管理和企业文化的视角，揭开了皮克斯动画的成功之谜。

皮克斯动画工作室于1986年正式成立，至今，皮克斯已经出品18部动画长片和超过30部动画短片。如今，美国企业中只顾眼前利益的思想格外严重，而皮克斯动画工作室则与这种思想形成了鲜明的对比：在企业发展中拒绝走捷径，坚守用每一部影片将故事栩栩如生地展现给世人的承诺。“质量是最佳的商业计划”已经成为皮克斯团队的工作信条。和其他类型企业一样，动画企业要想更好地生存下去，创新是必经之路。作为动画创作团队，好的故事往往决定了一部影片的生死。皮克斯对于故事创意的重视程度，远远超出了人们的想象。在皮克斯团队，故事创意不仅是专业人员的专利，那些管理者、行政人员，乃至清洁工，都有可能成为精彩故事的创意者。皮克斯认为：故事为王，动画片中的一切因素都是为最棒的故事情节而存在。对故事创意的重视，是皮克斯走向成功的第一步。

动画创作和其他产品生产不一样，这是一种精神文化的创造，艺术家个人的才能、个性、心情，都会影响到动画的创作效果。并且，艺术家们的想法都不尽相同，如何协调好不同艺术家共同为一部动画片创作而付出，这对于皮克斯管理层而言，是必须面对的问题。在皮克斯团队中，等级森严的管理制度被和谐宽松的氛围所代替，每一个管理者也都是优秀的沟通者和服务者，他们善于和艺术家交流，尊重艺术家的想法，信任他们的创作。相比国内的动画团队，制片人经常凌驾于艺术家之上，对创作中的具体问题指手画脚，使得艺术家不敢大胆创作。这印证了一句话：管理也是生产力，管理也能出效益。

一部动画长片，从故事创意到最后搬上银幕，通常需要耗费4年的时间。在这漫长的时间里，从企业管理层面来看，处理好个人和团队关系，有利于动画质量的提升。皮克斯内部，直抒已见并不仅仅是导演和制片人的特权，任何一个普通的员工，都可以和管理层一起审查、讨论动画片的不足。在其他影视制作机构，这是不可想象的。员工之间为创作中的存在的问题，可以相互讨论，甚至可以争吵。他们的目标只有一个，那就是发挥所有人的才干，创作出最优秀的动画片。皮克斯动画工作室首席执行官卡特姆曾说：“别给创意硬冠上条条框框，创意来去自如，无拘无束。”皮克斯是一个自由开放的游乐园，领导力的作用如同催化剂，鼓励任何大胆的奇思妙想。

在阅读本书的过程中，不难看出皮克斯除了鼓励创新以外，还鼓励冒险。虽然很多管理学家把冒险和莽撞、盲目等同起来，但是皮克斯团队却偏偏要“铤而走险”。卡特姆曾经对员工们说过：“如果你想拥有独创性，就得从安乐窝中站出来，敢于和不确定性为伍；同时，如果企业在冒了很大风险后失败了，你还需要具备从失败中站起来的恢复能力。”皮克斯团队当中如果确实遇到糟糕透顶的创意，他们会以庆功的方式来庆祝失败，这让动画界同行惊愕不已。动画创作宽容失败，因为失败往往孕育着下一部动画片的成功。事实上，皮克斯动画工作室自诞生以来，还没有出现票房惨败的动画片。

对于一个动画团队而言，自从签订创作动画片的“生死状”以后，紧张的工期也就开始了，每一个员工都担负着工作压力。皮克斯动画工作室以人为本，想方设法帮助员工减压。除了用高额的薪水调动员工的工作积极性以外，还为员工修建了足球场这么大的活动休息场所，各种玩具、手工艺品、花草布置其中，充满童年的梦幻，员工在这样的地方休息，能碰撞出创意的火花。为了缓解艺术家们的工作压力，皮克斯还组织员工进行公路旅行、去公园参加派对、参观各类博物馆，甚至组织观看消防队的救火演练等。这些活动表面上看和工作无关，其实为动画创作提供了源源不断的灵感。

皮克斯充满活力、永远标新立异的精神是好莱坞电影企业文化和硅谷科技的合作产物，凭借精彩的创意和先进的技术，皮克斯取得一个又一个令人惊叹的成功。这本书告诉人们，皮克斯出类拔萃不仅仅在于拥有优秀的艺术家和计算机科技专家，最重要的是在内部管理上，提供了一个激发员工无限创新的平台。皮克斯动画工作室的企业管理模式，与中国道家“无为而治”的思想不谋而合，这为当前中国文化创意产业的管理，提供了一定的借鉴作用。

附录：一个人的气质里，藏着他读过的书

秋日，天高云淡，秋阳明媚，总能燃起一抹温暖的情怀。秋风、秋雨、秋韵和秋天的落叶，就像一行行秋天的诗，总能掀起愉快的阅读心绪。在这个收获的季节里，让我们捧起一本书，将美好睿智的思想收获入仓。

读书人不寂寞

新金融：书评集《最是书香》和《家国书事》，应该说是你近年来读书的结晶。读书给你带来哪些收获？

陈华文：从小到大，我都爱读书。20 多岁的时候，我尤其喜欢读文学类和艺术类书籍。30 多岁后，读书的范围就慢慢扩大了，不仅是文学之书，还有历史之书、社科之书，乃至各类名人传记，我都爱看。现在我 41 岁，只要是人文社科类的好书、新书，我都感兴趣。

有的人读书是先博后专，我是逆行的，是先专后博。现在

读书的渠道太丰富了，但我还是迷恋纸质书。一本好书捧在手上，感到亲切。所有的烦恼、不快，都被抛到九霄云外了。

读书至少给我带来三个方面的收获：一是对宇宙、自然有了敬畏之心，书读得越多，觉得自己懂得的东西越少；二是开阔了知识的视野，现在的知识体系就像一张大网，先前在课堂上所学的知识，现在根本就不够用，中国有一句话叫“人从书里乖”，意思就是人需要经常学习；三是养成写作的爱好，《最是书香》和《家国书事》，就是读书之后留下的写作踪迹。

新金融：对于阅读，你的出发点是什么？读书之于你，是怎样一种快乐？

陈华文：阅读对现在的我而言，首先是一种兴趣，我并不是说自己多么博览群书，而是确实对未知的知识领域抱有求知的兴趣；其次是精神生活的需要，现在物质生活太丰富了，如果每天不读点书，感觉自己是空的。我一直认为，读书人不寂寞，只要有好书可读，我就满足了。

然后是工作的需要。我在高校从事文化宣传工作，天天与文字、文化打交道，高校里的学生现在很活跃，你如果不多读书，就难以应对学生的各种问题。

读书对于我来讲，是纯粹的快乐，和地位、金钱、脸面没有什么关系。即便在人生最失意的日子里，我内心也是安静的，不焦躁、不攀比、不羡慕别人，因为好书就是我最忠诚的伙伴。

新金融：对你影响最大的一本书是什么？背后又有怎样的故事？

陈华文：这些年来，我陆陆续续读了一些书，但是对我影响最大的，依然是巴金先生的《随想录》。巴金在1949年以前名望很大，1949年后一直在上海从事文学编辑与创作，并且创办著名文学杂志《收获》。但在“文化大革命”中，他和妻子萧珊受到了巨大冲击。“文化大革命”结束后，他开始反思“文化大革命”、反思社会、反思人性。在晚年，他抱病陆陆续续写下《随想录》。这本书尽管都是短小精悍的随笔和评论汇编，但巴金讲真话的勇气，对人真诚的态度，感动了无数的中国人。

讲真话本来不是一个多难的事情，然而在现实生活中真的需要一些勇气。我觉得无论是作家、学者，还是从事其他工作的人，都要坦坦荡荡，如果人不讲真话，必然会虚情假意，谎言、虚伪就会乘虚而入。对于一个社会来讲，讲真话、对人真诚，应该是道德的底线，如果这都做不到，谈其他的都没有意义。

1998年上大学时，我经常在图书馆乱翻书，有一次看到《随想录》，就开始读起来。此前，我对巴金的认识仅仅停留在语文课本上。但当时在图书馆读《随想录》，也没有觉得写得多么好。而我真正爱上阅读《随想录》是在2004年。由于种种原因，当时我情绪很低落，对身边的很多人、事都感到失望，我心灰意冷地再次读这本书，却产生了强烈的思想共鸣。在不同的年龄、不同的情绪之下，读同一本书，那种感觉是完全不同的。

书，是有温度的生命个体

新金融：在很多人眼中，书评是一种“边缘文体”，甚至被认为就是软广告。你认为这类文章主要发挥着怎样的作用？

陈华文：我认为这主要有两个原因：一是学术研究界的认识存在偏见。很多核心学术期刊，把书评视为广告，或创收的一种途径。因为在这些期刊看来，书评是小儿科，不是正儿八经的论文，好像只有论文才是正统的。其实国外很多社科类学术期刊是发表书评的，不仅如此，还发表长篇的书评。国内学术期刊对待书评的态度，无形中也拉低了书评这种文体的身份。当然，那种赤裸裸地高唱赞歌的“书评”，确实败坏了读者的胃口。二是文学界的轻蔑态度。国内一些作家，包括很多著名作家，对于书评不怎么在意。在他们眼里，创作才是创造和创新，书评无非就是说说好话，上不了正席。但我认为文学要发展，永远是创作与评论两个方面并行，缺少任何一个，都会成为独轮车。

当然话也说回来，真正的好书评，主要是以评论为主。既然是评论，书评人就要有自己独立的立场、观点和见识，而不是被书牵着鼻子走。书评人也要有骨气，不能受到各种人情关系和利益的影响，有一说一。还是那句话：书评人如果自甘堕落为“软文写手”，写不疼不痒的书评，不仅书的作者看不起，读者也不买账。

优秀的书评，一方面是简要给书“画像”，另一方面是借“书”发挥，阐释自己对一些问题的真知灼见。当然，书评也不能过于情绪化，要理性表达。

书评这种文体，主要可以发挥三个方面的作用：一是推动学术研究和文学创作的繁荣；二是可以引领读者正确选书、有效阅读；三是在报刊传播、出版机构和广大读者之间，架起沟通互动的桥梁。

新金融：每本书都有不同的生命特质，为一本书写评论，就如同为它“解剖”，你凭借什么去寻找那个独特的“切口”？

陈华文：每一本好书，在我眼里都是一个有温度、有气息的生命个体。书籍既然是一种生命，当然有发育好的，也有发育不良的。在现实生活中，对于发育存在问题的孩子，我们都会精心照顾。但是对于书，那就要有所选择了。好书能给人带来精神收获——读好书，就如同和智者对话。因此，好书也是好老师，这是我深信不疑的。

尤其是对于我感兴趣的、新近出版的好书，我就特别有阅读和评论的冲动。我写的书评，一般是在主流报纸上发表。由于读者都是普通读者，不是学术期刊那样的专业读者，那么书评写作就要兼顾专业性、知识性和大众性的统一。

我写书评，也摸索出自己的一个“套路”，那就是要带着“问题意识”写，如果泛泛而谈，想到哪写到哪，就会成为流水账。

写书评在我看来，要狠下功夫阅读，先是“吃书”，然后才是“评书”。写书评要抱着严谨、求实的态度。第一步是对书进行精炼的、整体的“画像”，这主要考验一个人对一本书的熟悉程度，以及高度概括能力。第二步是进入评论部分，这是书评的关键和主体，也检验书评人的思想“成色”。在评论中，又涉及多种方式，可以夹叙夹议，也可以跳出书本进行“海阔天空”的评论。但是这种“海阔天空”，也不能和书中的内容毫不沾边，否则就不是书评了。评论过程中，对于书中涉及的一个或几个观点，或者有强烈思想共鸣的地方，我喜欢有针对性地进行评论。如果书中涉及的观点我很赞同，我就会写出赞赏的理由；如果我不赞同，我也要讲出原因。简单地讲，书评要“以理服人”。

新金融：能为我们推荐一本你近期最喜欢的书并讲一下推荐理由吗？

陈华文：我最近读的一本书是《救命：明清中国的医生与

病人》（商务印书馆 2017 年 4 月版），作者涂丰恩是哈佛大学历史系博士生。他是一个年轻人，曾经在台湾大学获得历史学硕士学位。这本书，其实是源于他读硕士期间在安徽徽州地区做的一个田野调查。他从事历史研究，敢于从那些被人忽略的地方着手，令我很佩服。这本书，主要分析了明清时期徽州地区的民间医生与病人之间的关系。那时稍微有点影响的医生，都是有才学的、心向儒学，内心都有仕途梦，但这些医生也是平常人，也要谋生。很多民间医生在医生职业与科举仕途两个选择上纠结了一辈子。

这本书尽管是一个小册子，半天工夫就可以读完，但书中所涉及的历史学研究方法、研究对象都很新颖，对我很有启发。名家不一定每本书都写得好，没有名的人，也不代表写不出好书。

争做书香社会建设的“燃灯者”

新金融：你如何看待正常工作生活和读书之间的关系？

陈华文：读书和工作，很多人认为在时间分配上有矛盾。表面上看，确实是这样的，然而如果你真的有读书的习惯，那么这就不是矛盾了，它们还可以相互促进。

爱读书的人，无论工作多么忙，都会抽时间读书的。我白天忙工作，晚上必然会读书，有时在办公室读，有时在家里读。出差途中，我要是不带一本书，心里就觉得空荡荡的。为了读书，我们必须减少饭局和无聊的应酬。

新金融：应该说几乎所有人都知道阅读的好处，可却很少有人能坚持阅读，养成良好的阅读习惯。对此你有什么建议？

陈华文：养成良好的阅读习惯，也许比我们想象得要难，因为每一个好习惯的养成，真的需要付出。为了养成读书的习惯，我觉得可以从四个方面来尝试：

第一，先看自己感兴趣的书。只有兴趣引路，你才能有兴致慢慢读一本书。有的人一听到某本书很好，赶紧找来读，其实自己并没有兴趣，却硬着头皮读，反而会收到相反的效果。这里要说一下：一本书，无论是精读还是粗读，要从头到尾看完，不能率性读几页就不管了，这个习惯如果养成了，是很可怕的。

第二，要给自己制定阅读计划。比如，每天或每周之内，给自己确定阅读时长，两小时、三小时、四小时都可以。因为阅读真的需要时间保障。另外，可以在一个时期内，选择同一个主题的书来读，如你喜欢读国内当代长篇小说，就集中读一段时间。阅读尽管可以散漫，但在培养阅读习惯的初期，还是不能太任性。

第三，要营造良好的阅读氛围。一个好的环境氛围，在某种程度上能改造一个人。在经济能力许可的情况下，自己感兴趣的好书，可以多买一些。有人说：只有借来的书才会认真读。

这话固然没错，可是家里没有几十本书摆着，你想读也没有书可读啊。同样，在工作单位，也可以摆上几本书。

第四，要和爱读书的人交朋友。爱读书之人，有很多阅读心得和体会，跟这样的人交朋友，必然会经常聊到这个方面的话题。久而久之，你也会成为一个爱读书的人。我在高校工作，比较幸运能与一批爱读书的师友为伍。

新金融：近几年来，你陆续在《光明日报》《中国文化报》等报刊发表了上百万字的书评，可以说是成了书香社会建设的“燃灯者”。从建设书香校园、书香社会的角度，我们普通人应该做些什么？

陈华文：这几年来，我读书、写书评，觉得幸福、自在。除此之外，我还经常给学生搞读书与写作的讲座活动，社会上有些单位，也邀请我去谈读书写作的心得体会，只要和工作时间不冲突，我是很愿意为此付出的。作为读书人，不能总是盯着自己的书柜，在书香社会建设中要做点事情，才活得更有意义、更充实。如果说我是书香社会建设的“燃灯者”，这是媒体对我的鼓励。很荣幸的是，今年上半年，我被评为湖北省全民阅读“十佳阅读推广人”，我做得还不够，还要更加努力。

相信每一个普通人，只要你愿意努力付出，在书香社会建设中，都是能够有所作为的：

首先是主动阅读，向身边的人宣传阅读的妙处。一个人的气质里，有你见过的人，经历的事，还有你读过的书。

其次是利用微信朋友圈秀一秀自己买的书、读的书。这在无形中会带动你身边的人，读书如同吃饭，一时可能看不到营养，但时间久了，读书的营养和益处必然就显现了。

再次是在家里、单位里要当“领读者”。如果在家里经常读书，自然会影响到家里的成员，尤其是会影响孩子。多读书，能够形成良好的家风。古代讲“耕读传家”，那是一种至高的肯定。一个人在单位里，时常畅谈读书心得体会，能给领导、同事形成好印象，了解到你是一个积极的、爱学习的人。对个人职业生涯来讲，读书带来的乐趣、好处，将远远超出自己的想象。

图书在版编目(CIP)数据

书山问道：文化·文学·艺术阅读札记/陈华文著.
—上海：上海社会科学院出版社，2017
ISBN 978-7-5520-2174-5

Ⅰ.①书… Ⅱ.①陈… Ⅲ.①文艺评论—中国—当代—文集 Ⅳ.①I206.7-53

中国版本图书馆 CIP 数据核字(2017)第 271067 号

书山问道：文化·文学·艺术阅读札记

著　　者：陈华文
责任编辑：董汉玲　温　欣
封面设计：周清华
出版发行：上海社会科学院出版社
上海顺昌路 622 号　邮编 200025
电话总机 021-63315900　销售热线 021-53063735
http://www.sassp.org.cn　E-mail:sassp@sass.org.cn
排　　版：南京展望文化发展有限公司
印　　刷：上海龙腾印务有限公司
开　　本：890×1240 毫米　1/32 开
印　　张：11
插　　页：2
字　　数：217 千字
版　　次：2018 年 3 月第 1 版　　2018 年 3 月第 1 次印刷

ISBN 978-7-5520-2174-5/I·264　　定价：36.00 元